柴田元幸翻訳叢書
アーネスト・ヘミングウェイ

こころ朗(ほが)らなれ、誰もみな

STORIES BY
| ERNEST HEMINGWAY |
Selected and translated by Shibata Motoyuki

スイッチ・パブリッシング

柴田元幸翻訳叢書

—Ernest Hemingway—

目次

カバー装画　　タダジュン
ブックデザイン　緑川　晶

STORIES BY

| ERNEST HEMINGWAY |

Selected and translated by Shibata Motoyuki

柴田元幸翻訳叢書

アーネスト・ヘミングウェイ

こころ朗（ほが）らなれ、誰もみな

清潔な、明かりの心地よい場所
A Clean, Well-Lighted Place

もう遅い時間でカフェの客はみんな帰ったあとだった。残っているのは電球の光が生む木の葉蔭に座っている老人だけだった。昼間は街も埃っぽかったが、日が暮れてからは夜露で埃も収まった。老人は遅くまで店にいるのが好きだった。彼は耳が聞こえず、夜になると静かで、その違いがわかったからだ。カフェの店内にいる二人のウェイターは、老人が少し酔っていて、いい客ではあるけれどあまり酔いすぎると金を払わずに帰ってしまうことを知っていたから、彼から目を離さなかった。

「あの爺さん、先週自殺未遂やったんだ」と一方のウェイターが言った。

「なぜ?」

「絶望したのさ」

「何に?」

「べつに、なんにも」

「どうしてわかるんだ、べつになんにもって?」

「金をたっぷり持ってるからさ」

カフェのドア付近の壁に接したテーブルに座った二人は、風にかすかに揺らぐ木の葉蔭に老人が座っている以外はどのテーブルも空っぽの中庭を見た。一人の娘と兵士が表を通りかかった。街灯の光が兵士の襟の真鍮の番号票を照らした。娘は頭に何もかぶっておらず、早足で兵士と並んで歩いていた。

「あの兵隊、憲兵につかまるぞ」一方のウェイターが言った。

「いいじゃないか、望みのものが手に入るんだから」

「もう出歩かない方がいい。憲兵につかまる。つい五分前にも通りかかったぞ」

葉蔭に座った老人がソーサーをグラスでこんこん叩いた。若い方のウェイターが老人のところに行った。

「なんです？」

老人はウェイターを見た。「ブランデーもう一杯」と彼は言った。

「酔っぱらいますよ」ウェイターは言った。老人は相手を見た。ウェイターは店内に戻った。

「一晩じゅう粘る気だぞ」とウェイターは相棒に言った。「おれはもう眠いんだ。三時前に寝床に入れたためしがない。あの爺さん先週自殺しちまえばよかったのに」

ウェイターはブランデーのボトルともう一枚のソーサーを店内のカウンターから取って、老人のテーブルまで運んでいった。そしてソーサーを置いて、グラスにブランデーをなみなみと注いだ。

「あんた先週自殺しちまえばよかったんだ」と彼は耳の聞こえぬ相手に言った。老人は指一本で合図し、「もう少し」と言った。ウェイターはグラスに注ぎ足し、それでブランデーがこぼれて、グラスの足を伝い、ソーサーを積んだ山に流れた。「ありがとう」と老人は言った。ウェイターは店内に戻ってボトルをしまった。そしてまた相棒と同じテーブルに座った。

「爺さんもう酔っぱらったぜ」と彼は言った。

「毎晩酔っぱらうのさ」と相棒が言った。

「なんで自殺なんかしようとしたんだ？」

「そんなこと知るか」

「どうやったんだ？」

「ロープで首を吊ったのさ」

「誰がロープを切ってやった？」

「爺さんの姪だよ」

「なんだって助けた？」

「魂のことを心配したのさ」

「あの爺さんどのくらい金があるんだ？」

「たっぷりあるさ」

「もうきっと八十にはなってるぜ」

「まあ八十歳ってところだろうな」

「帰ってくれないかなあ。三時前に寝られたためしがない。そんな時間に寝るなんてひどくないか？」

「夜更かしが好きだからしてるのさ」

「要するに寂しいんだよ。おれは寂しくなんかない。ベッドでちゃんと女房が待ってる」

「あの爺さんにだって前は女房がいたさ」

「いま女房なんかいたって仕方ないよ」

「わからないぜ。いればいいかも」

「姪が面倒見てやってるんだろ。ロープも切ってやったって言ったよな」

「そうだけどさ」

「あんなに歳とりたくないな。年寄りなんて嫌なもんだ」

「とは限らないぞ。あの爺さんは清潔だよ。酒もこぼさず飲むし。いまみたいに、酔っていてもさ。見てみろよ」

「見たかないね。帰ってほしいよ。働いてる人間のこと少しは考えてほしいよ」

老人はグラスから顔を上げて広場の向こうを見て、それからウェイターたちの方を見た。

「ブランデーもう一杯」と老人はグラスを指さして言った。急いでいる方のウェイターがやって来た。

「おしまい」とウェイターは、頭の悪い人間が酔っぱらいか外国人に話すときのように文法を省略して言った。「もうなし。閉店」

「もう一杯」と老人は言った。

「駄目。おしまい」。ウェイターはタオルでテーブルの縁を拭いて、首を横に振った。

老人は立ち上がって、ゆっくりソーサーの数を数え、ポケットから革の小銭入れを出して酒代を払い、半ペセタのチップを置いていった。

老人が道を歩いていくのをウェイターは見守った。ひどく年老いた男が、危なっかしい足どりで、しかし威厳をもって歩いている。

「なんで飲ましてやらなかったんだ？」急いでいない方のウェイターが訊いた。二人はシャッターを降ろしているところだった。「まだ二時半にもなってないのに」

「おれは帰って寝たいんだよ」

「一時間くらい何だ？」

「おれにとっては大事さ、爺さんとは違う」

「一時間は一時間だろ」

「あんた爺さんみたいなこと言うんだな。ボトルを買って家で飲めばいいじゃないか」

「それじゃ違うさ」

「うん、そうだな」妻がいる方のウェイターも同意した。不当なことを言うつもりはなかった。ただ急いでいるだけなのだ。

「で、君は？　いつもより早く帰るのが怖くないのか？」

「あんた、おれのこと侮辱しようってのか？」

「いやいや、ただの冗談さ」

「怖くないね」と急いでいるウェイターは言って、金属製のシャッターを引き下ろしていた姿勢から立ち上がった。「おれには自信がある。おれは自信のかたまりなんだ」

「君には若さと、自信と、仕事がある」と年上のウェイターは言った。「君には何もかもがある」

「で、あんたには何がない？」

「仕事以外、全部」

「あんただっておれにあるもの、みんなあるじゃないか」

「いいや。わたしは自信なんてあったことないし、若くもない」

「何言ってんだい。馬鹿な話はやめてさっさと閉めようぜ」

「わたしはね、カフェに夜更けまでいたい人間の仲間なんだよ」と年上のウェイターは言った。「寝床に入りたくない人間みんなの仲間なんだ。夜の明かりが必要な人間みんなの」

「おれは家に帰って寝たいよ」

「君とわたしは違う人間なんだ」と年上のウェイターは言った。彼ももう着替えが済んでいた。「若さや自信だけの問題じゃないんだ、むろんそういうものはとても美しいものだがね。毎晩わたしは店を閉めるのが嫌なんだ。誰かカフェが必要な人がいるかもしれないから」

「だって、一晩じゅう空いてる酒場とか、あるじゃないか」

「わかってないな。ここは清潔な、気持ちのいいカフェなんだ。明かりも心地よい。明かりがすごくいいし、それにいまは木の葉蔭もある」

「おやすみ」年下のウェイターが言った。

「おやすみ」もう一人も言った。彼は電灯を消して自分を相手に会話を続けた。もちろん明かりも大事だが、場所が清潔で気持ちがいいことも必要だ。音楽は要らない。音楽なんて全然要らない。それに、カウンターの前じゃ、威厳をもって立ってるなんて無理だ。でもこんな時間はカウンターの店しかない。おれは何が怖いんだろう？　いや、怖いとか怯えてるとかいうことじゃない。それは彼があまりにもよく知っている、無なのだ。すべては無であり、人間も無。それだけのことであって、必要なのは明かりと、ある程度の清潔さと秩序。そういうなかで生きていて、なんにも感じない奴もいるが、彼にはわかっている。すべては無、ナーダでありゆえにナーダにしてナーダでありゆえにナーダなのだ。天にまします我らのナーダ、願わくはナーダをあがめさせたまえ、ナーダの御国（みくに）を来たらせたまえ、ナーダの天に成る如く地にもなさせたまえ。我らの日々のナーダを今日も与えたまえ、我らにナーダをナーダする者を我らがナーダする如く我らのナーダをもナーダしたまえ、我らをナーダに遭わせずナーダより救い出したまえ、さらなるナーダ。たたえよ、無に満ちたる無を、無は汝と共にあり。彼は笑みを浮かべて、ぴかぴかのスチーム式コーヒーマシンのあるカウンターの前に立った。

「何にします？」とバーテンが言った。

「ナーダ」

「またキ印かよ」バーテンは言ってそっぽを向いた。

「小さいカップで」とウェイターは言った。

バーテンがそれを注いだ。

「明かりは大変明るくて気持ちがいいがカウンターは磨いてないな」とウェイターは言った。

バーテンは彼を見たが何も言わなかった。会話をするにはもう夜遅すぎるのだ。

「もう一杯要ります?」とバーテンは訊いた。

「いや、結構」とウェイターは言って店を出た。酒場や飲み屋は嫌いだ。清潔な、明かりの心地よいカフェというのは、全然違うんだ。さあ、もうこれ以上考えずに自分の部屋に帰ろう。ベッドに横になって、そのうちやっと、夜が明けるころ眠りにつくのだ。結局のところ、と彼は胸のうちで思った、たぶんこれはただの不眠症なのだ。似たような人間は大勢いるにちがいない。

インディアン村
Indian Camp

湖の岸にもう一隻ボートが寄せてあった。二人のインディアンは立って待っていた。

ニックと父親はボートの船尾に乗り込み、インディアンたちがボートを押して出し、一人が漕ぐために乗り込んだ。ジョージ叔父さんはキャンプのボートの船尾に座った。若い方のインディアンがキャンプのボートを押して出し、ジョージ叔父さんを漕いで運ぶために乗り込んだ。

二隻のボートは闇のなかを出発した。もう一隻のオール受けの音が、霧のなかニックの耳にはずいぶん先の方から聞こえた。インディアンたちはせかせかと小刻みに漕いだ。ニックは父親の片腕に包まれてうしろにもたれていた。水の上は寒かった。二人を乗せたインディアンは懸命に漕いでいたが、もう一隻のボートは霧のなかどんどん彼らを引き離していった。

「どこへ行くの、お父さん」とニックは訊いた。

「インディアン村だよ。ひどく具合の悪いインディアンのご婦人がいるんだ」

「ふうん」とニックは言った。

入江を越えると、もう一隻のボートはすでに浜に寄せてあった。ジョージ叔父さんは闇のなかで葉巻を喫っていた。若いインディアンがボートを浜辺の上の方に引っぱり揚げた。ジョージ叔父さんは両方のインディアンに葉巻を与えた。

ランタンを持った若いインディアンのあとについて彼らは浜辺を上がっていき、朝露でぐっしょり濡れた草地を抜けていった。やがて森に入って、細道をたどり、山の方に入っていく材木道路に出た。材木道路は両側の立木が伐ってあったからずっと明るかった。若いインディアンは立ちどまってランタンを吹き消し、みんなで道路を先へ進んでいった。

曲がり目を越えると犬が一匹吠えながら出てきた。前方にインディアンの樹皮剝ぎ人たちが住んでいる掘っ立て小屋の明かりが並んでいた。犬がもっとたくさん飛び出してきた。二人のインディアンが犬たちを小屋の並ぶ方に追い返した。道路に一番近い小屋の窓に明かりが灯っていた。老婆が一人、ランプを持って戸口に立っていた。

中では木の二段ベッドに若いインディアンの女が横たわっていた。女はもう二日前から赤ん坊を産もうとしていた。村じゅうの老婆が女を助けていた。男たちは道路の先の方に避難して、闇にうずくまり、女が立てる音が聞こえないところで煙草を喫っていた。ニックとインディアン二人が父親とジョージ叔父さんのあとについて小屋に入っていくと同時に女は悲鳴を上げた。女は下の段のベッドに横になっていた。キルトをかぶった体がすごく膨らんでいた。頭は横を向いていた。上の段には女の夫がいた。夫は三日前に斧で自分の足を切って大怪我をしていた。夫はパイプを喫っていた。部屋はすごく嫌な臭いがした。

ストーブで湯を沸かすようニックの父親は命じ、湯が沸くあいだニックに話しかけた。

「このご婦人は赤ん坊を産むんだよ、ニック」

「わかってるよ」とニックは言った。

「わかってない」と父親は言った。「いいか、よく聞けよ。この人がいまやっているのは分娩と言うんだ。赤ん坊は生まれたがっているし、この人も産みたがっている。体じゅうの筋肉が産もうと頑張ってる。この人が悲鳴を上げるときに起きてるのはそういうことなんだよ」

「なるほどね」とニックは言った。

ちょうどそのとき女が声を上げた。

「ねえ父さん、何か悲鳴を止めるものあげられないの?」とニックは訊いた。

「いや。麻酔は持ってないんだ」と父は言った。「でも悲鳴は重要じゃない。重要じゃないから、父さんには聞こえないんだよ」

上の段の夫が壁の方に寝返りを打った。

台所にいた女が医師に湯が沸いたことを身振りで知らせた。ニックの父親は台所に入っていき、大きな薬罐に入った湯を半分くらい盥（たらい）に空けた。薬罐に残った湯のなかには、ハンカチにくるんであったいくつかの物を入れた。

「そっちのは沸騰させないといけない」と父は言って、キャンプから持ってきた石鹸を使い、盥に入れた湯のなかで両手をごしごしこすりはじめた。石鹸を塗られた父の両手がたがいにこすり合わさるのをニックは見守った。両手をきわめて入念に、徹底的に洗いながら、父は喋った。

「いいかニック、赤ん坊というのは頭から先に生まれてくることになってるんだが、ときどきそうじゃないことがあるんだ。そうじゃないときは、みんなえらく苦労する。このご婦人も手術しないといかんかもしれない。もうじきわかるよ」

手が十分綺麗になったと見てとると、父は部屋に戻って作業をはじめた。

「そのキルトめくってくれるかい、ジョージ？」と父は言った。「できれば私は触りたくないから」

やがて父が手術をはじめると、ジョージ叔父さんとインディアンの男三人が女を押さえつけた。女はジョージ叔父さんの腕に噛みつき、ジョージ叔父さんが「このアマが！」と言うと、ジョージ叔父さんを乗せてボートを漕いできた若いインディアンが笑った。ニックは父に言われて盥を持っていた。何もかもすごく時間がかかった。父が赤ん坊を取り上げてぴしゃぴしゃ叩いて息をさせて老婆に渡した。

「ごらん、男の子だよ、ニック」と父は言った。「インターンの仕事は気に入ったか？」

ニックは「まあね」と言った。父がやっていることが見えないよう顔をそむけていた。

「さあ。これでよし」と父は言って何かを盥に入れた。

ニックはそれを見なかった。

「さて」と父は言った。「何針か縫わないといかん。これは見てもいいし見なくてもいい、好きにしていいぞ。切開したところを縫い合わせるんだ」

ニックは見なかった。好奇心はとっくに失せていた。

父は作業を終えて立ち上がった。ジョージ叔父さんとインディアンの男三人も立ち上がった。

ニックは盥を台所に持っていった。

ジョージ叔父さんが自分の腕を見た。若いインディアンが懐かしむように微笑んだ。

「オキシドールを塗ってやろう、ジョージ」と医師は言った。

彼はインディアンの女の上にかがみ込んだ。女はもう静かになって目を閉じていた。顔色はひどく青かった。赤ん坊がどうなったかもわかっていなかったし、何もわかっていなかった。

「明日の朝また来る」と医師は立ち上がりながら言った。「昼までにはセントイグナスから看護師が来る。必要な物はみんな持ってくるはずだ」

試合を終えて更衣室にいるフットボールの選手みたいに彼は高揚し、口が軽くなっていた。

「こいつは医学雑誌ものだぜ、ジョージ」と彼は言った。「ジャックナイフで帝王切開やって、九フィートの腸線(ガット)のテーパーリーダーで縫い合わせたんだからな」

ジョージ叔父さんは壁を背にして立ち、自分の腕を見ていた。

「ふん、あんたは大した人だよ」と彼は言った。

「父親も見てやらんとな。こういうごたごたで一番辛いのはたいてい父親なのさ」と医師は言った。「全体、ずいぶん静かに耐えたと言っていいんじゃないかな」

彼はインディアンの頭から毛布を引きはがした。戻ってきた手が濡れていた。片手にランプを持って下段のベッドの縁に乗り、覗いてみた。インディアンは顔を壁の方に向けて横たわっていた。喉が耳から耳まで切れていた。血が流れ落ちて、体の重みでベッドが凹んだところにたまっていた。頭は左腕に載っていた。開いた剃刀が、刃を上にして毛布に埋もれていた。

「ニックを外に出してくれ、ジョージ」と医師は言った。

その必要はなかった。台所の戸口に立っていたニックは、ランプを持った父親がインディアンの首の傾きを戻したときに、上段ベッドの情景をはっきり見てしまったのだ。

ちょうど夜が明けるころに、彼らは材木道路を歩いて湖に戻っていった。

「連れてきてごめんよ、ニッキー」と父親は言った。手術後の高揚はもうすっかり消えていた。

「あんなひどいことにつき合わせて悪かったよ」

「女の人って子供を産むときいつもあんなに大変なの？」とニックは訊いた。

「いや、あれはものすごく例外的だよ」

「あの男の人どうして自殺したの、父さん？」

「わからないよ、ニック。たぶん我慢できなかったんじゃないかな」

「自殺する男の人ってたくさんいるの？」

「そんなにたくさんはいないよ」

「女の人は？」

「めったにいない」

「全然いないの？」

「そんなことはないよ。たまにはいるさ」

「父さん？」

「何だい」

「ジョージ叔父さんはどこ行ったの？」

「そのうち戻ってくるさ」

「父さん、死ぬのって大変？」

「いやニック、けっこう簡単だと思うよ。時と場合によりけりさ」

二人はボートの上に座っていた。ニックは船尾にいて、父親が漕いでいた。太陽が山の上にのぼって来ていた。一匹のバスが跳ねて、水の上に輪ができた。ニックは片手を水に入れてなぞった。朝のぴりっとした肌寒さのなか、水は温かく感じられた。

早朝の、湖の上、父親が漕いでいるボートの船尾にいると、自分は絶対に死なないとニックは確信した。

殺し屋たち
The Killers

食堂〈ヘンリーズ〉のドアが開いて男が二人入ってきた。彼らはカウンターに座った。

「何にします?」ジョージが彼らに訊いた。

「さあなあ」男の一人が言った。「おいアル、何食いたい?」

「さあなあ」アルが言った。「わからないな、何食いたいか」

表は暗くなってきていた。窓の外で街灯が点った。カウンターの男二人はメニューを見た。カウンターの反対の端からニック・アダムズは彼らを眺めた。ニックがジョージと喋っていたら、二人が入ってきたのだ。

「ローストポーク・テンダーロインにアップルソースとマッシュポテトをつけてもらおう」一人目の男が言った。

「それはまだ用意できてません」

「じゃあ何でここに書いてあるんだ?」

「それはディナーです」ジョージが説明した。「六時になったら出せます」

ジョージはカウンターのうしろの壁にかかった時計を見た。

「いまは五時です」

「その時計、五時二十分を指してるぞ」二人目の男が言った。

「これ、二十分進んでるんです」

「なんだ、ふざけやがって」一人目の男が言った。「じゃ何が食えるんだ?」

「サンドイッチならなんでも」ジョージが言った。「ハムエッグ、ベーコンエッグ、レバーベーコン、ステーキ」

「チキンコロッケにグリーンピースとクリームソースとマッシュポテトをつけてくれ」

「それはディナーです」

「俺たちの食いたいのはなんでもディナーなんだな？　そういうふうにやってるんだ」

「ハムエッグならできますよ、それにベーコンエッグと、レバ――」

「ハムエッグをもらう」アルと呼ばれた男が言った。男は山高帽をかぶって、黒いコートのボタンを胸の前で留めていた。顔は小さくて白く、唇はきつく結ばれていた。絹の襟巻きをつけ、手袋をはめていた。

「俺はベーコンエッグ」もう一人の男が言った。体の大きさはアルとだいたい同じだった。顔は違っても、服装は双子みたいだった。二人ともきつすぎるコートを着ていた。どちらも身を乗り出して座り、両肱をカウンターに載せていた。

「何か飲むものはあるか？」アルが訊いた。

「シルバービア、モルトドリンク、ジンジャーエールです」ジョージが言った。

「あのな、何か飲むものはあるかって訊いたんだ」

「いま言ったのだけです」

「大した町だぜ」もう一人が言った。「この町、何て言うんだ？」

「サミットです」

「聞いたことあるか？」アルが相棒に訊いた。

「ない」相棒が言った。

「ここ、夜は何やるんだ？」アルが訊いた。

「ディナーを食うのさ」相棒が言った。「みんなここに来て、腹一杯ディナーを食うのさ」

「そうです」ジョージが言った。

「そうだと思うのか？」アルがジョージに訊いた。

「ええ」

「お前、頭いいんだな？」

「ええ」ジョージが言った。

「頭いいもんか」もう一人の小男が言った。「こいつ頭いいのか、アル？」

「阿呆さ」アルが言った。そしてニックの方を向いた。「お前、名前は？」

「アダムズ」

「もう一人頭いい小僧だ」アルが言った。「こいつ頭いい小僧じゃないか、マックス？」

「町じゅう頭いい小僧だらけさ」マックスが言った。

ジョージは二枚の皿をカウンターに置いた。片方にはハムエッグが、もう一方にはベーコンエッグが載っていた。つけ合わせのフライドポテト二皿を置いて、キッチンに通じる小窓を閉めた。

「どっちがお客さんのです？」ジョージがアルに訊いた。

「覚えてないのか？」

「ハムエッグですよね」

「頭いい小僧だよ」マックスが言った。そして身を乗り出してハムエッグを取った。二人とも手袋をしたまま食べた。彼らが食べるのをジョージは眺めた。

「お前、何見てんだ？」マックスがジョージを見た。

「何も」

「何言ってやがる。いま、俺のこと見てたじゃねえか」

「冗談のつもりだったんじゃねえのか」アルが言った。

ジョージが笑った。

「お前は笑わなくていいんだよ」マックスが彼に言った。「お前は全然笑わなくていいんだ。わかったか？」

「わかりました」ジョージが言った。

「わかりましたってよ」。マックスがアルの方を向いた。「わかりましたってさ。よく言うぜ」

「賢いんだよ、こいつは」アルが言った。二人は食べつづけた。

「あっちの頭いい奴、名前なんてんだ？」アルがマックスに訊いた。

「よう、頭いいの」マックスがニックに言った。「お前、カウンターの中に入ってそこのボーイフレンドと一緒になりな」

「どういうことです？」ニックは訊いた。

「どうもこうもねえよ」

「さっさと入れ、頭いいの」アルが言った。ニックはカウンターの中に入った。

「どういうことです？」ジョージが訊いた。

「お前の知ったこっちゃねえ」アルが言った。「キッチンに誰がいる？」

「黒人が一人」

「どういうことだ、黒人って？」

「黒人の料理人です」

「こっちへ来いって言え」

「どういうことです？」

「こっちへ来いって言え」

「ここがどこだと思ってるんです？」

「わかってるさ、ここがどこかくらい」マックスと呼ばれた男が言った。「俺たち、間抜けに見えるか？」

「お前の喋り、間抜けだぞ」アルが彼に言った。「なんでこんな小僧相手に言い合いなんかする？　おい」アルはジョージに言った。「こっちへ出てこいって黒人に言え」

「出てきたらどうするんです？」

「何もしねえよ。頭を使え、お前賢いんだろ。俺たちが黒人相手に何すると思う？」

ジョージがキッチンに通じる引き窓を開けた。「サム」彼は呼んだ。「ちょっとこっち来てくれ」

キッチンの扉が開いて、黒人が入ってきた。「なんです？」彼は訊いた。カウンターに座った二人がそっちを見た。

「よし、黒人、そこから動くな」アルが言った。

黒人のサムはエプロン姿で立ち、カウンターに座っている男二人を見た。「はい」とサムは言った。アルが丸椅子から降りた。

「俺はこの黒人と、そっちの頭いい奴を連れてキッチンに入る」アルは言った。「おい黒人、キッチンに戻れ。お前も一緒に行け、頭いいの」。ニックと料理人のサムのあとについてアルはキッチンに入っていった。三人が入って、扉が閉まった。マックスと呼ばれた男が、カウンターの、ジョージの向かいに座った。ジョージを見ずにカウンターのうしろにのびている鏡を見た。ヘンリーズは酒場を改造した食堂だった。

「おい、頭いいの」マックスが鏡を見ながら言った。「何か言ったらどうだ？」

「いったいどういうことなんです？」

「おーい、アル」マックスが声を上げた。「頭いいのがさ、いったいどういうことなんですってさ」

「教えてやればいい」アルの声がキッチンから聞こえた。

「どういうことなんだと思う？」

「わかりませんね」

「どう思う？」

喋りながらマックスはずっと鏡を見ていた。

「どうですかねえ」

「ようアル、頭いいのがさ、どうですかねえってさ」

「聞こえてるよ」アルがキッチンから言った。さっきケチャップのビンで押して、料理を通す引き窓を開けてあった。「いいか、頭いいの」アルがキッチンからジョージに言った。「もうちょっと向こうに立て。お前は少し左に動け、マックス」。グループ写真を撮ろうとしている写真屋みたいだった。

「何か喋れよ、頭いいの」マックスは言った。「これから何があると思う？」

ジョージは何も言わなかった。

「教えてやろう」マックスが言った。「俺たちはスウェーデン人を一人殺すんだ。知ってるか、オール・アンダソンっていうスウェーデン人の大男？」

「ええ」

「そいつ、毎晩ここへメシ食いに来るだろ」

「ときどき来ますね」

「六時にここへ来るんだろ？」

「来るときはね」

「そういうこと、こっちはみんな知ってるんだよ、頭いいの」マックスが言った。「何か別の話しろよ。お前、映画とか行くか？」

「たまには」

「映画、もっと行った方がいいぞ。映画はお前みたいに頭いいのにはぴったりだ」

「なんでオール・アンダソンを殺すんです？　あいつがあんた方に何したんです？」

「俺たちに何かするチャンスなんてなかったさ。俺たちのこと、見たことだってないんだから」

「で、見るのはこれから一度だけさ」アルがキッチンから言った。

「じゃあなんで殺すんです？」ジョージが訊いた。

「知りあいのために殺すのさ。ちょっと知りあいに頼まれてさ」

「黙れ」アルがキッチンから言った。「お前、喋りすぎだぞ」

「だって、頭いいのを退屈させちゃ悪いだろ。そうだよな、頭いいの？」

「お前、全然喋りすぎなんだよ」アルが言った。「黒人とこっちの頭いいのは自分たちで退屈まぎらしてるぞ。修道院のガールフレンド同士みたいに二人一緒に縛ってやったんだ」

「修道院、いたことあるのか？」

「わからんもんだぜ」

「どうせユダ公の修道院だろ」

ジョージが時計を見上げた。

「誰か入ってきたら、料理人が休みだと言え。それでもしつこく言われたら、キッチンに行って自分で作りなって言ってやれ。わかったか、頭いいの？」

「わかりました」ジョージは言った。「で、そのあと、僕たちはどうなるんです？」

「それは成り行き次第だな」マックスは言った。「そういうのはやってみないとわからないいんだよ」

ジョージは時計を見上げた。六時十五分すぎだった。道路に面した扉が開いた。路面電車の運転士が入ってきた。

「よう、ジョージ、晩飯くれるか？」

「サムが出かけちゃって」ジョージは言った。「三十分ぐらいしたら帰ってきます」

「じゃあ、あっちの店に行くか」運転士は言った。ジョージは時計を見た。六時二十分すぎだった。

「よくやった、頭いいの」マックスは言った。「お前、大したもんだよ」

「ちゃんとわかってるんだよ、下手なこと言ったら撃たれるって」アルがキッチンから言った。

「そうじゃねえって」マックスが言った。「こいつはね、いい奴なんだよ。この頭いいのはいい奴なんだ。気に入ったよ」

六時五十五分になってジョージは言った。「もう来ませんよ、オール・アンダソンは」

それまでに二人の人間が食堂に入ってきていた。一度はジョージがキッチンに入って持ち帰りのハムエッグサンドを作ってやった。キッチンに入ると、ジョージはアルの姿を見た。山高帽が斜めに傾いでいる。小窓の横に置いた丸椅子に座っていて、先端を切り落としたショットガンの銃口が棚に載っていた。ニックと料理人は隅の方で背中合わせに縛られて、それぞれ口に猿ぐつわを噛まされていた。

ジョージがサンドイッチを作って、オイルペーパーに包んで袋に入れ、客のところに持っていった。客は金を払って出ていった。

「この頭いいの、なんでもできるぜ」マックスは言った。「料理だってできる。お前、いい奥さんになれるぜ」

「そうですかね」ジョージは言った。「あんた方の友だちのオール・アンダソン、もう来ませんよ」

「あと十分待つ」マックスは言った。

マックスは鏡と時計を見た。時計の針は七時を指していて、じきに七時五分を指した。

「行こうぜ、アル」マックスが言った。「もう帰った方がいい。もう来ないよ」

「あと五分待とう」アルがキッチンから言った。

五分のあいだに男が一人入ってきて、料理人が病気なんです、とジョージが説明した。

「じゃなんでほかの料理人を雇わないんだよ」男は言った。「ここ食堂なんだろ?」。男は出ていった。

「行こうぜ、アル」マックスが言った。

「頭いいの二人と黒人はどうする?」

「大丈夫さ、こいつらは」

「そうかなあ」

「そうさ。もう終わりなんだから」

「なんかよくないなあ」アルは言った。「ちょっと雑すぎる。だいたいお前、喋りすぎなんだよ」

「いいじゃねえかよ」マックスは言った。「退屈させちゃ悪いだろ」

「とにかくお前、喋りすぎなんだよ」アルが言った。そしてキッチンから出てきた。銃身を切ったショットガンのせいで、きつすぎるオーバーコートの腰のあたりが膨らんでいた。手袋をした両手で彼はコートを直した。

「じゃあな、頭いいの」彼はジョージに言った。「お前、運いいぜ」

「そのとおり」マックスは言った。「お前、競馬やるといいぜ」

二人は店から出ていった。ジョージは窓ごしに、二人がアーク灯の下を抜けて道路を渡るのを眺めた。きつすぎるコートを着て山高帽をかぶった二人は、なんだか寄席芸人のペアみたいに見えた。ジョージはスイングドアからキッチンに入ってニックと料理人の縄を解いてやった。

「もうこんなのうんざりですよ」料理人のサムは言った。

ニックは立ち上がった。猿ぐつわを嚙まされたのは初めてだった。

「いやあ、ひどい目に遭ったな」彼は空威張りで済まそうとした。

「あいつら、オール・アンダソンを殺す気だったんだ」ジョージが言った。「オール・アンダソンが食べにきたら撃つ気だったんだ」

「オール・アンダソン？」

「そう」

料理人は口の端を親指で撫でた。

「あいつらもう帰りましたか？」彼は言った。

「ああ、もう帰ったよ」ジョージは言った。

「嫌だね、こんなの」料理人は言った。「全然嫌だね、こんなの」

「なあ」ジョージがニックに言った。「オール・アンダソンのところに行って知らせてやれよ」

「わかりました」ニックが言った。

「こういうことにはかかわらない方がいいよ」料理人のサムが言った。「こういうのには近よらない方がいい」

「行きたくなかったら行かなくてもいいよ」ジョージが言った。

「こんなことにかかわったって得はないって」料理人は言った。「かかわるのはよしなさい」

「行ってきます」ニックがジョージに言った。「どこに住んでるんです？」

料理人は顔をそらした。

「まったく、若い連中ってのは、いつだってなんでもわかってるつもりなんだ」彼は言った。

「ハーシュの下宿屋に住んでる」ジョージがニックに言った。

「じゃあ、行ってきます」

表ではアーク灯の光が、一本の木の葉の落ちた枝ごしに降っていた。ニックは路面電車の線路ぞいに歩いて、次のアーク灯のところで横道に入った。三軒行ったところがハーシュの下宿屋だった。玄関前の踏み段二段をニックは上がって、呼び鈴を押した。玄関に女が出てきた。

「オール・アンダソンさんはいますか？」

「会いにきたの？」

「ええ。いるんなら会いたいです」

ニックは女について階段を上がり、廊下の奥まで入っていった。女がドアをノックした。

「誰？」

「お客さんですよ、ミスタ・アンダソン」女が言った。

「ニック・アダムズです」

「どうぞ」

ニックはドアを開けて部屋に入った。オール・アンダソンは服を全部着たままベッドの上に横になっていた。彼は元ヘビー級のボクサーで、ベッドにその体は長すぎた。頭を枕二つの上に載せて横になっていた。ニックを見ようともしなかった。

「なんの用だ？」彼は訊いた。

「ヘンリーズにいたんです」ニックは言った。「そしたら男が二人入ってきて、僕と料理人を縛り上げて、あなたのことを殺すって言ってました」

そう口にしてみるとなんだか馬鹿みたいだった。オール・アンダソンは何も言わなかった。

「僕たちをキッチンに閉じ込めて」ニックは先を続けた。「あなたが夕食を食べにきたら撃つつもりだったんです」

オール・アンダソンは壁を見たまま何も言わなかつた。

「あなたに知らせにいった方がいいってジョージに言われて」

「もうどうしようもないね」オール・アンダソンは言った。

「その二人がどんな格好してたか、教えてあげますよ」

「知りたくないね、どんな格好してたか」オール・アンダソンは言った。彼は壁を見た。「知らせにきてくれてありがとう」

「いいえ」

ニックはベッドに横になっている男を見た。「あの、警察に知らせてあげましょうか？」

「いや」オール・アンダソンは言った。「知らせたって無駄だよ」

「何かしてあげられることはありませんか？」

「いや。できることは何もない」

「ただのはったりだったとか？」

「いや。ただのはったりじゃない」

オール・アンダソンは寝返りを打って壁の方を向いた。

「ひとつだけ困るのは」彼は壁の方を向いて言った。「外に出る決心がつかないんだよな。だから一日中ここにいた」

「この町から出られないんですか？」

「いや」オール・アンダソンは言った。「もう逃げ回るのはおしまいだ」

彼は壁の方を見た。

「もうできることは何もない」

「何か事を収める方法はないんですか？」

「いいや。はじめから間違ってたんだ」彼はずっと平板な調子で喋った。「できることは何もない。もう少ししたら、外に出る決心がつくよ」

「僕、戻ってジョージに言ってきます」

「じゃあな」オール・アンダソンは言った。ニックの方を見なかった。「来てくれてありがとう」

「あの人ったら一日中家にいるのよ」一階でおかみが言った。「具合でも悪いんでしょうね。だから言ってあげたのよ。『ミスタ・アンダソン、散歩にでも行ったらいかがです、気持ちのいい秋晴れですよ』って。でも、行く気にならないって言うの」

「あの人は出かけたくないんですよ」

「気の毒ね、具合が悪くて」女は言った。「すごくいい方なのにね。あの人、昔はボクサーだったのよ」

「知ってます」

「顔を見なけりゃわからないわよね、元ボクサーだったなんて」。玄関のすぐ前で二人は立って喋っていた。「とっても優しいし」

「じゃあおやすみなさい、ミセス・ハーシュ」

「私はミセス・ハーシュじゃないわ」女は言った。「ミセス・ハーシュはこの下宿屋の持ち主。私はただの管理人よ。ミセス・ベル」

「じゃあおやすみなさい、ミセス・ベル」

「おやすみなさい」女は言った。

ニックは暗い道を歩いて、アーク灯のある四つ角まで行った。そして路面電車の線路ぞいにヘンリーズまで行った。ジョージがカウンターの中にいた。

「オールに会えたか？」

「ええ」ニックは言った。「部屋にいて、外に出る気はないって」

ニックの声が聞こえると、キッチンの中にいた料理人が扉を開けた。

「聞きたくもないね、そんな話」料理人は言って扉を閉めた。

「知らせてやったのかい？」ジョージが訊いた。

「ええ、知らせました。でももう全部わかってたみたいです」

「で、どうするつもりなんだ？」

「何もしないみたいです」

「だって殺されるぞ」

「そうでしょうね」

「シカゴで何か厄介事を起こしたんだな」

「そうでしょうね」とニックが言った。

「なんかすごい話だよな」

「ひどい話ですよ」とニックは言った。

二人は何も言わなかった。ジョージが手をのばしてタオルを取ってカウンターを拭いた。

「何やったんですかね、あの人？」ニックが言った。

「きっと誰かを裏切ったんだよ。ああいう連中はね、裏切ると殺すんだよ」

「僕、この町を出ていきます」ニックは言った。

「うん」ジョージは言った。「それがいい」

「我慢できませんよ、あの人があの部屋で待っていて、殺されるってわかってる。そんなのひどすぎますよ」

「そうだな」ジョージは言った。「そういうことは考えない方がいい」

死者の博物誌
A Natural History of the Dead

かねがね感じていたことだが、戦争は博物学者の観察対象として見過ごされてきたように私には思える。パタゴニアの植物相、動物相であれば、故W・H・ハドソンによる魅力的かつ手堅い著述があるし、ギルバート・ホワイト牧師はヤツガシラの時たまの、およそ普通でないセルボーン到来について実に興味深い記録を残しているし、スタンレー主教はやや通俗的とはいえ価値ある『鳥類史入門』を著した。私たちも読者に、理性的で興味深い事実をいくつか、死者について提供できないだろうか？　できる、と思いたい。

あの不屈の探検家マンゴ・パークは、アフリカの荒野を旅するさなか、広大な未開地のただなかで息も絶えだえに弱りはて、服もなく仲間もなく、もはや命運は尽きた、もう身を横たえ死を待つばかりだという気になっていた。と、小さな、この上なく美しい苔の花が彼の目を惹いた。「その植物全体、私の指一本ほどの大きさもなかったが」とパークは書いている。「その根、葉、嚢の優美な形態を、私は賞讃の目で見ずにおれなかった。かような奥地において、かくもちっぽけで取るに足りなく思えるものを植え、水を与え、完璧に仕立て上げる至高の存在が、己の似姿に作られた者たちの状況と苦悩を冷たく見過ごすなどということがあろうか？それはあるまい。こう考えると、絶望に浸っている暇などないと思えてきた。私は立ち上がって歩き出し、空腹と疲労も顧みず、助けは近くにあると確信して先へ進んだ。そして私は失望しなかった」

驚き、崇める気持ちが同様にあるなら、スタンレー主教も言うとおり、博物誌のどの分野を研究しても、人生という荒野を旅していくにあたって我々みなが必要としている信念、愛情、希望をかならずや深めることになるのではないか？　ならば私たちも、死者からいかなる霊感を得られるか、見てみようではないか。

戦争において、死者はたいてい人類の雄(おす)であるが、これは動物には当てはまらない。私にしても、死んだ雌馬を頻繁に見てきた。また、戦争の興味深い一側面は、戦争においてのみ博物学者はラバの死者たちを観察する機会を得るという点である。民間人として二十年観察を続けたなかで、私はただの一度もラバの死体を見たことがなく、この動物は本当に死ぬことがあるのだろうかと疑念を抱きはじめていた。ごく稀(まれ)に、死んだラバだと思っても、さらに寄っていくと、あまりに完全に休息しているため死んで見えるだけだと判明した。だが戦争にあっては、このラバという生き物も、もっとありふれた、頑強さにおいて劣る馬とほぼ同様、死の運命に屈せざるをえないのである。

私が死んでいるのを見たラバの大半は、通行の障害とならぬよう押しやられて、山道の端に倒れているか険しい坂の下に転がっているかだった。山の中で見たときの方が、日頃から見慣れているせいで、死体は風景に溶け込み、場違いな感もなく、のちにスミルナでギリシャ軍が荷役(にやく)動物すべての脚を折って埠頭から浅い海に突き落として溺れ死にさせたときとは違っていた。脚を折られたラバたち、浅い海で溺れ死ぬ馬たちの数たるや、それを描くにはゴヤが求められたであろう。もっとも、文字どおりに考えるなら、ゴヤが求められたなどと言うのはおよそ無理がある。ゴヤは一人しかおらず、もうとっくに死んでいるのだし、かりにこれらの動物に、何かを求める能力があったとしても、己の苦境の絵画表象を求めたとはとうてい考えがたい。むしろ、もしもはっきり要求を口にできたなら、どなたか私たちの苦しみを和らげてください、と訴えたことだろう。

死者の性別に関してひとつ言えるのは、死者がすべて男であることに人は慣れっこになってしまうので、死んだ女の姿はきわめてショッキングなものになるという事実である。私が初めて、死者の性が通常と逆転しているのを見たのは、イタリアはミラノ近郊の山中に作られた弾薬工場が爆発したときのことである。ポプラ並木が日蔭を作る道路を私たちはトラックで走り、惨事の現場に向かった。道路脇には微小な生物を数多く含む溝があったが、トラックがもうもうと立てる土埃のせいで十分に観察できなかった。弾薬製造所があった場所に着くと、私たちの何人かは、なぜか爆発せずに済んだ弾薬が大量に貯蔵されている周囲を巡回する任を課され、また何人かは、近隣の野原にまで広がった火事を消すよう命じられた。こうした仕事が済むと、工場のすぐ周りと近隣の野原を回って死体を探すよう私たちは命じられた。相当な数の死体を私たちは発見し、間に合わせの死体置場に運んでいったが、これらの死体が男ではなく女だと知ったときのショックは率直に認めざるをえない。当時女たちはまだ、その後の数年欧米でそうなったように髪を短く切るには至っておらず、何より心乱されたのは――それが何より見慣れなかったからだろうが――長い髪の存在であり、それ以上に心乱されたのが、そうした長い髪がなくなっている場合であった。五体満足の死体を徹底的に探し回ったのちに、今度は断片を探したことを私は記憶している。これらの多くは、工場を囲んで張りめぐらされた太い有刺鉄線から剥ぎとったものであり、工場がまだそのまま残っている箇所からも、これら本体から分離した断片をたくさん私たちは集めた。高性能爆薬のすさまじい威力がここからも窺われよう。相当離れた野原からも多くの断片が見つかったが、これは自らの重みによって遠くまで運ばれたのだった。

ミラノに帰る道中、私たちのうち一人二人が今回の事件について語った。全体に非現実感が漂っていたことと、負傷者が一人もいなかったという事実ゆえに、もっとずっと大きかったとしても不思議はない恐ろしさがこの惨事からはおおむね抜けていたということで私たちは意見の一致を見た。また、起きたばかりの出来事であったため、死者を運んだり処理したりする上でも不快感が可能なかぎり少なく、通常の戦場体験とはかけ離れたものになっていた。ロンバルディアの美しい田園を走る、埃っぽくはあれ快い道行きも不快な任務に対するひとつの代償であったし、帰り道に思いを語りあうなかで、私たちの到着直前に発生した火事がすみやかに鎮火され、どうやら膨大であるらしい未爆発の弾薬に引火せずに済んだのは実に幸いだったということでも意見が一致した。また、断片を拾い集めるのが途方もない体験だったということでも私たちは同意見であった。人間の体が吹っ飛ばされるに際して、身体の構造上の線にはいっさい従わず、高性能爆弾が炸裂するときと同様にまったくランダムに断片化するのも非常な驚きであった。

観察を正確なものとするために、博物学者はその対象をひとつの限定された時期に絞るのが賢明であろう。私もまず、一九一八年六月、イタリアにおけるオーストリア軍攻勢直後の時期を取り上げたいと思う。この時期は死者の数も最大に達し、撤退が行なわれたのちに前進が行なわれ陣地が回復されたため戦闘後の位置関係は戦闘前と変わらず、死者の有無が唯一の違いなのだった。死者たちは埋葬されるまで毎日少しずつ姿を変える。白色人種の場合、色の変化は白から黄、黄から黄緑、黄緑から黒である。高温の場に放置されると、体はコールタールに似てくる。損なわれたり裂けたりした箇所は特にその傾向が強く、見るからにタールのような虹色の光を放つ。死者は毎日大きくなり、時には軍服に収まらぬほど肥大化して、いまにも破裂しそうに見えてくる。手足一つひとつが信じがたい太さに膨らみ、顔は風船のように丸くパンパンに張りつめる。次第に肥満していくことに次いで驚かされるのは、死者の周りに散乱している紙の量である。埋葬が問題にされる以前の、死者たちの最終的な姿勢は、軍服のポケットの位置に左右される。オーストリア軍の場合、ポケットは膝丈ズボンの尻にあるため、死者はみんなじきにうつ伏せに横たわることとなる。二つの尻ポケットは引っぱり出され、周りの草地にはポケットに入っていたもろもろの書類が散らばっている。暑さ、蠅、草に転がった死体の意味深長な姿勢、散らばった紙の量、そういったものを人は記憶に留めることになる。炎天下での戦場の臭い(におい)を人は思い出せない。そのような臭いがあったことは思い出せても、臭い自体を蘇らせるような出来事は何も起こらない。連隊の臭いのように、市電に乗っている最中に突然蘇ってきて、向かいの座席を見るとそれをもたらした男の姿がある、などということもない。恋が終わったときと同じで、完全になくなってしまう。起きた出来事は覚えていても、実感は戻ってこないのだ。

かの不屈の故人マンゴ・パークが暑いさなかに戦場にいたら、何を見て自信を取り戻しただろうか。六月末、七月なら小麦畑にはつねにケシの花が咲いているし、クワの木はうっそうと葉を茂らせ、その葉が作る幕ごしに陽が注ぐ銃身から陽炎が立ちのぼるのも見える。マスタードガス弾が作った穴の縁では大地は明るい黄色に変わっていたし、普通に壊れた家は砲撃された家より見た目がよい。だとしても、その初夏の空気をたっぷりと吸い込み、神の似姿で作られた者たちをめぐってマンゴ・パークが抱いたような思いを抱く旅人はまずいなかったであろう。

死者たちについて人が最初に学ぶのは、当たり所が悪ければ彼らが動物のように死んでいくということである。ウサギでも死ぬまいと思えるような小さな傷であっという間に死ぬ者もいる。ウサギは時に、ほとんど皮膚も破いていないように見える小さな散弾三つ四つゆえに死んでいくが、彼らも同じようにごく小さな傷ゆえに死んでいった。猫のように死ぬ者もいた。頭蓋骨は陥没し、脳に鉄が刺さった状態で、彼らは二日にわたって生きたまま横たわる。脳に弾丸の入った猫が石炭入れにもぐり込み、誰かに首を切り落とされるまで死なないのと同じである。実のところ猫はそれでも死なないのかもしれない。猫は九つの生を生きる、と世に言うのだから。よくわからない。だがとにかくたいていの人間は動物のように死ぬのであって人間のように死ぬのではない。いわゆる自然死なるものを私は一度も見たことがなかった。私はそれを戦争のせいにし、かの不屈の旅人マンゴ・パークを見習って、これがすべてではないと信じることにした。ここにはつねに不在である、ほかの何かがあるのだ。やがて私はそれを目にした。

大量出血を別として——大量出血は悪くない——私がこれまでに見た唯一の自然死は、スペイン風邪による死である。これにかかると、人は粘液にまみれて溺れ、息もできなくなる。患者がもう死ぬとわかる手がかりは、大人の力は残っているのに幼い子供に戻って、赤ん坊がおむつを濡らすように大きなシーツを巨大な最後の黄色い大滝でびしょ濡れにすることだ。本人が息絶えても滝はまだ流れ、滴り（したた）つづける。ゆえに私はいま、自称「人道主義者（ヒューマニスト）※」の死を見たいと願う。私やマンゴ・パークのような不屈の旅人は今後も生きつづけるから、この文学集団のメンバーたちの死をこの目で見届けて、世を去るにあたっての彼らの気高いふるまいを目の

※（原注）絶滅した存在をこのように語ることを読者にお許し願いたい。流行への言及の常として、こうした言及は話を古臭くしてしまうが、それなりに歴史的興味をそそる事柄ではあり、また省くとリズムが損なわれもするので、そのままにしておく。

あたりにすることもあろうと思うのだ。博物学者として思索にふけるなかでふと思いあたったのだが、上品さというのは素晴らしいものであるが人類が存続していくためには誰もが上品ではいられない。生殖のために定められた姿勢は上品ではありえない――およそ上品ではありえない――からだ。そしてもうひとつ思いあたったのだが、おそらくこれら「人道主義者」はまさにそういうものでは――そういうものだったのでは――ないか。すなわち、上品な共同生活の産物。が、彼らの出発点がいかなるものであったにせよ、その古風なパンフレットはいまや失効し、その渇望もひっそり歴史の脚注に収まったいま、彼ら数名の終着点を私は見届け、長らく保持されたその不毛さに蛆虫たちがどう挑むかに思いをはせたいと考えるのである。

この文章が発表されるころには「人道主義者」という名称も意味をなくしてしまっているかもしれないが、これら自称民間人たちを死者の博物誌において扱うことはひとまず正当であろう。ただし、ほかの死者たちにフェアでないことは認めざるをえない。それらほかの、自ら選んだ若き日々に死んだのではないし、雑誌を所有したこともなければ、多くは評論などというものを一本も読んだことがないにちがいない死者たちが炎天下に横たわり、彼らの口があった場所で半パイント分の蛆虫たちが作業しているのを私たちは目にしてきた。死者たちにとってはつねに炎天下だったわけではなく、大半の場合は雨であって雨のなかに横たわった彼らを雨は綺麗に洗ってくれたし、彼らが埋葬されるとその土も軟らかくなり、時にはなおも雨が降りつづけて土は泥と化し彼らは泥から出てきてあとでもう一度埋葬される破目になった。あるいは冬山にあっては雪のなかに埋めておくしかなく、春になって雪が融けるとまた別の誰かが埋葬せねばならなかった。山の中には美しい埋葬の場があり、山の中での戦争はあらゆる戦争のうちもっとも美しく、ポコルなる場で行なわれたそうした美しい戦争のひとつにあって、狙撃兵に頭を撃ち抜かれた将軍が埋葬された。『将軍は寝床で死ぬ』といった本の著者たちの誤謬がここにおいて露呈する。なぜならこの将軍は山高くの雪に掘られた塹壕で死んだのだ。ワシの羽根を飾ったアルプス帽を将軍はかぶり、小指を入れられぬほど小さな穴が前面に開き、拳でも――それが小さな拳であって拳を入れたいという気さえあれば――入れられるほどの穴がうしろに開いていて、多量の血が雪のなかに流れ出ていた。この人物は大変立派な将軍であったし、また、カポレットの戦いにおいてバイエルンのアルペン軍団を指揮し、隊に先んじて幕僚車でウディネへ突入するさなかイタリア軍後衛に襲撃されて死んだフォン・ベーア将軍も同様であった。したがってその手の本の書名は、こうした事柄に関していささかなりとも正確さを期そうとするなら、『将軍はたいてい寝床で死ぬ』とすべきなのだ。

　また、山の中では時に、山によって砲撃から護られた中腹に設けた応急手当所の前まで連れてこられた死者に雪が降ったりもした。土が凍る以前に山に掘られた洞穴にそうした死者たちは運び込まれた。この洞穴に、植木鉢が割れるような按配に頭が割れた一人の男が――もっとも膜組織と、巧みに巻かれてたっぷり血を吸いいまやそれも固まった包帯とのおかげで頭はばらばらに崩れずに済んでいたが――鋼のかけらによって脳の構造をかき乱され、一昼、一夜、そしてまた一昼横たわっていた。担架兵たちは軍医に、行って診てやってくれと頼んだ。洞穴に入るたび担架兵たちはその男を見ることになったし、たとえ見ずとも息づかいは聞こえてきた。医者の目は赤く、瞼は腫れて催涙ガスのせいでほとんど閉じてしまっていた。医者は男を二度診た。一度は昼の光のなかで、一度は懐中電灯を使って。これなども、つまり懐中電灯での訪問の方は、ゴヤのエッチングに最適だったであろう。二度目に男を診たあと、この兵士はまだ生きていますよと担架兵たちに言われて軍医はその言を信じた。

「で、どうしろというのかね？」と軍医は訊いた。

何をしてほしいということはなかった。が、しばらくして担架兵たちは、男を運び出して重傷者たちと一緒に横たえる許可を求めてきた。

「駄目だ、駄目だ！」と忙しく働きながら医者は言った。「どうしたっていうんだ？ 君たち、あの男が怖いのか？」

「あいつがあそこで死者と一緒にいるのを聞くのが嫌なんです」

「じゃあ聞くな。運び出したところで、またすぐ運び入れることになるぞ」

「それは構いません、軍医殿」

「駄目だ」と医者は言った。「駄目だ。駄目だと言うのが聞こえんのか？」

「モルヒネを多量にやったらどうです？」腕の傷を手当てしてもらうのを待っている砲兵将校が言った。

「モルヒネの使い道がそれしかないと思うのか？　モルヒネなしで手術をやれと言うのか？　君にはピストルがあるんだから、行って自分で撃ってやったらどうだ？」

「あの男はもう撃たれたんですよ」と将校は言った。「医者仲間が撃たれたらあなたの対応も違うでしょうよ」

「ご指摘かたじけない」と医者はピンセットを宙に振りかざしながら言った。「まことにかたじけない。この目はどうだ？」。医者はピンセットで自分の目を指した。「あんたも目がこんなふうになりたいかね？」

「催涙ガスですね。催涙ガスで済めば幸運だって私たち言ってますよ」

「前線を離れられるからだろう。催涙ガスを浴びたら、後方へ送り返してもらいに君たちはここへ駆け込んでくる。目に玉ねぎをこすりつけたりもする」

「あなたはどうかしてます。その侮辱、聞かなかったことにしますよ。頭がおかしい人を相手にしても仕方ない」

　担架兵たちが入ってきた。

「軍医殿」と一方が言った。

「出ていけ！」と医者は言った。

　彼らは出ていった。

「私が撃ってやります」と砲兵将校が言った。「私は情ある人間だ。苦しんでいる人間を放ってはおけない」

「じゃあ撃つがいい」と医者は言った。「撃ちなさい。責任を負いなさい。報告書を書くからな。応急救護所において砲兵隊中尉に撃たれて負傷。撃ちなさい。さっさと撃ちに行け」

「あんたは人間じゃない」

「私の務めは負傷者の世話であって、負傷者を殺すことじゃない。それは砲兵隊諸君の仕事だ」

「じゃあ世話してやったらどうです？」

「もうしたさ。できることはすべてやった」

「ケーブルカーで山から下ろしてやったらどうです？」

「何様のつもりかね、私にあれこれ指図して？　君は私の上官か？　この手当所の指揮官か？ちゃんと答えてほしいね」

砲兵隊中尉は何も言わなかった。中にいた者たちはみな兵卒で、将校はほかに一人もいなかった。

「答えなさい」と医者はピンセットで針を一本かざして言った。「返事したまえ」

「くたばりやがれ」と砲兵将校は言った。

「そういうことか」と医者は言った。「よかろう。よかろう。まあ見ていなさい」

砲兵隊中尉は立ち上がって医者に歩み寄った。

「くたばりやがれ」と中尉は言った。「くたばりやがれ。お前の母親もくたばりやがれ。お前の妹もくたばりやがれ……」

ヨードチンキをなみなみ注いだ皿を、医者は中尉の顔に投げつけた。中尉はなおも近づいてきながら、目が見えなくなったせいで手探りでピストルを捜した。医者はすばやく中尉のうしろに回り込み、その足を引っかけた。中尉が床に倒れ込むと、医者は彼を何度か蹴り、ゴム手袋をはめた手でピストルを拾った。中尉は床に座り込んで、怪我していない方の手で両目を覆った。

「ぶっ殺してやる！」と中尉は言った。「見えるようになったらすぐ殺してやる！」

「ここのボスは私だ」と医者は言った。「ボスは私だということは君も承知しただろうから、すべて許す。ピストルは取り上げたから、君に私を殺せはしない。軍曹！　副官！　副官！」

「副官はケーブルカーのところに行っています」と軍曹が言った。

「アルコールを水で薄めて、この将校の目を拭いてやれ。目にヨードチンキが入っている。私が手を洗う盥（たらい）を持ってこい。この将校を次に手当てする」

「お前なんかに触らせるもんか」

「こいつをしっかり押さえていろ。少し譫言（うわごと）を言ってるから」

担架兵の一人が入ってきた。

「軍医殿」

「なんの用だ？」

「死体置場の男ですが――」

「出ていけ」

「死にました、軍医殿。お聞きになったら喜ばれるかと思いまして」

「ほらな、中尉君。私と君はなんでもないことをめぐって言い争っていたのさ。戦争中、人はなんでもないことをめぐって言い争うんだ」

「くたばりやがれ」と砲兵隊中尉は言った。目はまだ見えなかった。「俺を盲にしやがって」

「なんでもないさ」と医者は言った。「君の目はじき治る。なんでもない。なんでもないことをめぐる言い争いだ」

「ギャアア！　ギャアア！」突如中尉が金切り声を上げた。「盲にしやがって！　盲にしやがって！」

「しっかり押さえてろ」と医者は言った。「だいぶ痛みがあるようだ。すごくしっかり押さえてろ」

君は絶対こうならない
A Way You'll Never Be

攻撃は野原を横切っていった。周りより低くなった掘道から、そして居並ぶ農家からの機銃掃射を受けたが、町では何ら抵抗に遭わず、そのまま川べりまで達した。自転車で道を走ってきたニコラス・アダムズは、路面があまりに凸凹になると降りて押して歩き、死者たちの姿勢によって何があったかを見てとった。

死者たちは一人で、あるいは固まって、野原の高い草のなかに、あるいは路上に横たわっていた。ポケットはひっくり返され、蝿がたかり、それぞれの体の周り、体の集まりの周りに書類が散らばっていた。

草と穀物に埋もれて、また道端に、ところどころ路上にも、さまざまな品が転がっていた。野戦用調理具一式（戦況がよかったころに持ってきたにちがいない）、いくつもの仔牛革の背嚢、手榴弾、ヘルメット、ライフル（時おり銃尾が上を向き、銃剣が地面に突き刺さっているのもあった――最後の瞬間にずいぶん食い込んでいた）。手榴弾、ヘルメット、ライフル、塹壕掘りの道具、弾薬箱、照明弾銃（薬莢があたりに散らばっている）、医療用具、ガスマスク、空のガスマスク吸収管、三脚付きのずんぐりした機関銃（無数の空薬莢が巣のように銃を囲み、本体からベルトが丸ごと飛び出し、空っぽの水冷缶は横倒しに転がり、遊底の部分はなくなっている）、奇妙な姿勢の兵士たち、周りの草には例によって書類が散らばっている。

ミサの祈禱書があり、機銃隊のグループ絵葉書があった――兵たちは階級順に並んで立ち、大学の年鑑に載ったフットボールチームみたいにみな血色のいい快活な顔をしている（いま彼らの体は草に囲まれて盛り上がり、膨らんでいる)。オーストリアの軍服を着た兵士がベッドの上で女性の体をうしろに押し曲げている政治宣伝葉書(両者の姿が印象主義的に描かれ、きわめて魅力的に表現されたその情景は、現実の、女性の息を抑えるためスカートを頭の上まで引っぱり上げ時には仲間が頭に座り込む強姦とは何の関係もなかった)。この煽動的な葉書がどうやら攻撃の直前に配布されたにちがいなく、大量にあった。それらはいま、猥褻な写真の葉書と一緒に転がっている。そして、村の写真屋が村の娘を撮った小さな写真、時には子供の写真。そして手紙、手紙、手紙。死体の周りにはつねに多くの文書があるものだ。この攻撃の残骸も例外ではなかった。

これらは新しい死者であり、そのポケット以外には誰も手を出していなかった。味方の死者は——あるいは、味方の死者とニックがいまも考えたものは——驚くほど少なかった。彼らの外套も開けられ、ポケットがひっくり返され、その姿勢に攻撃の方法と技量が表われていた。暑さが彼らみんなを、国籍にかかわらず膨れ上がらせていた。

町は明らかに、掘道からの反撃によって最後は護られたにちがいなく、町のなかへ後退したオーストリア兵はほとんどいなかった。街頭にある死体は三つだけで、いずれも走っている最中に殺されたものらしかった。町の家々は砲撃で破壊され、街路のそこらじゅう漆喰とモルタルの瓦礫があり、折れた梁、割れたタイルが転がり、たくさん出来た穴のいくつかはマスタードガスのせいで縁が黄色くなっていた。薬莢が無数に落ちていて、榴散弾の破片が瓦礫のなかに散らばっていた。町には人っ子一人いなかった。

フォルナチを発って以来、ニックは一人の人間も見かけていなかった。自転車で道を走り、木の葉が過剰に茂った田園地帯を抜けるあいだ、道路の左側、桑の葉陰に銃が何基も隠れているのが見えた。太陽が金属に当たって、葉の上に陽炎がのぼるせいでわかったのだ。そしていまそのまま町に入っていって、町に人けがないことに彼は驚き、土手の下にのびた低い道へ出た。町の外に出ると、道が下り坂になっている、何もない開けた空間があって、穏やかに広がる川と、低く曲線を描く向こう岸の土手と、オーストリア軍が塹壕を掘った白く陽に焼けた泥が見えた。この前見たとき以来、何もかもが生い茂り、過剰に青々としていた。歴史の一部と化しても、この下流のあたり、それは変わらなかった。

大隊は左側の土手ぞいに広がっていた。土手の上にいくつか穴があって、兵士たちが何人か中に入っていた。機関銃が据えられ、信号弾が架台に収まっているのをニックは目にとめた。土手の斜面の穴に入っている兵士たちは眠っていた。誰もニックを誰何しなかった。彼は先へ進んだ。ぬかるんだ土手の曲がり目を過ぎると、無精ひげを生やした、縁の赤いひどく充血した目の少尉が彼にピストルを突きつけた。

「誰だ、お前？」

ニックは答えた。

「証拠は？」

ニックは少尉に、写真と第三軍の印章が入った身分証明書（テッセラ）を見せた。相手はそれを摑んだ。

「これは預かる」

「断る」とニックは言った。「カードを返せ、そして銃をしまえ。そこに。ホルスターに」

「どうやってお前が何者かわかる？」

「テッセラを見ればわかる」

「テッセラが偽物だったら？　それ、よこせ」

「馬鹿言うな」ニックは快活に言った。「あんたたちの中隊長のところに連れてってくれ」

「大隊本部に連行すべきだな」

「それでいい」とニックは言った。「なあ、パラヴィチーニ大尉は知ってるか？　背の高い、小さな口ひげを生やした、建築家だった、英語を喋る人だ」

「お前、知ってるのか？」

「少し」

「どの中隊を指揮してる？」

「第二」

「いまは大隊を指揮してるぞ」

「結構」とニックは言った。パラが無事だと知ってほっとした。「大隊本部に行こう」

さっき町の外へ出たところで、右側高く、破壊された家々の上空で榴散弾が三発炸裂したが、それ以来いっさい砲撃はなかった。なのにこの将校の顔は、爆撃を受けている最中の男の顔みたいだった。そういうこわばりがあり、声も自然ではない。彼のピストルはニックを落着かなくさせた。

「それ、しまえよ」とニックは言った。「敵は川の向こうにいるんだぜ」

「あんたのことスパイだと思ったら、いまここで撃つところだな」と少尉は言った。

「よせって」ニックは言った。「大隊本部へ行こう」。この将校はニックをひどく落着かなくさせた。

大隊本部になっている塹壕のなかで、テーブルの陰からニックが敬礼を送ると、少佐代理を務めるパラヴィチーニ大尉が立ち上がった。前より痩せて、ますます英国人ふうに見えた。

「やあ」と大尉は言った。「見違えたな。なんでまたそんな軍服を?」

「着せられたのさ」

「会えてすごく嬉しいよ、ニコロ」

「うん。元気そうだな。作戦はどうだった?」

「実にうまく行ったよ。本当に。実にうまい攻撃だった。説明してやるよ。いいか」

大尉は地図を使って、攻撃がどう展開したかを語った。

「僕はフォルナチから来た」とニックは言った。「だから、どんな具合だったかはこの目で見た。実によかった」

「すごかったよ。まったくすごかった。君、連隊に付いてるのか？」

「いや。あちこち行って軍服を見せて回るのが仕事さ」

「そりゃ妙だな」

「アメリカの軍服を一着見たら、もっと来るとみんな思うはずだってわけさ」

「だけどどうやってそれがアメリカの軍服だとわかる？」

「君がみんなに知らせるのさ」

「え。そうか、なるほど。じゃあ伍長を一人、案内役につけるから、前線を回りたまえ」

「馬鹿な政治家みたいにな」とニックは言った。

「君、民間人の服を着た方がずっと映えるのにな。本当に映えるのは民間服だ」

「ホンブルク帽をかぶってな」とニックは言った。

「じゃなきゃすごくふわふわのフェドーラ帽とか」

「ほんとはポケットに煙草とか葉書とか一杯入ってないといけないんだ」とニックは言った。「チョコレートが一杯詰まったナップザックがなくちゃいけない。そういうのを、優しい言葉をかけて背中をポンと叩きながら配らないといけないんだ。でも煙草も葉書もチョコレートも全然なかった。で、とにかく巡回してこいって言われたのさ」

「君が姿を見せれば、部隊みんな大いに勇気づけられると思うね」

「そう思わんでほしいね」とニックは言った。「僕としちゃただでさえ気まずいわけで。信条としては、君にブランデーを一壜持ってくるところなんだが」

「信条としては」とパラは言って、初めてにっこり笑い、黄ばんだ歯を見せた。「実に美しい言い方だ。グラッパでもどうだ？」

「いや結構」とニックは言った。

「エーテルは混じってないよ」

「あの味、まだ口のなかに残ってる」ニックは突然、完璧に思い出した。

「あのときは君が酔っ払ってるなんて全然知らなかったのさ、軍用トラックで帰ってくる途中、君が喋り出すまで」

「僕はどの攻撃でもかならずぐでんぐでんだったさ」とニックは言った。

「私にはできんね」とパラは言った。「最初の、一番最初の攻撃で飲んでみたが、どうしようもなく落着かなくなっただけだったし、あとでものすごく喉が渇いた」

「君には必要ないさ」

「攻撃では君の方がずっと勇敢だよ」

「いや」とニックは言った。「僕は自分がどうだかわかってるし、べろんべろんになってた方がいいんだ。べつに恥だとは思わない」

「君が酔ってる姿は見たことないよ」

「そうか？」とニックは言った。「一度も？　あの夜メストレからポルトグランデへ行く途中、僕が寝たいって言い出して、自転車を毛布代わりにあごまで引き寄せたときもか？」

「あれは前線じゃなかったさ」

「僕がどうだかの話はよそう」とニックは言った。「それについちゃうんざりするほど知りすぎていて、もう考えたくもない」

「少しここにいたらどうだ」とパラヴィチーニは言った。「よかったら昼寝するといい。爆撃のときもここは大してやられなかった。外へ出るにはまだ暑すぎるし」

「まあ急ぐことはないな」

「で、どうなんだい君？」

「元気さ。全然大丈夫だよ」

「いや、だから本当の話」

「大丈夫さ。何か明かりが点いてないと眠れない。もうそれくらいだよ」

「あれはやっぱり穿頭(せんとう)手術をやるべきだったよ。私は医者じゃないがそれくらいはわかる」

「まあ医者どもは吸引の方がいいと決めたから、そうされたわけで。どうした？　僕、気が変みたいに見えないよな？」

「とびきり快調に見えるさ」

「いったんおかしいって決められると、ものすごく面倒臭くてさ」とニックは言った。「もう二度と、誰にも信頼してもらえなくなる」

「私は昼寝することにするよ、ニコロ」とパラヴィチーニは言った。「ここは大隊本部といっても、前とは違うんだ。撤退の司令を待ってるだけさ。この暑さで外に出るのはよくないよ。馬鹿げてる。そこの寝台を使いたまえ」

「じゃあ少し横になるか」とニックは言った。

ニックは寝台に横たわった。こんな気分になったことにひどくがっかりしていたし、それがパラヴィチーニ大尉には見え見えであることにもっとがっかりしていた。ここはあの塹壕ほど大きくはない――前線に出たばかりの、一八九九年入営兵小隊が、攻撃前の砲撃の最中ヒステリーに陥ったあの塹壕ほどは。あのとき彼は、パラに命じられて、何も心配はないことを示すために、二人ずつ外に出して歩かせたのだった。彼自身、唇が余計な音を立てぬよう、あごひもで口をきっちり閉じて。敵の陣地を取ったところで持ちこたえられないことはわかっていた。何もかもひどい話だとはわかっていた。泣きやまないなら、何かほかのことを考えるよう鼻の骨を折るまでだ。一人撃ってやりたいけれどもう遅い。みんなもっとひどくなるだけだ。鼻の骨を折れ。攻撃は五時二十分に早められた。もうあと四分しかない。あそこの阿呆、鼻の骨を折って間抜けな尻を蹴っ飛ばして追い出してやる。こいつらみんなあっちまで行けるだろうか？　行けなかったら二人ばかり撃って、ほかの連中はとにかく外に出す。おい軍曹、奴らのうしろにくっついてろよ。先に前を行って、うしろを見たら誰も来てない、なんてことじゃしょうがないからな。進みながらみんな外に出していくんだ。何もかもひどい話。わかった。そうだとも。と、時計を見て、あの静かな口調で、あのかけがえない静かな口調で「サヴォイア」。しらふでやるんだ、酒を取りに行く暇はない、頭が凹んだあと自分の酒も見つからなかった、一方の端が丸ごと凹んで、それからああいうのがはじまったのだ。しらふであの坂を上っていった。ぐでんぐでんにならずにやったのは後にも先にもあの時だけ。みんなで戻ってくるとケーブルカーの駅が燃えたらしく、負傷者は何人か四日後に降りてきて全然降りてこなかったのもいたけれど俺たちは上って戻っていって降りてきた——かならずいつも降りてきた。で、そこになんと、羽根飾りつけたゲイビー・デリーズがいて、あんた去年はあたしのことベイビー・ドールって呼んでくれたのに君と知りあえてよかったよタダダって言ってくれたのにタダダ羽根飾りをつけていてもつけてなくても素敵なゲイビー、俺の名前だってハリー・ピルサーさ、坂がきつくなってくると俺たち一緒にタクシーの反対側から抜け出したよな、毎晩夢を見るたびあの丘が見えた、シャボン玉みたいに白く膨らんだサクレ・クールと並んで。時おり彼女がそこにいて時には誰かよその男と一緒にいて俺には訳がわからなかったけど、そういう夜には川もなぜかもっとずっと広く静かに流れてフォッサルタの外れに黄色いペンキを塗った低い家があって周りじゅうに柳があって低い納屋があって運河があって、そこへはもう千回も行ったけど一度も見たことはない、でも毎晩それはそこにはっきり、丘と変わらずはっきりあるのだ。ただ、それを見るのは怖かった。その家はほかの何よりも意味があって毎晩夢に出てきたのだ。俺にはそれが必要だったのだけれどそれでもやっぱり怖かった、特にボートが運河の柳に囲まれて静かに浮かんでいるときは、でも土手はこの川とは違っていた。もっとどこも低くてポルトグランデと同じで、ポルトグランデでは洪水になった場所を奴らがライフルを高く掲げてよろよろやって来てやがて水のなかで銃を掲げたまま倒れてしまったのだ。あんなことを命令したのは誰だったか？　こんなにごちゃごちゃにこんがらがらなかったらちゃんと辿っていけるのに。だからこそ何もかも細かく目にとめてこんがらがらないようにして自分が今どこにいるのかちゃんとわかるようにしないといけない、でも今みたいにいきなり訳もなくごちゃごちゃになってしまって、俺は大隊本部の寝台に横になってパラは大隊を指揮していて俺は馬鹿みたいなアメリカの軍服を着てる。起き上がってあたりを見回すと、みんながこっちを見ていた。パラはいなくなっていた。ニックはもう一度横になった。

パリの夢はもっと前に見ていてこっちは怖くなかったけれどただ彼女が誰かよその男と一緒にどこかへ行ったときと、また同じ運転手なんじゃないかという心配だけは別だった。それについては怖かった。前線のことは全然怖くなかった。もう前線の夢は全然見なかったけれど頭から追い払えないくらい怖いのはあの細長い黄色い家と川の幅の違いだった。今こうして川に戻って、さっきは同じあの町を抜けてきたけれど家はなかった。川もあんなふうじゃなかった。じゃあいったい俺は毎晩どこに行ってどんな危険にさらされてるのか、なぜ汗びっしょりで目が覚めるのか、なぜ爆撃されたときだってここまで怖くはなかったというくらい怖いのか、たかが一軒の家と細長い納屋と運河のせいで？

彼は身を起こした。両脚をそっと回して降ろした。長いあいだまっすぐつき出しているといつもこわばってしまう。副官、通信兵たち、伝令二人が出入口からじっと見ている視線を見返し、布で覆った塹壕用ヘルメットをかぶった。

「チョコレート、葉書、煙草がなくて申し訳ない」と彼は言った。「けれどとにかく軍服は着ている」

「少佐殿はすぐ戻ってこられます」と副官が言った。この軍では副官は将校ではない。

「この軍服、あまり正確じゃないんだ」ニックは彼らに言った。「でも一応の感じはわかるだろ。まもなく何百万のアメリカ兵がここへやって来るんだ」

「こんなところにアメリカ兵を送ってよこすと思います？」と副官が訊ねた。

「もちろんさ。僕の倍くらい大きいアメリカ兵たちさ——みんな健康で、清い心を持ち、夜はよく眠り、負傷したことも吹っ飛ばされたこともなく頭が凹んだことも怯えたこともなく、酒も飲まず、残してきた女の子を裏切らず、大半は梅毒にかかったこともない、すごくいい奴らだよ。来ればわかる」

「あなた、イタリア人で？」と副官が訊いた。

「いや、アメリカ人さ。軍服を見ろよ。スパニョリーニがこしらえたんだがいまひとつ正確じゃないんだ」

「北アメリカですか、それとも南アメリカ？」

「北」とニックは言った。それがやって来るのが感じられた。もう黙ろう。

「でもイタリア語話すじゃありませんか」

「それがどうした？　僕がイタリア語話しちゃまずいか？　僕にはイタリア語話す権利、ないのか？」

「イタリアの勲章つけてるし」

「綬章と賞状だけさ。勲章はもっとあとだ。あっても人に預けたらそいつがいなくなっちまったり。じゃなきゃ荷物と一緒になくなるとか。あんなものミラノに行けば売ってるよ。大事なのは賞状だ。気にすることはない。前線に長くいればいずれもらえるさ」

「私、エリトリアに従軍しました」と副官はこわばった口調で言った。「トリポリでも戦いました」

「お近づきになれて光栄です」ニックは片手をさし出した。「あの戦争は大変だったでしょうねえ。あなたの綬章はさっきから見ていました。ひょっとして今回は、カルソにもいらした？」

「この戦争では召集されたばかりです。同期はみんなもう歳ですから」

「僕なんか一時期、規定年齢に達してませんでしたよ」ニックは言った。「でもいまはもう後方任務です」

「なのにどうしてここにいるんです？」

「アメリカの軍服を宣伝してるんです」ニックは言った。「すごく意義あることだと思いませんか？　襟のところがちょっときついけどじきに未曾有の何百万という兵がこれを着てイナゴみたいに群がるんですよ。バッタですよ、アメリカで言うバッタってのは実はイナゴなんです。ほんとのバッタっていうのは小さくて緑色で比較的弱い虫です。だけどあと、七年イナゴ、というかセミと混同しちゃいけませんよ。セミはセミで奇妙な、持続する声を出します、どういう声かいまちょっと思い出せませんけど。思い出そうとしても出てこないんです。もう少しで聞こえてくるかと思うんだけどまたすっかり消えちまうんです。この話、もうやめても構いませんかね？」

「少佐を探してこい」副官が伝令兵の一方に言った。それからニックに「あなたが負傷なさったことはわかります」と言った。

「いろんな場所をね」とニックは言った。「傷跡ってものにご関心がおありならなかなか興味深いやつをご覧に入れてさし上げますが、僕としてはバッタの話をしてる方が有難いですね。つまりアメリカでバッタと呼んでるやつですね。本当はイナゴだっていうやつ。この昆虫はですね、僕の人生のある時期に、きわめて重要な役割を演じていたんです。あなたもご興味を持たれるかもしれませんし、僕が喋っているあいだ軍服をご覧になればいい」

副官がもう一人の伝令兵に片手で合図し、伝令兵は出ていった。

「軍服をじっくりご覧になってください。スパニョリーニが作ったんですよ。せっかくだから君たちも見たらどうだ」とニックは通信兵たちに言った。「僕には階級もないんです。僕らはアメリカ領事館の指示で動いてるんです。見てくれて全然構いませんよ。じろじろ眺めて結構。

アメリカのイナゴの話をします。僕たちはつねに、仲間うちでミディアム＝ブラウンと呼んでいるやつを好んでいました。それが水に入れても一番長持ちするし、魚にも好かれるんです。もっと大きいのもいて、ガラガラヘビがガラガラを鳴らすのとちょっと似た音を出しながら飛ぶんですが、すごく乾いた感じの音です、あざやかに色のついた羽根があって、明るい赤の羽根のもいれば黒い縞が入った黄色いのもいます、だけどこいつらは水に入れると羽根がバラバラになっちまって、餌としては何とも締まりがないんですね、それに較べてミディアム＝ブラウンはぽっちゃりまとまっていて、汁気も多いんです、お薦めしますよ、まあ皆さんがたぶん一生目にされないものをお薦めしてどうすんだって気もしますが。でもね、これは言っときますけど、この虫を一日の釣りに足りるくらい集めようと思ったら、手でつかまえようとかバットで打とうとかしたって駄目です。そんなのまるっきりナンセンス、時間の浪費もいいところです。いいですかもう一度言いますよ、そんなやり方じゃ全然埒があきません。正しいやり方はですね、僕の好きにやらせてもらったら諸君たち若き将校が受講する携帯兵器に関する講習にかならず組み込みたいところですが、いや実際そういうことやらせてもらえるかもしれませんけどねいつの日か、とにかくね、引き網を使うんです、普通の蚊帳に使うたぐいの網です。

将校二人で、この網の隅を交互に持ちます、いやつまりそれぞれ一方の側を持つわけですね、そうして身を屈めて、片手で網の下の端を持ってもう一方の手で上の端を持って、風に向かって駆け出すんです。で、イナゴは風に乗って飛んでますから、網に飛び込んでくる格好になって、その中に捕えられてしまうわけです。大量につかまえるんだって訳ありません。僕に言わせてもらえばすべての将校は、このバッタ網を即興で作るに適した蚊帳の素材を常時携帯すべきですね。どうでしょう、これでちゃんと伝わったでしょうか。何かご質問は？　途中で不明な点があったら質問してくださいね。遠慮は無用です。ご質問、ありませんか？　では最後に一言申し上げて締めくくりたいと思います。かの偉大な兵士にして紳士たるサー・ヘンリー・ウィルソンが述べたように、諸君、人は支配するかされるか、そのどちらかしかないのです。もう一度申し上げます。諸君、ひとつこれだけは覚えておいていただきたい。この部屋を去るにあたってこのことは胸に入れて帰っていただきたい。諸君、人は支配するかされるか、そのどちらかしかないのです。以上。ごきげんよう、諸君」

彼は布で覆ったヘルメットを脱ぎ、もう一度かぶって、身を屈め、塹壕の低い出入り口を抜けて外に出た。伝令二人を伴ったパラが、掘道をこっちへやって来るところだった。日なたはひどく暑く、ニックはヘルメットを脱いだ。

「こういうのを濡らす仕組みがあってしかるべきだな」とニックは言った。「僕はこいつを、川で濡らすことにする」。彼は土手をのぼって行きはじめた。

「ニコロ」パラヴィチーニが呼びかけた。「ニコロ。どこへ行くんだ？」

「べつに行かなくたっていいんだ」。ニックは両手でヘルメットを抱えて坂を降りてきた。「これって濡れても乾いてもすごくうっとうしいよな。君、これいつもかぶってるのか？」

「いつもさ」とパラは言った。「おかげで頭が禿げてきた。中に入ろう」

中に入るとパラは彼に、座りたまえと言った。

「こんなもの全然役に立たないじゃないか」とニックは言った。「もらった当初はそれなりに有難かったけど、以来、こいつに脳味噌があふれてるのをさんざん見てきたからなあ」

「ニコロ」パラは言った。「君、戻った方がいい。物資が届くまで前線には来ない方がいいと思う。ここで君にできることは何もない。配るものがあったらあったで、兵士たちが集まってきて、絶好の標的になってしまう。私としては容認できないよ」

「馬鹿な真似だってことはわかってるさ」ニックは言った。「僕の思いつきじゃないんだ。旅団がここに来てるって聞いたんで、君か誰か知りあいに会えると思ったのさ。ゼンゾンかサン・ドナに行ってもよかったんだ。サン・ドナに行ってあの橋をもう一度見たいな」

「君を無為に動き回らせる訳には行かない」とパラヴィチーニ大尉は言った。

「結構」ニックは言った。それがまたやって来るのが感じられた。

「わかってくれるかね？」

「もちろん」ニックは言った。何とかそれを抑え込もうとした。

「その手のことは夜のあいだにやらないといけない」

「当然だね」ニックは言った。もうそれを止められないことがわかった。

「何しろこっちは、大隊を指揮しているのでね」パラは言った。

「して悪いことなんかないさ」ニックは言った。それがやって来た。「だって君、読み書きはできるんだろ？」

「ああ」パラは穏やかに言った。

「問題は君の指揮してる大隊とやらがどうしようもなく小さいってことだ。こいつがまた力をつけ次第、君も自分の中隊を返してもらえるさ。どうしてあいつら、死者を埋葬しないんだ？僕はもうさんざん見てきた。もう見る気はしないね。とにかくさっさと埋葬してほしいし、その方が君たちにとってもずっといいはずだ。このままじゃ君たちみんな病気になっちまうぜ」

「君、自転車はどこに置いてきた？」

「最後の家のなかだ」

「大丈夫か？」

「心配するな」ニックは言った。「少ししたら行くから」

「少し横になれよ、ニコロ」

「ああ」

目を閉じると、見えたのは、あごひげを生やした、ライフルの照準器ごしにこっちを見ている兵士ではなかった——落着き払った顔でこっちを見ている兵士が、やがて引き金を引いて、白い閃光が浮かび棍棒のような衝撃が膝を襲い、熱く甘い感じに喉が詰まり、岩の上にゴホゴホ咳込むのをよそに兵士たちが前を通り過ぎてゆく、そんな光景の代わりに、細長い黄色い家と、それに付属した低い納屋と、実際よりずっと広くて静かな川が見えた。「畜生」とニックは言った。「これじゃ寝たって仕方ない」

彼は立ち上がった。

「もう行くよ、パラ」と彼は言った。「午後に自転車で帰る。何か物資が届いてたら夜に届けにくるよ。届いてなかったら、何か届いたときに夜来る」

「まだ自転車で行くには暑いぞ」パラヴィチーニ大尉は言った。

「心配ない」ニックは言った。「僕ならまだしばらく大丈夫さ。さっき一回来たけど、大したことはなかった。ずいぶんよくなってきてるんだ。来そうになるとわかるんだよ、べらべら喋り出すから」

「伝令を一人つけるよ」

「要らないよ。道はわかってるし」

「じきまた来るかい?」

「もちろんだとも」

「やっぱり誰か——」

「いや」ニックは言った。「よしてくれ、信頼のしるしに」

「そうか。じゃあ、チャオ」

「チャオ」ニックは言った。自転車を置いてきた場所に向かって、掘道を戻っていった。運河を過ぎれば、午後の道は日陰になっているだろう。そのあとは両側に並木があって、砲撃も全然受けていない。まさにあのあたりを行軍している最中に、かつて自分たちは、雪のなかを槍を掲げて進むテルザ・サヴォイア騎兵連隊とすれ違ったのだ。冷気のなか、馬たちの息が羽毛を作っていた。いや、あれはどこかよそでのことだ。どこだったか？

「自転車を置いてきたところに行かなくちゃ」ニックは胸のうちで言った。「フォルナチへの道を見失いたくないからな」

よその国で
In Another Country

秋のあいだ戦争はずっとあったが、僕たちはもうそこに行かなかった。秋のミラノは寒くて日が暮れるのもすごく早かった。やがて電灯が点いて、街角にいて家々の窓を見るのは気持ちがよかった。店先に鳥や獣の肉がたくさんぶら下がっていて、粉雪が狐の毛皮に入り込み風がその尻尾に吹きつけた。鹿たちは固く重く虚ろにぶら下がり、小鳥たちが風に吹かれて飛び、風が彼らの羽根をひっくり返した。寒い秋で、風は山から吹いてきた。

僕たちはみんな毎日午後に病院に来ていた。薄暮れの町を抜けて病院まで歩く行き方はいくつもあった。行き方のうち二つは運河ぞいだったが、遠かった。でも最後はかならず、運河の橋を渡って病院に入った。橋は三つのうちから選べた。そのひとつで女が焼き栗を売っていた。女が焚く炭火の前に立つのは暖かかったし、そのあとポケットのなかでは栗が暖かかった。病院はとても古くてとても美しく、門を抜けて中に入って中庭を越えて向こう側の門から外に出た。中庭ではたいてい葬列が出発するところだった。古い病院の向こうに煉瓦造りの新館があって、僕たちは毎日午後にそこに集まって、みんなとても礼儀正しく治療にもしかるべく関心を持ち、大きな違いを生むはずの機械にかかっていた。

僕がかかっている機械のところに医者がやって来て、言った。「戦争前、君は何をするのが一番好きだった？　スポーツはやっていたかね？」

僕は言った。「はい、フットボールを」

「結構」医者は言った。「前よりもっとよくフットボールができるようになるよ」

僕の片膝は曲がらず、脚が膝から、ふくらはぎ抜きでじかにくるぶしにつながってしまっていた。機械が膝を曲げてくれて三輪車に乗っているみたいに動かしてくれるはずだった。でも膝はまだ曲がらず、曲がる箇所に来ると代わりに機械ががくんと揺れた。医者は言った。「そのうち変わるさ。君は運のいい若者だ。またチャンピオンみたいにフットボールができるようになるよ」

隣の機械には片手が赤ん坊のように小さい少佐が座っていた。医者に手を診(み)てもらいながら少佐は僕に向かってウィンクした。手は二本の革のストラップに挟まれていて、ストラップは上下に弾んでこわばった指をぱたぱた動かした。少佐は言った。「で、私もフットボールできるようになりますかね、大尉先生？」。彼はかつてフェンシングの名手だった。戦争前はイタリア一のフェンシングの名手だった。

医者は奥の診察室に行って、機械にかかる前は少佐のと同じくらい萎(しお)れていた、かかったあと少し大きくなった手の写真を持ってきた。少佐はいい方の手で写真を掲げて、じっくり眺めた。「負傷ですか？」と彼は訊いた。

「産業事故です」医者は言った。

「興味深い、実に興味深い」少佐は言って、写真を医者に返した。

「自信がつきましたか？」

「いいえ」少佐は言った。

毎日僕とほぼ同い歳の若者が三人やって来た。三人ともミラノの出で、一人は弁護士に、一人は画家になる予定で、もう一人はかつては軍人になるつもりでいた。機械を終えると僕たちは時おり帰り道に、スカラ座の隣のカフェ・コーヴァまで一緒に行った。四人一緒だったので共産主義者の集まる界隈を抜ける近道を通っていった。僕たちは将校だったから人々に嫌われた。僕らが通りすがると酒場から誰かが「くたばれ将校ども（ア・バッソ・リ・ウフィチャーリ）！」と叫んだ。ときどき一緒に歩いて僕たちを五人組にしたもう一人の若者は黒い絹のハンカチで顔を覆っていた。そのころ彼は鼻がなくて顔を作り直してもらうことになっていたのだ。彼は士官学校を出て戦場に行き、初めて前線に入って一時間と経たないうちに負傷したのだった。顔は作り直されたが、彼は大変由緒ある家柄の出で、鼻はどうしても完全にはならなかった。やがて南米に行って銀行に勤めた。でもこれはずっと昔の話で、そのころの僕たちはこれからどうなるのか誰もわからなかった。そのころわかっていたのは、戦争はいつもあること、でも僕たちはもうそこに行かないことだけだった。

僕たちはみな同じ勲章を持っていたが、黒い絹のハンカチを包帯代わりに顔に巻いた若者だけは勲章がもらえるほど長く戦線にいなかったので持っていなかった。弁護士になる予定のひどく青白い顔をしたのっぽの若者は特攻隊の中尉だったので僕たちが一つしか持っていない勲章を三つ持っていた。彼はすごく長いあいだ死と隣りあわせに生きてきたので少しよそよそしかった。僕たちはみんな少しよそよそしくて、毎日午後に病院で顔を合わせること以外たがいをつなげているものは何もなかった。それでも、コーヴァに向かって物騒な界隈を歩いていて、暗いなかを進み、酒場から光と歌声が流れ出てきて、時には人々が歩道に群がっていて通り抜けるのに肱で押さないといけない通りに入っていく破目になったりすると、彼らには——僕たちを嫌っている彼らには——理解できない何かが自分たちの身に起きたということによって僕たちはつながっているように思えた。

若者たちははじめ僕の勲章に関してとても礼儀正しく、何をしたおかげでもらったのかと訊いてきた。僕は彼らに書類を見せた。それはとても美しい言葉で書かれていて友愛（フラテランツァ）とか自己犠牲（アブネガツィオーネ）とかがたくさん入っていたが、形容詞を取り除いてみると、要するに言っているのは、僕がアメリカ人だから勲章をもらったということだった。そのあと彼らの態度は少し変わった。外の人間たちに対しては僕は彼らの仲間だったけれど、彼らに表彰状を読ませてからはもう完全に彼らの一人ではなくなった。彼らの体験は僕とは違ったのであり、僕とは全然違うことをして勲章をもらったのだ。たしかに僕も負傷はした。でも僕たちはみな知っていた。負傷というのは結局のところ要するに事故なのだ。でも僕は勲章を恥ずかしいと思ったことは一度もなかったし、時おり、カクテルアワーのあと、彼らが勲章をもらう上でやったことを自分が全部やったと想像してみたりした。けれども、夜に冷たい風が吹いて店もみな閉まったあとの人けのない帰り道を街灯から離れぬよう気をつけながら歩いていると、自分はそんなことを絶対しなかっただろうとわかった。僕は死ぬのがすごく怖かった。よく夜中に一人でベッドに横になって死ぬのを怖がり、もう一度前線に戻ったら自分はどうなるだろうと思案した。

勲章をもらった三人は狩猟の鷹みたいだった。僕は鷹ではなかった。猟をしたことのない人には鷹みたいに見えたかもしれないが、彼らは、三人は、だまされなかった。それで僕たちはだんだん離れていった。でも僕は前線の第一日目に負傷した若者とは仲がいいままだった。なぜなら彼も自分がどうなったか知りようがなかったからだ。だから彼も仲間にしてもらえなかった。僕は彼のことが気に入っていた。彼もたぶん鷹にはならなかっただろうと思ったからだ。

フェンシングの名手だった少佐は勇敢さというものを信じず、並んで機械にかかっているあいだ大半の時間を僕の文法的誤りを正すことに費やした。はじめ彼は僕のイタリア語の話し方を褒めてくれて、僕たちはすごく気楽に喋った。ある日僕は、イタリア語はすごく簡単な言語だと思うからあまり興味が持てない、とにかく何でもすごく簡単に言えるから、と言った。「うん、そうだね」少佐は言った。「だったら君、文法を学んでみてはどうかね?」。そこで僕たちは文法を学びはじめ、じきにイタリア語はものすごく難しい言語となり、僕は頭のなかで文法をはっきりさせるまで少佐と口をきくのが怖くなった。

少佐はきわめて律儀に病院に通ってきた。たぶん一日も休まなかったと思うが、機械を信じていたのでないことは断言できる。一時期は僕らのうち一人として機械を信じていないこともあったし、ある日少佐は、こんなもの何もかも無意味だと言った。機械は当時まだ新しく、その効用を証明するのが僕たちの役割だった。馬鹿な考えだ、と少佐は言った。「ただの理論さ、ほかの理論と同じだよ」。僕はまだ文法を覚えていなかった。君は愚かなどうしようもない恥さらしだと少佐は言った。君なんかを相手にした私が馬鹿だったと彼は言った。彼は小柄な男で、背をのばして椅子に座って右手を機械に突き入れ、指を挟んだストラップがばたばた上下するなかでまっすぐ前の壁を見ていた。

「もし戦争が終わったら終わったとき君はどうする？」少佐は僕に訊いた。「正しい文法で答えたまえ！」

「僕は合衆国に行きます」

「君は結婚しているか？」

「いいえ、でも僕はしたいと思っています」

「君はますます馬鹿だ」少佐は言った。すごく怒っているみたいに見えた。「男は結婚なんかしちゃいかんのだ」

「なぜですか、少佐殿（シニョール・マジョーレ）？」

「『少佐殿』と呼ぶのはよせ」

「なぜ男は結婚してはいけないんですか？」

「できるわけないのだ。結婚なんかできるわけないのだ」彼は怒って言った。「すべてを失うことになるなら、それまで失う立場に身を置くべきでないのだ。失う立場に身を置くべきでないのだ。失いようのないものを見つけるべきなのだ」

少佐はかんかんに怒って、苦々しげに喋り、喋りながらまっすぐ前を見ていた。

「でもなぜかならず失うと決めるんです？」

「失うのさ」少佐は言った。壁を見ていた。それから機械に目を落として、小さな手をストラップのあいだから乱暴に引き出し、その手を思いきり太腿に叩きつけた。「失うのさ」ほとんど叫ぶ声だった。「口答えするな！」。そして彼は機械を操作する係員に声をかけた。「おい、こいつを切ってくれ」

少佐はもうひとつの、光線治療とマッサージ用の部屋に入っていった。それから電話を貸してくれないかと医者に頼む声が聞こえ、少佐はドアを閉めた。彼がこっちの部屋に戻ってきたとき僕はもう一台の機械にかかっていた。少佐はケープを着て軍帽もかぶっていて、僕の機械の方にまっすぐやって来て、僕の肩に手をかけた。

「悪かった、申し訳ない」少佐は言って、いい方の手で僕の肩をぽんぽん叩いた。「私だっていつもは無礼な人間ではないんだ。妻を亡くしたばかりなものだから。どうか許してほしい」

「え――」と僕は、彼に同情してひどくみじめな気分になりながら言った。「本当にお気の毒です」

少佐はそこに立って下唇を噛んでいた。「実に厄介なんだ」彼は言った。「あきらめることができない」

彼はまっすぐ僕の向こうを、窓の向こうの外を見た。やがて彼は泣き出した。「全然あきらめられないんだ」そう言って喉を詰まらせた。それから、泣きながら、頭を上げて何も見ずに、まっすぐ軍人らしい身のこなしで、両方の頬に涙を流し唇を噛みながら、並んだ機械の前を過ぎて部屋から出ていった。

医者から聞いたところでは、少佐の妻はとても若く、少佐が不具になって二度と戦争に行かぬ身になったあとに結婚した相手だったが、肺炎が元で死んだということだった。寝込んでいたのはほんの数日だった。誰も彼女が死ぬとは思っていなかった。少佐は三日間病院に来なかった。それからまたいつもの時間に、軍服の袖に喪章をつけて現われた。少佐が戻ってきたときには、壁一面に額縁入りの大きな写真が飾ってあった。それらはあらゆるたぐいの負傷の、機械治療前と治療後の写真だった。少佐が使う機械の前には彼のと同じような手の写真が三枚あって、どれも完璧に回復していた。医者がそんなものをどこで見つけてきたかは知らない。機械を使うのは僕たちが初めてだとずっと思っていたのだ。写真があっても少佐にとっては大して変わらなかった。彼は窓の外しか見ていなかったからだ。

この世の首都
The Capital of the World

マドリードにはパコという名の若者が大勢いる。パコはフランシスコの愛称である。こんなマドリード・ジョークがある。一人の父親がマドリードにやって来て、『エル・リベラル』の個人欄にこんな広告を出した――**パコ　火曜正午にオテル・モンタナに来られたし　すべて許す　パパ。**広告に応えてホテルに来た八百人の若者を追い返すために、治安警備隊がまるごと一隊出動する破目になった。だがこのパコ、下宿屋ルアルカでウェイターをしているパコは、彼を許す父親もいなかったし、父親が許さねばならないようなことも何ひとつなかった。二人いる姉もルアルカでメイドをしており、姉たちがここで職を得たのは、以前に同じ小さな村の出の娘がやはりルアルカでメイドをしていて働き者でかつ正直者だったため、村とその村の出の者たちの心証がよくなったおかげだった。そしてこの姉二人がパコにもマドリードまでのバス代を出してくれて、見習いウェイターの口を見つけてくれたのである。彼の育った村はエストレマドゥラ〔※スペイン西端の地方〕のなかでも驚くほど原始的な暮らしの地域で、食糧も乏しく、生活を楽にしてくれるものは何ひとつなく、彼も物心ついてからずっと一生懸命働きどおしだった。

パコはがっちりした体格の、黒々とした縮れ毛の青年で、丈夫な歯と、姉たちも羨む肌を持ち、事あるごとににっこりと屈託ない笑顔を浮かべた。動きも軽く仕事熱心な彼は、美しく洗練されて見える姉たちを愛した。マドリードを、いまだに信じがたい場所と思えるこの街を愛した。そして彼は仕事を愛した。明るい光の下で、清潔なリネンを手に、改まった服を着て働き、調理場には食べ物がふんだんにある。それはロマンチックで美しい仕事に思えた。ルアルカに宿をとり、食堂で食事する者はほかにも八人から十人あまりいたが、給仕を務めるウェイター三人のうち一番若手のパコにとって、真に存在しているのは闘牛士だけだった。

下宿屋には二流の主役闘牛士(マタドール)たちが住んでいた。サン・ヘロニモ通りといえば場所もいいし、食べ物はとびきり美味しく、賄い付きの宿代も安かったからだ。闘牛士というものは、羽振りがよいとは行かずとも、きちんとした暮らしをしている体裁は保つ必要がある。気品と威厳は、スペインでは勇気にも増して大事な美徳として尊ばれるのであり、闘牛士たちは最後の一ペセタがなくなるまでルアルカにとどまった。闘牛士がルアルカを出て、もっといい、あるいはもっと高いホテルに移ったという記録はひとつもない。二流の闘牛士は絶対に一流にならないのだ。その一方、ルアルカからの没落はあっという間である。少しでも稼ぎがあるうちは誰でもそこに住めたし、本人から頼まないかぎり請求書を渡されることも決してなかったが、とはいえそれもこの宿を経営している女主人(おかみ)が、これはもはや望みなしと見切りをつけるまでの話なのだ。

この時点でルアルカには三人のマタドールが住んでいて、加えて、一流の槍手(ピカドール)が二人と、大変腕のいい銛打ち士(バンデリリェーロ)が一人住んでいた。家族がセビーリャにいるので春のシーズン中はマドリードに宿をとる必要があるピカドール二人とバンデリリェーロにとって、ルアルカは贅沢だった。とはいえ給料は良かったし、来る(きた)シーズンのあいだ仕事のたっぷり入っている闘牛士に専属で雇われていたので、脇役とはいえ三人ともそれぞれ、マタドール三人の誰よりも多くを稼ぐことだろう。マタドール三人のうち一人は病気でありそのことを隠そうと努めていた。一人は変わり種としての束の間の人気をすでに過ぎていた。三人目は臆病者だった。

臆病者はかつて、一人前のマタドールとしての最初のシーズンのはじめに下腹部にひどく残酷な角傷(つのきず)を受けるまでは大変勇敢で並外れた技の持ち主だった人物であり、いまでもまだ、華やかだったころの威勢のいい癖がいろいろ残っていた。過剰に陽気で、きっかけがあろうとなかろうといつもケラケラ笑っていた。華やかだったころはたちの悪いいたずらの常習犯だったが、もうそれはやめていた。そういうことをやるには、いまでは感じていないたぐいの自信が必要なのだ。このマタドールは利口そうな、見るからに人なつっこそうな顔をしていて、身のこなしも非常に粋だった。

病気のマタドールはそれを絶対表に出すまいと用心していて、食卓に出された料理をどれも少しずつ食べるよう気をつけていた。ハンカチをおそろしくたくさん持っていて、自分の部屋で自らアイロンをかけ、少し前から闘牛服を売りに出していた。クリスマス前に一着を安く売り、四月の第一週にもう一着売った。元はどちらも大変高価で、つねにきちんと手入れしていて、残るはあと一着だった。病気になる前は非常に有望な、逸材といってもいい闘牛士で、自分では字が読めなかったが、マドリードでのデビューはベルモンテより上だったと報じた新聞の切り抜きを束にして持っていた。小さなテーブルで一人で食事し、めったに顔を上げなかった。

かつて変わり種だったマタドールは、ひどく背が低く、肌は茶色で、大変堂々としていた。彼もやはり別のテーブルで一人で食事し、めったに笑顔を見せず、声を上げて笑うことは絶対になかった。人々がみなおそろしく真面目なバリャドリードの出で、マタドールとしても有能だったが、己の美点である勇気と冷静な手腕とを通して大衆に愛されるようになる前にそのスタイルは時代遅れになってしまった。彼の名がポスターに載っても闘牛場に足を運ぶ人は一人もいないだろう。変わり種だったのは、牛の背峰の向こうも見通せないくらい背が低かったからだが、背の低い闘牛士はほかにもいたし、結局大衆の心を勝ちえるところまでは行かずじまいだった。

ピカドールのうち一人は痩せた、タカのような顔つきに白髪の男で、体は軽かったが両腕両脚は鉄のようで、ズボンの下にはつねに牛追いのブーツをはき、毎晩酒を飲みすぎて、下宿屋にいる女性みんなを好色そうな目で見つめた。もう一人は巨体で肌は浅黒く、顔は褐色の美男子で、黒髪はインディアンのようで両手はものすごく大きかった。二人ともすぐれたピカドールだったが、一人目は酒と放蕩で才能の大半を失ってしまったと評され、二人目は強情で喧嘩っ早すぎてどのマタドールの下で働いても一シーズンと持たないと言われていた。

バンデリリェーロは中年の、白髪混じりで、歳の割には猫のようにすばやい人物で、食卓についた姿はそこそこに羽振りのいいビジネスマンという感じだった。脚はこのシーズンはまだ大丈夫だったし、万一駄目になっても知恵と経験を活かして当分は仕事にあぶれもしないだろう。変わるのは、脚の敏捷さが失われたらつねに怯えているだろうということだ。いまはまだ、闘牛場の中でも外でも自信があって落着いていた。

この晩、食堂に残っているのはもう、酒を飲みすぎるタカ顔のピカドールと、スペイン中の市（いち）や祭りを回って懐中時計の競（せ）り売りをやっている、顔にあざのあるやはり酒を飲みすぎる男と、ガリシアから来た、隅のテーブルに座って、飲みすぎるとは言わぬまでもたっぷり飲んでいることは間違いない司祭二人だけだった。そのころルアルカの賄い付き宿代はワインも込みになっていて、たったいまもウェイターたちは、開けたてのバルデペーニャスの壜をまず競売人のテーブルに持っていき、それからピカドールの、最後に司祭二人のテーブルに持っていったところだった。

三人のウェイターは食堂の奥に立っていた。それぞれ自分の受け持ったテーブルの客がいなくなるまで帰らないという決まりだったが、司祭二人のテーブルを受け持っているウェイターは無政府組合主義者（アナルコ＝サンディカリスト）の集会に行く約束をしていて、パコが代わりに引き継ぐ約束をしていた。

二階では病気のマタドールが顔を下にして一人ベッドに横たわっていた。もはや変わり種でなくなったマタドールはカフェに出かける前準備に座って窓の外を見ていた。臆病者のマタドールはパコの上の姉を部屋に連れ込んであることをやらせようとしていたが、相手はキャッキャッと笑いながら拒んでいた。「いいじゃないか、よう」とこのマタドールは言っていた。

「駄目よ」とパコの姉は言った。「なんでそんなことしなきゃいけないのよ？」

「俺を喜ばせると思ってさ」

「もう食事は済んだから、あたしをデザートにってわけね」

「いっぺんだけさ。べつに害ないだろ？」

「触(さわ)んないでよ。触んないでったら」

「大したことじゃないだろ」

「触んないでったら」

食堂では一番背の高い、もう集会に遅刻しそうなウェイターが「見ろよ、あの黒豚どもの飲みっぷり」と言った。

「そんな言い方はよくないぞ」と二人目のウェイターが言った。「まっとうな客なんだから。飲みすぎもしないし」

「俺にはこういう言い方がいいんだよ」と背の高いウェイターが言った。「スペインには二つの災いがある。闘牛と司祭だ」

「闘牛一頭一頭、司祭一人一人が災いってわけじゃないぞ」と二人目のウェイターが言った。

「いや、まさにそうだ」と背の高いウェイターが言った。「一頭一頭、一人一人を攻撃することを通してしか階級闘争はありえない。一頭ずつ、一人ずつ殺すことが必要なんだ。みんな残らず。綺麗さっぱりいなくなるまで」

「そういう科白(せりふ)は集会で言いな」と相手のウェイターが言った。

「マドリードの野蛮ぶりを見ろよ」と背の高いウェイターは言った。「もう十一時半だってての に、あいつらまだガブガブ飲んでやがる」

「食べはじめたのが十時だぜ」と相手のウェイターが言った。「料理の数だって多いんだし。安いワインなんだし、金はもうちゃんと払ってる。強いワインじゃないんだから」

「あんたみたいな馬鹿がいて、どうやって労働者同士連帯できる？」

「おい、いいか」と相手の、五十歳になるウェイターが言った。「俺は一生ずっと仕事してきた。残りの人生もずっと仕事しなきゃいけない。仕事に不満はないね。働くのは普通のことさ」

「ああ、だが仕事がなければ殺されるも同然だ」

「俺はずっと仕事してきた」と年上のウェイターは言った。「さっさと集会に行けよ。ぐずぐず残ってる必要はないぞ」

「あんたはいい同志だ」と背の高いウェイターが言った。「でもイデオロギーというものが欠けてる」

「メホール・シ・メ・ファルタ・エソ・ケ・エル・オトロ（それを欠く方が仕事を欠くよりいい）」と相手のウェイターは言った。「さ、集会(ミティン)に行きな」

パコはこの間(かん)何も言っていなかった。政治のことはまだわからなかったが、司祭や治安警備隊を殺す必要を背の高いウェイターが語るたびに聞いていてゾクゾクした。背の高いウェイターはパコにとって革命の化身であり、革命もまたロマンチックだった。自分としては、よきカトリックのままでいて、革命家になって、かつこういう安定した職を持つことが望みであり、と同時に闘牛士になりたかった。

「集会に行きなよ、イグナシオ」と彼は言った。「代わりは引き受けたから」

「俺たち二人でさ」と年上のウェイターが言った。

「一人分の仕事もないよ」とパコは言った。「集会に行きなよ」

「じゃ、行く（プエス、メ・ボイ）よ」と背の高いウェイターが言った。「ありがとう」

一方、二階ではパコの姉がマタドールの抱擁から、レスラーがホールドから抜け出るみたいに巧みに逃れて、言った。彼女はいまや怒っていた。「飢えた人たちねえ。挫折した闘牛士。一トンの怯えを抱えて。そんなにどっさりあるんだったら闘牛場で使いなさいよ」

「そういうのって娼婦の物言いだぞ」

「娼婦だって女よ、でもあたしは娼婦じゃないわ」

「そのうちなるさ」

「あんたが相手でなりゃしないよ」

「放っといてくれ」とマタドールは言った。拒まれ、はねつけられて、自分の臆病さがむき出しで戻ってくるのを感じていた。

「放っといてくれ？　あんたもう、何もかもに放っとかれてるじゃない」と姉は言った。「ベッドメーク、しなくていいの？　あたしそれでお金もらってるのよ」

「放っといてくれ」とマタドールは言った。横に広いハンサムな顔じゅうに皺が寄って歪み、泣いているみたいに見えた。「娼婦。薄汚ねぇ娼婦」

「マタドール」と彼女はドアを閉めながら言った。「あたしのマタドール」

部屋のなかでマタドールはベッドに腰かけていた。顔はまだ歪んでいた。闘牛場ではこの歪みを、糊で固めたような笑顔に変える。だから、最前列に座った、実態が見える人たちはそれを前にして怯えた。「このザマだ」と彼は声に出して言っていた。「このザマだ。このザマだ」

自分がまだすぐれた闘牛士だったときのことを彼は覚えていた。ほんの三年前のことだ。五月のあの暑い午後、金襴の闘牛服の重みがずっしり肩にのしかかる感触も覚えていた。あのころは声だって、闘牛場にいるときでもカフェにいるときでも同じだった。先の垂れた刃ごしに、牛の肩のてっぺん、短い毛に覆われた黒い筋肉のこぶに埃のたまったところに狙いを定める。そのこぶの下に、幅の広い、塀にぶつかって先っぽが割れた角があって、彼がとどめを刺そうと迫っていくとともに角も垂れ、そして刃はひどくあっさり、硬いバターのかたまりに突き入れたみたいにすうっと入っていく――手のひらが柄頭を押し、左腕が低く斜めに下がり、左肩が前に出て、体重は左脚にかかっていて、次の瞬間体重はもう脚にかかっていない。体重は下腹部にかかっていて、雄牛が頭をもたげるとともに角は彼の体内に消え、角に串刺しにされた体が二度弧を描いたところで周りの者たちが角を抜いた。だからいまでは、とどめを刺そうと迫っていくとき、そしてそういうことはもうめったになかったが、彼は角を見ることができなかった。戦う前に自分がどんな思いでいるのか、娼婦なんかに何がわかる？　俺のことを笑うなんて、あいつらどんな思いをしてきたってんだ？　あいつらみんな娼婦なんだ、勝手にやるがいい。

食堂ではピカドールが座って司祭二人を見ていた。部屋に女がいるときは女をじろじろ見る。女がいなければ外国人を、イギリス人をじろじろ見て楽しむが、いまは女もよそ者もいないので、司祭二人を傲慢にじろじろ見て楽しんでいた。彼がじろじろ見ているあいだに顔にあざのある競売人が席を立ち、ナプキンを畳んで出ていった。注文した最後のワインの半分以上が残っていた。もし宿の勘定をもう済ませていたら、きっと残さず飲んでいっただろう。

司祭二人はピカドールをじろじろ見返しはしなかった。一人が言っていた。「ここまで会いに来てもう十日になる。一日じゅう控えの間で待っているのに、会ってくださらない」

「どうするんです？」

「どうもしないよ。何ができる？　上の方々には逆らえん」

「私も来て二週間になりますがまだ何も。いくら待っても会ってもらえない」

「私らは見捨てられた地域の人間なんだ。金がなくなったら帰ればいい」

「見捨てられた地域にね。マドリードにとってガリシアなんて何です？　私らは貧乏州なんだ」

「修道士バシリオの行動も理解できるな」

「それでも私としては、バシリオ・アルバレスの人格にいまひとつ信頼が置けないんだ」

「マドリードに来るとわかります。マドリードはスペインを殺すんだ」

「会って、さっさと拒んでくれたら」

「いいや。待たせて、痛めつけてすり減らすんだ」

「まあ見てるがいい。こっちはいくらでも待ってやる」

この瞬間ピカドールが立ち上がり、司祭二人のテーブルに歩いていって、白髪頭のタカ顔で立ち、笑顔で彼らをじろじろ見た。

「闘牛士(トレーロ)だ」一方の司祭が相棒に言った。

「一流の」とピカドールは言って食堂から出ていった。灰色の上着、腰はほっそり締まり、がに股で、ぴっちりした半ズボンの下に履いたかかとの高い牛追い靴で床をカツカツ鳴らしながら、しっかりした足取りで胸を張って歩き、一人微笑んでいる。無駄のない身のこなし、アルコールに対する夜ごとの勝利、それと傲慢から成る、小さくまとまったプロの世界に彼は棲んでいた。そしていま玄関で葉巻に火を点け、帽子を傾けて、カフェに出かけていった。

司祭二人もピカドールの直後に、最後の二人になってしまったことをそそくさと意識して席を立ち、食堂にはもうパコと中年のウェイターしかいなかった。二人でテーブルを片付け、ワインの壜を調理場に持っていった。

調理場には皿洗いの少年がいた。パコより三つ年上で、ひどく醒めた、恨みがましい若者だった。

「これ飲めよ」と中年のウェイターが言って、バルデペーニャスをグラスに注いで彼に渡した。

「もらう」少年はグラスを受けとった。

「お前は、パコ?」年長のウェイターが訊いた。

「ありがとう」とパコは言った。三人で飲んだ。

「俺はもう行く」と中年のウェイターが言った。

「おやすみ」二人は言った。

彼が出ていって、二人きりになった。パコは司祭たちが使ったナプキンをひとつ手にとり、まっすぐ立って、かかとを食い込ませ、ナプキンを下ろして、頭で動きをなぞり、ゆっくりと、大きく弧を描いて両腕を回しベロニカ〔※両手でケープをささげ持ち牛の突進を待つ基本ポーズ〕の姿勢を採った。そして体の向きを変え、右足をわずかに前に出し、二度目のパセ〔※動かずに牛を通過させること〕を行ない、想像の雄牛に向かってまた少し踏み込んで三度目のパセを、ゆっくり、完璧なタイミングで優雅に行ない、それから、ナプキンを腰に引き寄せ、腰を回して牛から離れてメディア・ベロニカ〔※ケープを自分の体に巻き込む締めの技〕を決めた。

エンリケという名の皿洗いは、批判するような、あざ笑うような目で彼を見ていた。

「牛はどうだ？」と彼は言った。

「すごく勇敢だ」とパコは言った。「行くぞ」

ほっそりした身でまっすぐ立って、あと四回完璧に、スムーズで上品で優雅なパセをやった。

「で、牛は？」エンリケが訊いた。流し台に寄りかかって立ち、ワイングラスを手に持って、エプロンを着けている。

「まだまだ力が残ってる」とパコは言った。

「お前見てるとうんざりするぜ」とエンリケが言った。

「どうして？」

「いいか」

エンリケはエプロンを脱いで、想像の雄牛をけしかけ、完璧な、ものうげなジプシー風のベロニカを四度演じて、レボレラ〔※ケープを頭上で旋回させる技〕で締めくくった。エプロンがこわばった弧を描いて雄牛の鼻先をかすめるとともに、彼は牛から歩き去った。

「見たか」と彼は言った。「で、俺は皿洗いだ」

「どうして？」

「怖いのさ」とエンリケは言った。「恐れ（ミエド）。お前だって闘牛場に出て牛と向きあえば怖くなるのさ」

「違うね」とパコは言った「僕は怖くなんかならない」

「まさか（レチェ）！」とエンリケが言った。「誰だって怖いんだよ。でも闘牛士（トレーロ）は怖さを操れるから牛をあしらえるんだ。俺はアマチュア闘牛をいっぺんやったことがあるけど、あんまり怖くて思わず逃げ出しちまった。みんなにゲラゲラ笑われたよ。お前だってそういうふうに怖くなるんだよ。怖くなかったら、スペイン中の靴磨きが闘牛士になってるさ。お前みたいな田舎出なんか、俺よりもっと怖がるのさ」

「違うね」パコは言った。

もう想像のなかで、あまりに何度もやっていた。あまりに何度も角を目にし、雄牛の濡れた鼻先を、耳のひきつりを見てきた。それから頭が低く垂れて、突進してくる。ひづめが轟き、熱くなった牛が横をすり抜けていくと同時に彼はケープを振り、ふたたび突進してくるとともにもう一度振り、そしてもう一度、もう一度、もう一度振って、牛をぐるっと回らせ見事なメディア・ベロニカを決め、堂々と歩き去る。すれ違いざまに引っかかった雄牛の毛が上着の金襴にくっついている。雄牛は催眠術にかかったみたいに立ち、観衆は喝采を送っている。いや、僕は怖がらない。ほかの連中は、そうだろう。僕は違う。怖がらないと僕にはわかる。たとえ万一怖がったとしても、ちゃんとできることに変わりはない。僕には自信がある。「僕は怖がらない」とパコは言った。

エンリケがまた「まさか（レチェ）」と言った。

それから彼は「やってみるか？」と言った。

「どうやって？」

「いいか」とエンリケは言った。「お前は牛のことは考えてるけど角のことは考えてない。牛はものすごい力があるから角は包丁みたいに切れるし銃剣みたいに刺さるし棍棒みたいに殺す。いいか」エンリケは調理台の引き出しを開けて肉切り包丁を二本取り出した。「こいつを椅子の脚に縛りつける。そうして俺が椅子を前に突き出して牛の役をやってやる。包丁が角だ。これでパセをやってみれば、角の意味がわかるさ」

「エプロン貸してくれよ」パコが言った。「食堂でやろうぜ」

「いいや」とエンリケが言った。一気に恨みがましさの抜けた言い方だった。「やめとけよ、パコ」

「やるよ」とパコは言った。「僕は怖くなんかない」

「包丁が迫ってきたら怖くなるって」

「やってみるさ」とパコは言った。「エプロン貸してくれよ」

こうして、エンリケが刃のずしりと重い、切れ味鋭い肉切り包丁二本を使用済みナプキン二枚で半分覆い、椅子の脚に縛りつけ、しっかりくるんでから結び目を作っていたころ、パコの姉のメイド二人は『アンナ・クリスティ』に出ているグレタ・ガルボを見に映画館に向かっていた。司祭二人のうち一人は下着姿で日禱書（にっとうしょ）を読み、もう一人は寝巻を着てロザリオの祈りを唱えていた。闘牛士たちは病気の一人を除いてみなカフェ・フォルノスにいつもどおり顔を出し、大柄で黒髪のピカドールは玉突きに興じ、背の低い真面目なマタドールは混んだテーブルでミルクコーヒーを前に、中年のバンデリリェーロや同じく真面目な職人連中と一緒に座っていた。

酒飲みで白髪頭のピカドールはカサーリャ・ブランデーのグラスを前にして座り、勇気を失くしたマタドールが剣を捨ててもう一度バンデリリェーロになった別のマタドールとひどくくたびれた風采の売春婦二人と一緒に座っているテーブルを眺めて楽しんでいた。

競売人は街角に立って友人たちと喋っていた。背の高いウェイターはアナルコ＝サンディカリストの集会に出て発言の機会を待っていた。中年のウェイターはカフェ・アルバレスの中庭に座って小壜のビールを飲んでいた。ルアルカの所有者の女性はすでに寝床に入って眠り、脚のあいだに長枕をはさんで仰向けになっていた。大柄で、太っていて、正直で、清潔で、気さくで、きわめて信心深く、死んでもう二十年になる夫のことを想わない日も祈らない日も一日としてない。病気のマタドールは自分の部屋で一人ベッドにうつぶせに横たわり、口にハンカチを当てていた。

そしていま、みんな出ていった食堂で、エンリケは包丁を椅子に縛りつけているナプキンの最後の結び目を作り終え、椅子を持ち上げた。包丁のついた脚を前に向けて椅子を頭上にかざし、二本の包丁がまっすぐ前を、頭の左右から一本ずつ突き出るようにした。

「重いぞ」と彼は言った。「なあパコ。これ、すごく危ないんだぞ。やめとけよ」。汗をかいていた。

パコは彼と向きあって立ち、エプロンを広げていた。二か所を両手でつまんで、親指を上に向け、人差指を下に向け、雄牛の目を捉えるべくぴんと広げた。

「まっすぐ突進してこい」と彼は言った。「牛みたいに回れよ。何回でも好きなだけ突進してこい」

「パセを切り上げるタイミング、わかるか？」とエンリケが訊いた。「三回やったらメディアに移れよ」

「わかった」とパコは言った。「でもまっすぐ来いよ。さあかかって来い、チビ牛（トリート）！」

エンリケが頭を低くして向かってきて、パコは包丁の刃のすぐ前でエプロンを振り、刃が腹のすぐ前を通り過ぎていった。通り過ぎていくさなか、包丁は彼にとって本物の角だった。先っぽの白い、黒くて滑らかな角だった。そしてエンリケが横を通り過ぎてからもう一度突進すべく向き直るとそれは雄牛の体そのもの、横腹から血を流している熱い塊だった。それがひづめを轟かせて過ぎていき、それから猫のように向き直り、もう一度やって来るのに合わせてパコもゆっくりケープを振った。それから雄牛は向きを変えてもう一度やって来て、突進してくるその先端を見ながらパコは左足を前に踏み出したが五センチ前に出すぎてしまい包丁は通り過ぎずにワインの皮袋に入るみたいにすうっと入ってきて突然体内に硬い鋼（はがね）が居着いてその上と周りとに火のように熱い激流が生じてエンリケが叫んでいた。「ああ！　ああ！　待ってろ、抜いてやるから！　抜いてやるから！」――そしてパコはなおもエプロンを構えたままずるずる椅子の上に倒れ、エンリケは椅子を引っぱり包丁は彼のなか、彼の、パコのなかでぐいぐい回った。

包丁が抜けて彼は床に座り込み、どんどん広がっていく温かい池に囲まれていた。

「ナプキンをかぶせろ。押さえてろ！」とエンリケが言った。「しっかり押さえてろよ。医者を呼んでくるからな。血が出ないように押さえてろよ」

「ゴムのカップがあればな」とパコは言った。そういうのが闘牛場で使われるのを見たことがあったのだ。

「俺はまっすぐ向かってったんだ」とエンリケは泣きながら言った。「どれだけ危ないか、見せてやろうとしただけなんだ」

「心配ないよ」とパコは言った。自分の声が遠くで響いているみたいに聞こえた。「でも医者は連れてきてくれよな」

闘牛場ではみんなで闘牛士を持ち上げて運んでいく。一緒に走っていって、手術室まで行く。着く前に大腿（だいたい）動脈から血が出切ってしまったら司祭を呼ぶ。

「泊まってる司祭にも知らせてくれよ」とパコは言って、ナプキンをぎゅっと下腹部に押しつけた。これが自分の身に起きたなんて信じられなかった。

だがエンリケはサン・ヘロニモ通りを駆けて終夜営業の救急所に向かい、パコは一人で、はじめは上半身を起こしていたが、やがて背を丸めてうずくまり、それから床に倒れ込んで、すべてが終わるまで、命が自分のなかから、栓を抜いた浴槽から汚れた湯が抜けるみたいに流れ出ていくのを感じていた。彼は怯えていて、気が遠くなりかけていて、痛悔の祈りを唱えようとしてその出だしは思い出したので精一杯速く言おうとしたが「おお主よ、限りなく愛すべき御父に背きしを深く悔み奉る。聖寵の助けをもって今より心を改め……」までも行かぬうちにますます気が遠くなっていき、顔を下にして床に横たわり、すべてはあっという間に終わった。切断された大腿動脈というのは驚くほど速く血が出切ってしまうのだ。

救急所の医者がエンリケの腕を掴んだ警官を伴って階段を上がってきたころ、パコの姉二人はまだグランビアの映画館にいて、ガルボの映画にひどく失望していた。これまでは大いなる贅沢と華やかさに囲まれているのが常だった大スターが、今回は何ともみじめな卑しい境遇にいるのだ。観客はみな心底この映画を嫌い、抗議の意を表して口笛を吹いたり足を踏みならしたりしていた。事故が起きたとき下宿屋の人々はそれまでやっていたことをほぼそのままやっていたが、司祭二人は礼拝を終えて寝支度に入り、白髪のピカドールはくたびれた売春婦二人のいるテーブルに酒を移動させたところだった。少しあとで彼はそのうちの一人と一緒にカフェを出ていった。度胸を失くしたマタドールが酒をおごってやっていた方だった。

パコ少年はこういったことといっさいを知る由もなかったし、これらの人たちが翌日、そしてその後の日々何をするかも知りはしなかった。彼らが実際どのように生き、どのように生を終えるのか、彼には何もわからなかった。彼らがいずれ生を終えることすら気づいていなかった。スペイン語の言い回しを借りるなら、パコは幻想をたくさん抱えて死んでいった。生きてゆくなかでそれらの幻想を失う時間もなかったのであり、最期に至って痛悔の祈りを唱える時間すらなかった。一週間ずっとマドリード中を失望させたガルボ映画に失望する時間すら彼にはなかったのである。

よいライオン
The Good Lion

昔むかし一頭のよいライオンがほかのライオンたちと一緒にアフリカで暮らしていた。ほかのライオンはみんなわるいライオンで、毎日ゼブラやヌーを食べあらゆる種類の羚羊（アンテロープ）を食べていた。わるいライオンたちはときどき人間も食べた。彼らはスワヒリ族を食べウンブル族を食べワンドロボ族を食べ特に好んだのはヒンドゥー教商人だった。ヒンドゥー教商人はみな太っていてライオンにとって御馳走であった。

だがこの、大変善良だったので私たちが愛してやまぬライオンは、背中に羽が生えていた。背中に羽が生えているせいでほかのライオンたちからさんざんからかわれた。

「見ろよ、あいつの背中の羽」と彼らは言って、大笑いの吠え声を上げるのだった。

「見ろよ、あいつの食うもの」と彼らは言った。よいライオンは大変善良だったのでパスタとエビのニンニク炒めしか食べなかったのである。

わるいライオンたちは大笑いの吠え声を上げてはヒンドゥー教商人をまた一人食べ、彼らの妻たちがその血を飲んでペロ、ペロ、ペロと大きな猫みたいに舌で舐めた。食べるのをやめるのは、よいライオンを見てグルグル嘲笑のうなりを漏らすか大笑いの咆哮（ほうこう）を上げるかしながら彼の羽に向けて歯を剝（む）くときだけだった。彼らは実にわるい、邪悪なライオンたちであった。

けれどもよいライオンはただ大人しく座って羽を畳み、ネグローニかアメリカーノをいただけますかと礼儀正しく頼んで、ヒンドゥー教商人の血の代わりにいつもそれを飲むのだった。

ある日彼はマサイ族の牛八頭を食べることを拒み、タリアテッレを若干食べトマトジュースを一杯飲むにとどめた。

それで邪悪なライオンたちはひどく腹を立て、中でも一番邪悪な、顔を草でこすっても頬ひげからヒンドゥー教商人の血がどうしても落ちない雌ライオンがこう言った。「あんたいったい何様のつもりよ、自分はあたしたちよりずっと善良だと思うなんて？　いったいどこから来たのよ、このパスタ食いライオン？　だいたいここで何やってんのよ？」。雌ライオンが彼に向かってグルグルうなると、彼らはみな笑わずに咆哮を上げた。

「僕のお父さんはある街に住んでいて、父さんはその時計台の下に立って無数の鳩たちを見下ろし、鳩はみんな父さんの家来なのです。鳩たちが飛び上がると川の激流のような音が立ちます。父さんの住む街にはアフリカじゅう全部合わせたよりもっと多くの宮殿があって、大きな青銅の馬四頭が父さんと向きあっていて彼らはみんな父さんを恐れているので足を一本宙に上げています。

父さんの住む街では人は歩くか舟に乗るかで、本物の馬は父さんを恐れて街に入ろうとしません」

「あんたの親父は半鷲半獅（グリフォン）だったのよ」と邪悪な雌ライオンは頬ひげを舐めながら言った。

「お前は嘘つきだ」と邪悪な雄ライオンの一頭が言った。「そんな街などあるもんか」

「ヒンドゥー教商人の肉、こっちにも回してくれ」と別の邪悪な雄ライオンが言った。「このマサイ族の牛、まだ殺したばかりだから」

「あんたは役立たずの嘘つきでグリフォンの息子よ」と誰よりも邪悪な雌ライオンが言った。

「あんたのこと殺して食べちまうっきゃないわね、羽もひっくるめて」

　こう言われて、よいライオンはひどく怯えてしまった。雌ライオンの黄色い目と、上下する尻尾と、頬ひげにこびりついた血が見え、息の匂いがした。雌ライオンはまったく歯を磨かなかったので息はひどく臭（くさ）かった。爪の下にはヒンドゥー教商人の老いた肉の切れ端が見えた。

「殺さないでください」とよいライオンは言った。「僕のお父さんは高貴なライオンでいつも皆に敬われていて何もかも僕が言ったとおりなのです」

　その瞬間、雌ライオンが彼に飛びかかった。けれども彼は羽を広げて宙に舞い上がり、わるいライオンたちの輪の上を、彼らがみな吠えて自分の方を見上げるなか、ぐるっと一度旋回した。見下ろしながら、「なんて野蛮なライオンたちだろう」と思った。

　もう一度旋回すると、わるいライオンたちはますますやかましく吠えた。それから彼は一気に下降し、邪悪な雌ライオンの目が見えるところまで近づいていった。雌ライオンは彼をつかまえようと後ろ足で立ち上がったが、その爪はきわどく届かなかった。「さよなら（アディオス）」とよいライオンは言った。彼は教養あるライオンで、見事なスペイン語を話したのである。「さよなら（オ・ルヴワール）」と彼は模範的なフランス語でわるいライオンたちに言った。

　わるいライオンたちはみな、アフリカライオン方言で吠え、うなった。

　それからよいライオンは旋回しながらますます高く上昇し、進路をヴェネチアに向けて定めた。広場（ピアッツァ）に降り立つと、彼の姿を見て誰もが喜んだ。彼はしばし飛び上がり、父親の両頬にキスして、馬たちが依然足を一本上げているのを見届けた。聖堂（バシリカ）はシャボン玉よりもっと美しく、鐘楼（カンパニーレ）もいつものとおりだったし、鳩たちは日も暮れて巣に帰るところだった。

「アフリカはどうだったね？」と父親が訊いた。

「ひどく野蛮でした、お父さん」とよいライオンは答えた。

「ここは夜の照明が出来たんだよ」と父親は言った。

「そのようですね」とよいライオンは忠実な息子らしく答えた。

「目にはちょっと辛いんだが」と父親は打ちあけた。「これからどこへ行くのかね、息子よ？」

「ハリーズ・バーに」とよいライオンは言った。

「チプリアーニによろしく言ってくれ、じき勘定も精算しに行くと」

「承知しました」とよいライオンは言ってふわっと舞い降り、四本の足でハリーズ・バーまで歩いていった。

チプリアーニの店は少しも変わっていなかった。友人たちもみなそこにいた。けれども彼の方はアフリカにいたせいで少し変わっていた。

「ネグローニになさいますか、男爵様（シニョール・バローネ）？」とチプリアーニ氏が訊いた。

だがよいライオンははるばるアフリカから飛んで帰ってきていて、アフリカによって変えられていた。

「ヒンドゥー教商人のサンドイッチはあるかな?」と彼はチプリアーニに訊いた。

「いいえ、でもよそから取り寄せます」

「そいつを待ってるあいだ、すごくドライなマティーニを作ってくれるかな」とよいライオンは言った。それから「ゴードン・ジンを足して」とつけ加えた。

「かしこまりました」とチプリアーニは言った。「ただいますぐに」

ライオンは周りを見回し、いい人たちみんなの顔を見て、自分が帰ってはきたけれど旅もしてきたことを実感した。彼はとてもいい気分だった。

闘う者
The Battler

ニックは立ち上がった。怪我はなかった。線路の先の方を見上げて、車掌車の明かりがカーブの向こうに消えていくのを眺めた。線路の両側とも水があってその先はカラマツの沼地だった。

膝を触ってみた。ズボンが破れて、皮膚は擦りむけていた。両手にも擦り傷があって、砂や炭殻が爪に食い込んでいた。線路脇まで行って、短い坂を下り、水辺まで行って手を洗った。冷たい水でていねいに手を洗って、爪から汚れをとった。しゃがみ込んで、膝に水をかけた。

あの制動手の野郎。いつかやっつけてやる。今度会ったら見逃さない。まったくひどい奴だ。「こっちへ来いよ、小僧」とそいつは言った。「いいもの見せてやるよ」

これにまんまと引っかかったのだ。なんて子供っぽい真似をしたことか。もう二度とあんなふうにはだまされない。

「こっち来いよ、小僧、いいもの見せてやるよ」。そして、ガツン、ニックは線路の脇に両手両膝をついていた。

両目をこすった。大きなこぶが出来かけていた。黒あざもしっかり出来るだろう。すでに痛みも出てきている。あの忌々しい制動手。

目の上のこぶを指で触った。まあしょせん、ただの黒あざじゃないか。結局それだけで済んだのだ。安いものだ。こぶを見ることができたら、と思った。でも水のなかを覗き込んでも見えなかった。あたりは暗いし、周り一帯には何もなかった。両手をズボンで拭いて立ち上がり、線路に向かって土手を上っていった。

　線路にそって歩き出した。きちんとバラストが敷いてあって歩きやすかった。砂と砂利が枕木のあいだに敷きつめられ、足場はしっかりしていた。滑らかな路盤が土手道のように前方の沼地を貫いていた。ニックはそれにそって歩いた。とにかくどこかへ行かないと。

　ウォルトン・ジャンクションの外の操車場を前にして貨物列車が速度を落としたところで列車に飛び乗ったのだった。あたりが暗くなってきたころ、ニックを乗せた列車はカルカスカを通過していた。ならばいまはもうマンスローナも近いにちがいない。沼地を三、四マイルだ。線路にそって、枕木のあいだのバラストから外れないように歩いた。のぼってくる靄に包まれて沼地は妖しく霞んでいた。片目が痛んで、腹も空いていた。ニックは歩きつづけた。もう何マイルも線路を歩いていた。沼地は線路のどちら側でも全然変わらなかった。

　前方に橋があった。ニックはそれを渡った。鉄を踏むブーツが虚ろに響いた。足下の枕木のすきまから水が黒く見えた。緩んだ大釘（スパイク）を蹴ると水のなかに落ちた。橋の向こうは小高い山だった。線路の両側に暗くそびえている。線路の先に焚火がひとつ見えた。

　焚火の方へ、線路を用心深く進んでいった。焚火は土手の下、線路の片側から外れたところにあった。さっきはその光が見えただけだった。線路は切通しを抜け、焚火が燃えているところであたりは木々がなくなって空き地になり、その先の森につながっていた。ニックは土手を用心深く降りていって、木立のなかから焚火に近づくよう、まっすぐ森に入っていった。そこはブナの森で、落ちたブナの実のぎざぎざが、木々のあいだを歩いていくニックの靴の裏にくっついた。焚火はもうすっかり明るく、木立の縁に見えていた。そばに男が一人座っていた。ニックは木立の蔭で待って様子を見た。男は一人のようだった。両手で頭を抱えて座り、焚火の炎を見ていた。ニックは木蔭から歩み出て、焚火の光のなかに入っていった。

男はそこに座って炎を覗き込んでいた。ニックがすぐそばまで来て立ちどまっても動かなかった。

「こんにちは！」ニックは言った。

男が顔を上げた。

「その青タン、どうした？」男は言った。

「制動手に殴られたんです」

「直通の貨物列車から落とされたか？」

「ええ」

「そいつ、見たよ」男は言った。「ここを一時間半くらい前に抜けていった。車両の屋根を歩いて、腕をぴしゃぴしゃ叩きながら歌うたってたよ」

「あの野郎！」

「お前のことぶん殴って、いい気分だったんだな」男は真顔で言った。

「こっちがぶん殴ってやる」

「通り抜けるときにいつか石をぶつけてやれ」男が助言した。

「やっつけてやる」

「お前、タフな奴なんだな？」

「いいえ」ニックは答えた。

「お前ら小僧はみんなタフさ」

「タフじゃないとやってけませんよ」ニックは言った。

「だからそういうことさ」

男はニックを見てにっこり笑った。焚火の光のなかで、男の顔が歪んでいるのをニックは見てとった。鼻が沈んでいて、目は裂け目みたいに細く、唇も妙な形だった。そういうことが一度にすべてわかったわけではなく、まずは男の顔が変な形をしていてさんざん痛めつけられているることが見えただけだった。色のついたパテみたいだった。焚火の光のなか、顔は死んでいるみたいに見えた。

「俺の顔、気に喰わんか？」男が訊いた。

ニックは気まずかった。

「いえべつに」ニックは言った。

「これ見ろよ！」男は帽子をとった。

耳が片方しかなかった。その耳もぎゅっと押し縮められて側頭部に貼りついていた。もう一方があるべきところには付け根があるだけだった。

「こういうの見たことあるか？」

「いいえ」ニックは言った。少し吐き気がしてきた。

「俺は平気だったぜ」男は言った。「俺は平気だったと思わんか、小僧？」

「思いますよ！」

「みんな俺を殴って手を傷めたんだ」小男は言った。「こっちはいくらやられたってへっちゃらさ」

男はニックを見た。「座れよ」男は言った。「食べるか？」

「お構いなく」ニックは言った。「このまま町へ行きますから」

「なあ！」男は言った。「俺のことアドって呼べよ」

「はい！」

「なあ」小男は言った。「俺、ちょっとおかしいんだよ」

「どうしたんです？」

「頭、いかれてるんだ」

男は帽子をかぶった。ニックは笑い出したくなった。

「大丈夫ですよ、あんた」ニックは言った。

「いや、大丈夫じゃない。頭、いかれてるんだ。なあ、お前、頭いかれたことあるか？」

「いいえ」ニックは言った。「どうなるんですか？」

「わからん」アドは言った。「来たときは自分じゃわからないんだ。お前、俺のこと知ってるだろ？」

「いいえ」

「俺、アド・フランシスだよ」

「ほんとですか？」

「信じないか？」

「信じます」

きっと本当だとニックにはわかった。

「知ってるか、俺がどうして奴らに勝つか？」

「いいえ」ニックは言った。

「俺はね、心臓がゆっくりなんだよ。一分に四十拍しか打たない。触ってみな」

ニックはためらった。

「さあ」男はニックの手を握った。「手首を握ってみな。指を当ててるんだ」

小男の手首は太く、筋肉が骨の上で盛り上がっていた。指の下にゆっくりした鼓動をニックは感じた。

「時計持ってるか？」

「いいえ」

「俺も持ってない」アドは言った。「時計ないんじゃしょうがねえな」

ニックは男の手首を離した。

「なあ」アド・フランシスは言った。「もういっぺん握れよ。数えるんだ、俺は六十数えるから」

ゆっくりした硬い疼きを指の下に感じながらニックは数えはじめた。小男が声に出して数えるのが聞こえた。ゆっくりと、一、二、三、四、五……

「六十」アドが数え終えた。「これで一分。いくつだった？」

「四十」ニックは言った。

「そうだろ」アドは嬉しそうに言った。「絶対速くならないんだ」

男が一人、線路の土手を降りてきて、空き地を横切って焚火の方に来た。

「よう、バグズ！」アドが言った。

「こんちは！」バグズが答えた。黒人の声だった。歩き方で黒人だとニックにはわかっていた。

男は二人に背を向けて立ち、焚火の上にかがみ込んだ。そして背筋をのばした。

「こいつは俺の友だちのバグズ」アドが言った。「こいつも頭、いかれてるんだ」

「はじめまして」バグズが言った。「どこから来たっておっしゃいました？」

「シカゴです」ニックは言った。

「いい街ですよね」黒人は言った。「お名前、聞きとれませんでした」

「アダムズです。ニック・アダムズ」

「なあバグズ、こいつ頭いかれたことないんだってさ」アドがいった。

「まだ先は長いですからねえ」黒人が言った。焚火のそばで何かの包みを開けていた。

「メシはいつだい、バグズ？」拳闘選手は訊いた。

「いますぐですよ」

「お前腹減ってるかい、ニック？」

「死ぬほど減ってます」

「聞こえたか、バグズ？」

「たいていのことはちゃんと聞こえてますよ」

「そういうこと訊いてんじゃねえよ」

「はい。この方がおっしゃったこと、ちゃんと聞こえましたよ」

黒人はフライパンにハムのスライスを広げているところだった。フライパンが熱くなって脂が撥ねてくると、バグズは長い黒人らしい脚を曲げて焚火の上にしゃがみ込み、ハムをひっくり返し、卵を割ってフライパンに落として、卵の上を熱い脂が流れるようフライパンを左右に傾けた。

「その袋からパン出して切ってもらえますかね、ミスター・アダムズ？」バグズは焚火から顔を向けて言った。

「了解」

ニックは袋のなかに手を入れて、一斤のパンを取り出した。六枚スライスした。アドがニックをじっと見て、やがて身を乗り出してきた。

「そのナイフこっちにもらえるかな、ニック」アドが言った。

「いや、やめときましょう」黒人が言った。「ナイフちゃんと持っててくださいよ、ミスター・アダムズ」

拳闘選手は体をうしろに倒して深々と座った。

「切ったパン持ってきてもらえますか、ミスター・アダムズ？」バグズが言った。ニックはパンを持っていった。

「パンをハムの脂に浸すの、好きですか？」黒人が訊いた。

「好きだとも！」

「あとまで待った方がいいですね。食事の終わりにやる方が美味しいから。さあ」

黒人はハムのスライスを取り上げ、パンの一枚の上に置いて、その上にするっと卵を載せた。

「もう一枚ではさんでサンドイッチにして、ミスター・フランシスに渡していただけますか」

アドはサンドイッチを受けとって食べはじめた。

「気をつけてくださいよ、卵が流れますから」黒人が忠告した。「これはあなたの分です、ミスター・アダムズ。残りは私ので」

ニックはサンドイッチにかぶりついた。黒人は彼の向かいにアドと並んで座っていた。熱々のハムエッグは素晴らしく美味かった。

「ミスター・アダムズはほんとにお腹が空いてらっしゃるんですね」黒人が言った。元チャンピオン・ボクサーとしてニックもその名を知っている小男は何も言わなかった。黒人がナイフのことを言って以来一言も喋っていなかった。

「熱々のハムの脂に浸したパン、召し上がりますか？」バグズが言った。

「どうもありがとう」

白人の小男はニックを見た。

「あんたも召し上がりますか、ミスター・アドルフ・フランシス？」バグズはフライパンから顔を上げずに呼びかけた。

アドは答えなかった。ニックを見ていた。

「ミスター・フランシス？」黒人の穏やかな声が聞こえた。

アドは答えなかった。ニックを見ていた。

「あんたに言ったんですよ、ミスター・フランシス」黒人が穏やかに言った。

アドはまだニックを見ていた。帽子を目の上まで下ろしていた。ニックは落着かなかった。

「どうしてそんな真似できるんだ？」帽子の下からきつい声がニックに浴びせられた。

「何様のつもりだ？　なんだ、偉そうに。頼まれもせずにのこのこやって来て、人の食い物食って、ナイフ貸してくれって言ったら偉そうな顔しやがって」

男はニックを睨みつけた。顔は真っ白で、帽子の下の目はほとんどつばの陰になっていた。

「まったくふざけた野郎だ。誰がここに来てくれって頼んだ？」

「誰も」

「そうさ、誰も頼んじゃいないさ。誰もここにいてくれって頼んでもいない。お前ときたら、のこのこ来て俺の顔見て偉そうなツラして、俺の葉巻喫って俺の酒飲んで、それから偉そうなこと言いやがるんだ。それで済むと思ってんのか、え？」

ニックは何も言わなかった。アドは立ち上がった。

「いいかよく聞け、腰抜けのシカゴ野郎。その頭ぶっ叩いてやる。わかったか？」

ニックはうしろに下がった。小男はじわじわと、すり足で寄ってきた。左足が前に出て、右足があとからついて来た。

「俺を殴れ」アドが頭を動かした。「俺のこと殴ってみろ」

「殴りたくありません」

「そんなんじゃ勘弁してもらえないぞ。お前はな、叩きのめされるんだよ。さあ、俺にパンチ出してみな」

「いい加減にしてくださいよ」ニックは言った。

「わかった、じゃ行くぞ、下司野郎」

小男は下を向いてニックの足下を見た。小男が下を向くと同時に、焚火から離れてうしろから動きを追っていた黒人が、身構えて、小男の後頭部を叩いた。小男は前に倒れて、バグズは布で包んだ棍棒を草の上に投げ捨てた。小男はそこに横たわり、顔は草に埋もれていた。黒人は小男を抱え上げた。頭がだらんと垂れていた。黒人は小男を焚火の方に運んでいった。ひどい顔をしていて、目は開いていた。バグズはそっとその体を横たえた。

「バケツに入ってる水持ってきてもらえますか、ミスター・アダムズ？」黒人は言った。「ちょっと強く叩いちまったみたいで」

黒人は片手で男の顔に水をかけ、耳をそっと引っぱった。目が閉じた。

バグズは立ち上がった。

「大丈夫です」バグズは言った。「心配は要りません。どうもすみません、ミスター・アダムズ」

「いいんだよ」。ニックは小男を見下ろしていた。草の上に棍棒が見えたので拾い上げた。把手が自在に動くようになっていて、持つとしなやかだった。すり切れた黒い革で出来ていて、重たい方の端にハンカチが巻いてあった。

「その把手、鯨の骨なんです」黒人が微笑んだ。「もうそういうの作ってませんよね。あんたがどれくらい自分のこと護れるかわからなかったし、それにとにかく、あんたがこの人のこと痛めつけたり、これ以上傷負わせたりしたら困りますからね」

黒人はもう一度微笑んだ。

「あんた自分で痛めつけたじゃないか」

「私はやり方心得てますから。この人、起きたら何も覚えちゃいませんよ。ああいうふうになったらこうするしかないんです」

ニックはまだ、焚火の光のなかで目を閉じて横たわっている小男を見下ろしていた。バグズが焚火に薪をくべた。

「この人のことは心配要りませんよ、ミスター・アダムズ。こうなったのいままで何べんも見てきましたから」

「この人、なんで頭がおかしくなったんだ？」ニックは訊いた。

「そりゃあ、いろんなことがあったんですよ」黒人が焚火から顔を上げずに言った。「このコーヒーお飲みになりますか、ミスター・アダムズ？」

黒人はニックにカップを渡し、意識を失った男の下に置いたコートを平らにのばした。

「まず何といっても、パンチを浴びすぎました」黒人はコーヒーを啜った。「でもまあそれだけなら、ちょっと脳味噌が軽くなっただけで。それに加えて、妹ってのがこの人のマネージャーでね、新聞でもいつも兄妹だって書き立てられて、妹は兄を愛し兄は妹を愛しってね、そしたらニューヨークに行って結婚したもんだから、いろいろ嫌なことがあったんですよ」

「覚えてるよ」

「でしょう。もちろん全然兄妹なんかじゃなかったんですが、どっちにしろ気に入らないっていう人が大勢いて、それで二人もだんだん仲が悪くなってきて、ある日女の方があっさり出ていって、それっきり戻ってこなかったんです」

黒人はコーヒーを飲んで、ピンク色の手のひらで唇を拭いた。

「とにかくあっさりおかしくなっちまったんです。コーヒーもう少し召し上がりますか、ミスター・アダムズ？」

「ありがとう」

「私も二度ばかり見たことあるんです、その女性」黒人は話を続けた。「ものすごい美人でしたね。双子といっても通るくらいこの人に似てました。顔じゅうこんなふうにやられてなけりゃ、この人だって悪くない顔立ちなんですよ」

黒人はそこで言葉を切った。話は終わったらしかった。

「この人とは刑務所で知りあったんです」黒人は言った。「この人、女がいなくなってからってもの、年じゅう人をぶん殴ってるもんだから刑務所に入れられたんです。私は人をナイフで怪我させて入ってまして」

黒人は微笑んで、穏やかな声で先を続けた。

「この人のことすぐに気に入りまして、出たらすぐ探しに行ったんです。この人、私も頭おかしいんだって思いたがるんですけど私は気にしません。この人と一緒にいるのは好きですし、田舎を見るのも好きだし、そうするのに窃盗罪やらなくてもいいですしね。まっとうな紳士みたいに暮らすのはいいもんですよ」

「君たち、何してるんだい？」ニックは訊いた。

「いえ、べつに何も。ぶらぶら旅してるだけです。この人、お金あるんです」

「きっとずいぶん稼いだんだろうな」

「そりゃあね。でもみんな遣っちまいました。じゃなきゃみんな取られたか。女の人が送ってくれるんです」

　黒人は火をかき回した。

「実に見事な女性ですよ」黒人は言った。「双子といっても通るくらいこの人に似てるんです」

　黒人は小男の方を見た。男は大きく息をしながら横たわっていた。金髪が額の上に垂れていた。さんざん痛めつけられた顔は、眠っていると子供っぽく見えた。

「この人もういつ起こしてもいいんです、ミスター・アダムズ。もしよかったら、ここはお引き取り願えませんかね。お客様をきちんとおもてなししないのは嫌なんですが、あんたの顔見たらまた取り乱すかもしれませんから。私としてもあんまり叩きたくはないし、かといってああなったらほかに手もありませんからねえ。私としてはこの人をなるべく他人から遠ざけてないといけないんです。お気になさらないでいただけますよね、ミスター・アダムズ？　いえいえべつにお礼なんて、ミスター・アダムズ。いつもならこの人のこと前もって警告しとくところなんですが、あんたのことすごく気に入ってるみたいだったんで、まあ大丈夫かなって思ってしまいまして。線路を二マイルばかり行ったら町に出ます。マンスローナって町です。さようなら。一晩泊まっていっていただけるといいんですが、ちょっと無理な相談でして。ハムとパン、少し持っていかれますか？　要らない？　サンドイッチひとつどうです」これがすべて低い、滑らかな、礼儀正しい黒人の声で口にされた。

「結構。それじゃ、さようなら、ミスター・アダムズ。さようなら、ごきげんよう！」

ニックは焚火から離れて、空き地を横切り、線路に戻っていった。火が届かないところまで来ると、耳を澄ました。黒人の低い穏やかな声が喋っていた。言葉までは聞こえなかった。それから小男が「頭がすごく痛いよ、バグズ」と言うのが聞こえた。

「じき治りますよ、ミスター・フランシス」黒人の声がなだめた。「この熱いコーヒー、お飲みなさい」

ニックは土手を這い上がって、線路の上を歩き出した。片手にハムサンドを持っているのに気づいて、ポケットにしまった。線路がカーブして山に入っていく前に上り坂からうしろをふり返ると、空き地のなかに焚火の光が見えた。

兵士の地元
Soldier's Home

クレブズはカンザスのメソジスト系大学から戦争に行った。彼が社交クラブの仲間の学生たちと一緒に写っている写真がある。誰もがみな、まったく同じ幅と形のカラーを襟につけている。クレブズは一九一七年に志願して海兵隊に入り、一九一九年の夏に第二師団がライン川から引き揚げるまでアメリカに帰ってこなかった。

ライン川のほとりで、クレブズがドイツ人の女の子二人と、もう一人伍長と一緒に写っている写真がある。クレブズも伍長も軍服がきつすぎるように見える。ドイツ人の女の子たちは美しくない。ライン川は写真に写っていない。

オクラホマにある地元の町にクレブズが戻ってきたころには、英雄たちの歓迎は終わっていた。彼の帰郷はあまりに遅すぎた。召集されて戦争へ行った町の男たちは、帰ってきたときに至れり尽くせりの歓迎を受けていた。そのときは異様な興奮が広がった。いまはその反動が生じていた。クレブズがこんなに遅く、戦争が終わって何年も経ってから帰ってきたことを、人々は馬鹿げていると思っているみたいだった。

ベローの森、ソワソン、シャンパーニュ、サンミエル、アルゴンヌと転々としてきたクレブズは、はじめ戦争について何も話したくなかった。そのうちに、話したい気になったが、誰も聞きたがらなかった。町は残虐をめぐる物語をさんざん耳にしていて、現実の話ではもう興奮しなくなっていた。少しでも聞いてもらうには嘘をつくしかないことをクレブズは思い知った。それを二度やってから、自分のなかにも戦争に対する反動、話すことに対する反動が生まれた。

それについて嘘をついたがために、戦争中に自分の身に起きたことすべてに対する嫌悪が生じていた。それらを思い返すたびに、胸のうちを爽やかに澄みわたらせてくれた日々。もうずっと前の、何かほかのことをやってもよかったのに人として為すべき唯一のことを、たやすく、自然に為した日々。それらの日々が、いまではその爽やかな価値を失い、やがてもうそれら自体が消えてしまった。

彼がついた嘘はおよそ取るに足らないものだった。ほかの男たちが見たりやったり聞いたりしたことを我がことととして語り、兵士ならみんなよく知っているたぐいの眉唾ものの噂話を事実として話しただけだ。そうやって嘘をついても、ビリヤードルームでは誰も驚かなかった。知人たちはみな、アルゴンの森で機関銃に鎖でつながれた姿で発見されたドイツ人女たちをめぐる詳細な話を聞いていて、鎖でつながれていないドイツ軍機関銃手のことなど理解できず――あるいは愛国心ゆえに興味を持つこともできず――彼の物語を聞いても全然興奮しなかった。

虚偽や誇張の結果として生じる体験に対し、クレブズは吐き気を覚えるようになった。時おり、やはり兵士だった男に出会って、ダンスパーティの更衣室で何分か話すときなど、古参兵が戦友たちと一緒にいるようなくつろいだ心持ちになって、俺は年中、ものすごく、どうしようもないくらい怯えていたんだよ、などと言ったりした。こうして彼はすべてを失った。

このころ季節は夏も終わり近くで、彼は遅くまでベッドで寝ていて、起きると町を歩いて図書館まで行って本を借り、家で昼食を食べて玄関ポーチで本を読んだ。やがて本にも飽きると、町を抜けて向こう側まで行き、一日の一番暑い時間をビリヤードルームの涼しい薄暗がりで過ごした。ビリヤードは大好きだった。

日が暮れるとクラリネットを練習し、ぶらぶら町を散歩して、本を読んで寝床に入った。二人の妹にとってクレブズはいまも英雄だった。母親は彼が望んだなら寝床まで朝食を運んでくれただろう。彼が寝ていると母はよく部屋に入ってきて、戦争のことを話してちょうだいとせがんだが、いつもじきに上の空になった。父親はわれ関せずの態度を保っていた。

出征前、クレブズは家の自動車を運転させてもらえなかった。父親は不動産業を営んでいて、客を町の外の農場物件まで連れていくときにいつでも使えるようにしておこうとしたのだ。車はいつも、二階に父の事務所があるファーストナショナル・バンクの建物の外に駐めてあった。戦争が終わったいまも、依然同じ車だった。

町は何も変わっていなかったが、女の子たちは大人になっていた。彼女たちはみな、すでに確定された同盟関係と刻々変化する敵対関係から成るこの上なく複雑な世界に生きていて、クレブズはそのなかに攻め入る活力も勇気もある気がしなかった。けれど彼女たちを眺めるのは好きだった。顔だちのいい女の子が大勢いた。大半は髪を短く切っていた。出征したときにはそんなヘアスタイルをしているのは小さな子供か不良の女の子だけだった。彼女たちはみなセーターと丸いダッチカラーのブラウスを着ていた。それはひとつのパターンだった。玄関ポーチから、道の向こう側を歩く彼女たちを見るのがクレブズは好きだった。木陰を歩いていく彼女たちを眺めるのが好きだった。セーターの上の丸いダッチカラーが好きだった。絹のストッキングや平べったい靴も好きだった。ショートカットの髪も、彼女たちの歩き方も好きだった。

町に出ると、彼女たちの魅力はそれほど強くなかった。ギリシャ人の経営するアイスクリームパーラーで見る彼女たちの姿は好きでなかった。彼女たち本人を欲しているわけでは実のところなかった。彼女たちはあまりに複雑すぎた。それにまだある。漠然と女の子が欲しくはあったが、女の子を手に入れるために苦労したくはなかった。女の子がいればいいとは思ったがそのために長い時間を費やす気はなかった。策略だの駆け引きだのにかかずらわりたくなかった。求愛などするのは嫌だった。もうこれ以上嘘をつきたくなかった。そんな値打ちなんかない。

いろんな面倒がそこから生じるのが嫌だった。もう二度と、いろんな面倒が生じるのは嫌だった。いろんな面倒などなしに暮らしていきたかった。それに、本当に女の子なんか要らない。そのことは軍隊で教わっていた。女の子なしではいられないふりをするのは構わない。ほとんど誰もがそうする。でもそれは違う。女の子など要らないのだ。そこが可笑しいところだった。男はまず、女なんかどうだっていいさ、女のことなんか考えやしないよ、女なんかに振り回されるもんか、と自慢する。それから今度は、女なしじゃいられない、いつも女がいないと駄目なんだ、女なしじゃ眠れないんだ、と自慢したりするのだ。

みんな嘘だ。どっちも全部嘘だ。女の子たちのことを考えないかぎり女の子なんて要らない。そのことを彼は軍隊で学んだ。やがて、遅かれ早かれかならず女の子が出来る。本当に機が熟したら、かならず出来るのだ。考える必要はない。遅かれ早かれ時は来る。そのことは軍隊で学んだ。

もし女の子の方からやって来ても、話したがったりしなければ、彼としても嫌ではなかっただろう。だがここ地元では、何もかもがややこしすぎた。もう二度とあんな面倒を味わうのは御免だった。あんな厄介の値打ちなんかない。フランスの女の子やドイツの女の子はそこがよかった。ここみたいにさんざん喋ったりしないのだ。こっちも大して喋れないし、その必要もない。簡単だ。仲よくする、それだけ。彼はフランスのことを考え、それからドイツのことを考えた。概してドイツの方がよかった。ドイツを離れたくはなかった。故郷に帰ってきたくなかった。だがとにかく、帰ってきてしまった。クレブズは玄関ポーチに腰かけた。

道の向こう側を歩いている女の子たちがクレブズは好きだった。フランスの女の子やドイツの女の子より見かけはずっと好きだった。でも彼女たちのいる世界は彼のいる世界ではなかった。彼女たちの一人が自分の女の子だったらいいとは思う。でもそれだけの値打ちはない。彼女たちはとても素敵なパターンを成している。彼はそのパターンが好きだった。見ていてわくわくした。だがはてしない話に一からつき合う気はなかった。そこまで切実に求めてはいない。見るのが好きなだけだ。それだけの値打ちなんかない。特にいまは、物事がまたよくなってきているのだから。

玄関のポーチに座って、戦争に関する本を読んだ。それは歴史書で、自分が参加したあらゆる戦闘に関する記述を彼は読んだ。こんなに惹きつけられる読書は初めてだった。もっと地図があればいいのに、と思った。よく出来た詳細な地図のついた、本当にいい歴史書がどんどん出て、それを片っ端から読むのが楽しみだった。いまになってやっと、自分は戦争について学んでいる。彼はよい兵士だった。そこが違うのだ。

帰ってきて一か月くらい経ったある朝、母親が寝室に入ってきてベッドに腰かけた。母はエプロンの皺をのばした。

「昨日の夜お父さんと話をしたのよ、ハロルド」と母親は言った。「お父さんが、あんたにね、夜に車を使ってもいいいって」

「そうなの？」まだはっきり覚めていない頭でクレブズは言った。「車を使っていいって？そうなの？」

「そうよ。お父さんはね、しばらく前から、あんたに夜いつでも好きなときに車を使わせてあげなきゃって思ってたのよ。でも話をしたのは昨日の夜が初めてなの」

「母さんがさせたんだろ」とクレブズは言った。

「違うわ。相談しようって、父さんから言ってきたのよ」

「そうかい。母さんがさせたんだろ」クレブズはベッドの上で身を起こした。

「朝ご飯食べに降りてくるかい、ハロルド？」と母は言った。

「服を着たらね」とクレブズは言った。

母親は部屋から出ていった。母が階下で何かを料理していて油が撥ねる音を聞きながら、クレブズは顔を洗い、ひげを剃って服を着て、朝食を食べに食堂へ降りていった。朝食を食べている最中に、妹が郵便を持ってきた。

「ヘアったら、お寝坊さんねえ」と彼女は言った。「そもそもなんのために起きるわけ？」

クレブズは妹を見た。彼はこの妹が好きだった。この妹が一番気に入っていた。

「新聞持ってきたか？」と彼は訊いた。

妹から『カンザスシティ・スター』を受けとって、茶色い包装紙を抜きとり、スポーツ欄を開いた。ページを開けたまま折り畳んで、水差しに立てかけてシリアルの皿で押さえ、食べながら読めるようにした。

「ハロルド」母親が台所の戸口に立った。「ハロルド、新聞を皺にしないでちょうだい。お父さん、新聞が皺になってると読めないのよ」

「皺にしないよ」とクレブズは言った。

妹も食卓に座って、新聞を読んでいる彼を眺めた。

「今日ねえ、学校でインドア〔※室内ソフトボールのこと〕やるんだよ」と妹は言った。「あたし、ピッチャーなんだよ」

「よしよし」とクレブズは言った。「腕の調子はどうだ？」

「あたし、たいていの男の子より上手いんだよ。兄さんに教わったんだよってみんなに言ってるの。ほかの女の子はみんな大したことない」

「そうなのか？」とクレブズは言った。

「兄さんはあたしの恋人だってみんなに言ってるの。あんたあたしの恋人だよね、ヘア？」

「そうともさ」

「兄さんって兄さんだっていうだけで、ほんとに恋人にはなれないの？」

「どうかなあ」

「どうかなあじゃないでしょ。ねえヘア、あたしがもっと大きくなって、あんたがそうしたかったら、あんたあたしの恋人になれない？」

「なれるさ。いまだってお前は俺の恋人さ」

「あたしほんとにあんたの恋人？」

「そうともさ」

「あたしのこと愛してる？」

「ああ」

「ずっとあたしのこと愛してくれる？」

「もちろん」

「あたしがインドアやるの見にきてくれる?」

「どうかなあ」

「何よヘア、あたしのこと愛してなんかいないじゃない。愛してたら、あたしがインドアやるの見にきたいって思うはずよ」

母親が台所から食堂に入ってきた。目玉焼き二つとパリパリのベーコンが載った皿と、ソバ粉のパンケーキの皿を持っていた。

「ちょっと外に行ってなさい、ヘレン」と母親は言った。「母さん、ハロルドに話があるから」

母親は卵とベーコンの皿を彼の前に置いて、パンケーキにかけるメープルシロップの壜を持ってきた。それからクレブズの向かいに腰を下ろした。

「ちょっと新聞をどかしてくれないかしら、ハロルド」と母親は言った。

クレブズは新聞を手にとって畳んだ。

「これから何するかもう決めたの、ハロルド?」と母親は眼鏡を外しながら言った。

「決めてない」とクレブズは言った。

「もうそろそろ決めた方がいいと思わない?」決して意地悪な言い方ではなかった。心配そうな声だった。

「考えてなかった」とクレブズは言った。

「神さまは万人に、それぞれ為すべき仕事を与え給うのよ」と母は言った。「神の王国では誰一人怠けていられないのよ」

「俺は神の王国になんかいない」とクレブズは言った。

「人はみんな神の王国にいるのよ」

いつものとおり、クレブズは気まずさと憤りを感じた。

「あんたのことがずっとすごく心配だったのよ、ハロルド」母親はさらに言った。「あんたがどんな誘惑にさらされてきたかは母さんもわかってる。男というものがどれだけ弱いかもわかってる。あんたのお祖父様、あたしの父さんが話してた南北戦争の話だってわかってる、だから母さん、ずっとあんたのためにお祈りしてたのよ。あんたのために一日中お祈りしてるのよ、ハロルド」

皿の上で固くなっていくベーコンの脂をクレブズは見た。

「父さんも心配してるのよ」と母親はさらに言った。「あんたが志をなくしたんじゃないか、人生にはっきりした目的がないんじゃないかって父さんは思ってるのよ。チャーリー・シモンズはあんたとちょうど同い歳でいい職に就いていてもうじき結婚するわ。男の子たちみんな、身を落着けようとしてるのよ。みんなひとかどの人間になろうっていう気でいるのよ。あんたもわかるでしょう、チャーリー・シモンズみたいな男の子たちは、いずれ地域の柱になるのよ」

クレブズは何も言わなかった。

「そんな顔しないでちょうだい、ハロルド」と母親は言った。「わかってるでしょ、父さんも母さんもあんたのこと愛してるのよ、あんたのためを思って、きちんと話をしておきたいのよ。父さんはあんたの自由を妨げたくないと思ってる。あんたに車を運転させてあげなきゃって父さんは思ってる。誰か素敵な女の子を連れてドライブに出かけたかったら、父さんも母さんも大歓迎よ。二人ともあんたに楽しく過ごしてほしいのよ。だけどもう腰を据えて働かなきゃ駄目よ、ハロルド。何からはじめようと構わないって父さんは思ってる。父さんも言ってるけど、どんな仕事だって立派な仕事よ。とにかく何かからはじめなきゃ。父さんに頼まれたのよ、朝のうちに母さんからお前に話して、それからお前が父さんの事務所に話に行くように伝えろって」

「それだけ？」とクレブズは言った。

「そうよ。ねえあんた、母さんのこと愛してないの？」

「愛してない」とクレブズは言った。

母親はテーブルの向こうから彼を見た。目が光っていた。母は泣き出した。

「俺は誰も愛してないんだよ」とクレブズは言った。

無駄だった。母親に伝わるわけがない。わかってもらえるわけがない。馬鹿なことを言ってしまった。母親を傷つけただけだ。彼は母のそばに寄っていって、その腕を握った。母は両手で頭を抱えて泣いていた。

「本気で言ったんじゃないんだ」と彼は言った。「別のことに腹が立ってただけなんだよ。母さんを愛してないなんて、本気で言ったんじゃないよ」

母親は泣きやまなかった。クレブズは片腕を母の肩に回した。

「信じてくれないのかい、母さん？」

母親は首を横に振った。

「頼むよ、頼むって、母さん。頼むから信じてよ」

「わかったわ」と母親は喉を詰まらせながら言った。そして顔を上げて彼を見た。「信じるわ、ハロルド」

クレブズは母親の髪にキスした。母は顔を、彼の目の前まで上げた。

「あたしはあんたの母親なのよ」と母は言った。「ちっちゃな赤ん坊だったあんたを、自分の心臓にくっつけて抱いてたのよ」

クレブズはむかむかして、うっすら吐き気を感じた。

「わかってるよ、ママ」と彼は言った。「母さんのために、きちんと生きるように頑張るよ」

「母さんと一緒にひざまずいてお祈りしてくれるかい、ハロルド？」と母親は訊いた。

二人は食卓のかたわらにひざまずいて、クレブズの母親が祈った。

「さあ、今度はあんたが祈るのよ、ハロルド」と母は言った。

「できないよ」とクレブズは言った。

「やってみるのよ、ハロルド」

「できない」

「母さんが代わりにお祈りしてあげようか？」

「うん」

それで母親が彼に代わって祈り、それから二人は立ち上がって、クレブズが母親にキスして家から出ていった。これまでずっと彼は、人生をややこしくしないようにすごく頑張ってきた。とにかく、何ものにも振り回されたりはしなかった。母親を憐れに思って、仕方なく嘘をついた。カンザスシティに行って仕事を見つけよう。そうすれば母の気も晴れるだろう。出ていく前に、もう一悶着あるかもしれない。父親の事務所には行くまい。そういうのは省こう。彼は人生がスムーズに進んでほしかった。ちょうどまさにそうなりかけたところだったのだ。まあでも、それももう終わりだ。今日のところは学校に行って、ヘレンが室内ソフトをやるのを見ることにしよう。

雨のなかの猫
Cat in the Rain

ホテルに泊まっているアメリカ人は二人だけだった。部屋に出入りするときに階段ですれ違う人々の誰も彼らは知らなかった。部屋は二階にあって窓から海が見えた。窓からは小さな公園と戦争記念碑も見えた。公園には大きなヤシの木が何本かと緑のベンチがいくつかあった。天気がいいときはいつもイーゼルを持った絵描きがいた。ヤシの木の茂り具合と、公園と海に面して並ぶホテルの明るい色を絵描きたちは好んだ。戦争記念碑を仰ぎ見にイタリア人たちが遠くからやって来た。碑は青銅製で雨に濡れるとぴかぴかに光った。いまも雨が降っていた。雨粒がヤシの木から滴った。砂利の小道のあちこちに水たまりが出来ていた。雨のなかで海が長い線を描いて打ち寄せ、すうっと浜を戻っていき、それからまたやって来て、雨のなかで長い線を描いて打ち寄せた。戦争記念碑のそばの広場にあった自動車はみななくなっていた。広場の向こう、カフェの戸口にウェイターが一人立って誰もいない広場を眺めていた。

アメリカ人の妻は窓辺に立って外を見ていた。外の、窓のすぐ下、一匹の猫が雨の滴っている緑のテーブルの下で体を丸くしていた。猫は精一杯体を小さくして雨が垂れてこないように努めていた。

「私、あの猫連れてくる」アメリカ人の妻は言った。

「僕が行くよ」夫がベッドから申し出た。

「ううん、私が行く。あの猫ったらテーブルの下にもぐり込んで濡れないように頑張ってるの」

夫は本を読みつづけた。ベッドの足側に置いた二つの枕に寄りかかって横になっていた。

「濡れるなよ」夫は言った。

妻が階段を降りていって事務室の前を通ると、ホテルのオーナーが立ち上がってお辞儀をした。オーナーの机は事務室の奥にあった。オーナーは老人で背が高かった。

「雨ですね（イル・ピオーヴェ）」妻は言った。彼女はこのホテル経営者が気に入っていた。

「ええ、そうですね（シ、シ、シニョーラ）、ひどい天気です（ブルット・テンポ）。とてもひどい天気です」

薄暗い部屋の奥にある机の向こうにオーナーは立っていた。このオーナーを彼女は気に入っていた。どのような苦情でもひどく真剣に聞くところがよかった。堂々たる威厳がよかった。何かと彼女の役に立とうとしてくれるところがよかった。ホテルの経営者であることに対する思い入れもよかった。老いた重たい顔と大きな手もよかった。

この人はいいという思いとともに彼女はドアを開けて外を見た。雨はさっきより強くなっていた。ゴム製のケープを羽織った男が一人、誰もいない広場をカフェに向かって横切っていた。猫は右の方にいるだろう。軒下を通っていけばいいだろうか。戸口に立っていると背後で傘が開いた。彼らの部屋を掃除してくれるメイドだった。

「濡れてはいけませんよ」と彼女はイタリア語でにっこり笑いながら言った。もちろんホテルの経営者が気を利かせてくれたのだ。

メイドに傘を差しかけてもらって、砂利の小道を自分たちの部屋の窓の下まで歩いていった。

テーブルがそこにあって、雨に濡れて明るい緑色に洗われていたが、猫はいなくなっていた。彼女は一気にがっかりした。メイドが顔を上げて彼女を見た。

「何かなくされたのですか？（ア・ペルドゥート・クワルケ・コーザ、シニョーラ）」

「猫がいたのよ（ゼア・ワズ・ア・キャット）」アメリカ人の若い女は言った。

「　猫（ア・キャット）　？」

「そう、猫（シ、イル・ガット）」

「猫？」メイドは笑った。「雨のなかに猫がですか？」

「そうよ」彼女は言った。「テーブルの下にいたの」。それから、「ああ、すごく欲しかったのよ。仔猫が欲しかったの」と言った。

彼女が英語を喋るとメイドの顔がこわばった。

「さあ、シニョーラ」メイドは言った。「中に入りませんと。濡れてしまいますよ」

「そうね」アメリカ人の若い女は言った。

二人は砂利の小道を戻って、ドアから中に入った。メイドは外にとどまって傘を閉じた。アメリカ人の若い女が事務室の前を通ると、あるじ（パドローネ）が机の向こうからお辞儀した。若い女のなかで、何かがひどく小さく、固く感じられた。彼がいると自分がひどく小さく、同時にとても重要な人物であるように感じられた。つかのま、自分がこの上なく重要な存在である気になった。彼女は階段を上がっていった。部屋のドアを開けた。ジョージはベッドで本を読んでいた。

「猫、つかまえたかい？」と彼は訊いて、本を置いた。

「いなくなってた」

「どこへ行ったのかねえ」と彼は本から目を休めながら言った。

彼女はベッドの上に腰かけた。

「すごく欲しかったのよ」彼女は言った。「どうしてあんなに欲しかったのかわからない。あの仔猫が欲しかったのよ。仔猫の身で雨のなかに放り出されてるなんて辛いわよね」

ジョージはまた本を読んでいた。

彼女は鏡台に行って鏡の前に座り、手鏡で自分を見た。まず一方の横顔を眺めて次に反対側を眺めた。それから後頭部と首を眺めた。

「私、髪を伸ばしたらいいと思わない？」と彼女はまた自分の横顔を見ながら訊いた。

ジョージは顔を上げて、男の子みたいに短く髪を刈った彼女のうなじを見た。

「僕はいまのままが好きだけどね」

「飽きあきしちゃうのよ」彼女は言った。「飽きあきしちゃうのよ、男の子みたいに見えることに」

ジョージがベッドの上で姿勢をずらした。彼女が喋り出して以来ずっと目をそらしていなかった。

「すごくいい感じだけどね」彼は言った。

彼女は鏡台に手鏡を置いて窓辺に行って外を見た。暗くなってきていた。

「髪をうしろにぎゅっと綺麗に束ねて大きなかたまり作って手で触りたいのよ」彼女は言った。「仔猫を膝に載せて、撫でたら喉を鳴らしてほしいのよ」

「そうなの？」ジョージがベッドから言った。

「そしてテーブルに座って自分の食器で食べたいし蠟燭も欲しい。季節が春になってほしいし鏡の前で髪にブラシをかけたいし仔猫も欲しいし新しい服も欲しいのよ」

「なあ、もう黙って何か読めよ」ジョージは言った。また本を読んでいた。

妻は窓の外を見ていた。もう真っ暗で、ヤシの木々にまだ雨が降っていた。

「とにかく猫が欲しいのよ」彼女は言った。「猫が欲しい。猫がいま欲しい。髪も伸ばせなくても面白いこともなくても、猫を手に入れることならできる」

ジョージは聞いていなかった。本を読んでいた。妻は窓から、広場でさっき明かりが灯ったところを見ていた。

誰かがドアをノックした。

「どうぞ（アヴァンティ）」ジョージは言った。本から顔を上げた。

戸口にメイドが立っていた。大きな三毛猫をぎゅっと抱いていて、尻尾が揺れてメイドの体に当たった。

「失礼します」メイドは言った。「パドローネがこれをシニョーラにお届けしなさいと」

ギャンブラー、尼僧、ラジオ
The Gambler, the Nun, and the Radio

午前零時ごろに彼らは運び込まれてきて、その後一晩中、廊下にそった部屋の誰もがロシア人の声を聞くことになった。

「どこを撃たれたんだ？」とフレイザー氏が夜勤の看護師に訊いた。

「太腿だと思うわ」

「もう一人は？」

「あっちは死ぬわね、残念ながら」

「どこを撃たれた？」

「腹を二度。弾が一つしか見つかってないの」

二人ともビーツ摘みの労働者でメキシコ人とロシア人だった。終夜営業のレストランでコーヒーを飲んでいたら、誰かが店に入ってきてメキシコ人に発砲した。ロシア人はテーブルの下にもぐり込んだが、腹部に二発弾丸を受けて床に倒れているメキシコ人に向けた流れ弾が当たった。新聞にはそう書いてあった。

誰が撃ったのか見当もつかない、とメキシコ人は警察に言った。偶然だと思うと彼は言った。

「八発撃たれて二発当たったのが偶然だって言うのか？」

「シ、セニョール」と、カイエターノ・ルイスという名のメキシコ人は言った。

「あんな奴の弾がちょっとでも当たったのが偶然ってことさ」とカイエターノは通訳に言った。

「何と言ってる？」と刑事部長は、ベッドの向こう側にいる通訳を見ながら訊いた。

「偶然だと言ってます」

「本当のことを言え、もう死ぬんだから、と伝えろ」と刑事は言った。

「いいや、まだだ」とカイエターノは言った。「でもすごく気分が悪いからあまり喋りたくないと伝えてくれ」

「本当のこと言ってると言ってます」と通訳は言った。それから、刑事に向かって自信たっぷり、「誰に撃たれたか知らないです。背中撃たれたから」と言った。

「それはわかる」と刑事は言った。「でもそんならなぜ、弾はどっちも前から入ってるんだ？」

「くるくる回ってるんじゃないですか」と通訳は言った。

「おい、いいか」と刑事は、指を一本、カイエターノの鼻先で振り回して言った。目だけは鷹のように生き生きとした死人の顔から飛び出した、蠟のような黄色の鼻だった。「お前が誰に撃たれたんだろうと俺としちゃどうでもいい。だがとにかくこいつは片付けなきゃいかんのだ。お前を撃った奴を罰してほしくないか？ 奴にそう伝えろ」と刑事は通訳に言った。

「誰に撃たれたか言えってさ」

「マンダルロ・アル・カラーホ（地獄に堕ちやがれ）」とカイエターノは言った。彼はひどく疲れていた。

「そいつをまったく見なかった言ってます」と通訳は言った。「はっきり言います、背中撃たれたんです」

「ロシア人を撃ったのは誰だか訊け」

「ロシア人、気の毒に」とカイエターノは言った。「頭を抱え込んで床に倒れてたよ。撃たれたときに叫び出してそれ以来ずっと叫んでる。ロシア人、気の毒に」

「知らない奴だ言ってます。自分を撃ったのと同じ奴かもと」

「おい、いいか」と刑事は言った。「ここはシカゴじゃないんだ。お前はギャングじゃない。映画みたいな真似はしなくていい。誰に撃たれたか言っていいんだよ。何者に撃たれたか、誰だって言うさ。言って構わないんだよ。誰なのかお前が言わないで、そいつがまたほかの人間を撃ったらどうする。女か子供を撃ったらどうする。そういう奴を放っといちゃいかんのだ。なあ、あんた言ってくれ」と刑事はフレイザー氏に言った。「この通訳、信用できん」

「私、すごく信頼できます」と通訳は言った。カイエターノはフレイザー氏を見た。

「いいか、アミーゴ」とフレイザー氏は言った。「ここはシカゴじゃなくてモンタナ州ヘイリーだと警部は言ってる。お前は山賊じゃないしこれは映画とは全然関係ない」

「信じますよ」とカイエターノは穏やかに言った。「ヤ・ロ・クレオ（もちろんです）」

「撃った人間を告発しても不名誉にはならない。ここでは誰でもそうしてると言ってる。お前を撃ったあとにそいつが女か子供を撃ったらどうすると言ってる」

「私、結婚してません」とカイエターノは言った。

「べつにお前のとは言っとらん、どの女でもどの子供でもだ」

「奴は狂人じゃなかったですよ」とカイエターノは言った。

「告発すべきだと言ってる」とフレイザー氏は言い終えた。

「ありがとう」とカイエターノは言った。「あなたは素晴らしい翻訳。私も英語話すけど上手くない。相手の言ってることはわかる。脚、どうやって折りました？」

「馬から落ちた」

「それはツイてない。お気の毒に。すごく痛いですか？」

「いまはもうそうでもない。はじめはすごく痛かった」

「いいですか、アミーゴ」とカイエターノは話しはじめた。「私、すごく弱っています。もう勘弁してください。それに、すごく痛いんです。十分痛いんです。死ぬ可能性も高いです。この警官、ここから追い出してください、私すごく疲れたから」。彼は横向きになろうとするようなしぐさをした。それからじっと動かなくなった。

「あんたの言ったとおりに伝えましたよ、そしたら、本当に誰に撃たれたかわからない、すごく体が弱ってるから取り調べはあとにしてくれないかと答えました」とフレイザー氏は言った。

「あとにしたらたぶん死んでるさ」

「それは大いにありえますね」

「だからいま取り調べたいのさ」

「誰かに背中撃たれたんです、ほんとに」と通訳が言った。

「ああもう、うるさい」と刑事部長は言って、手帳をポケットにしまった。

廊下に出た刑事部長は、通訳と一緒にフレイザー氏の車椅子の横に立っていた。

「あんたもあいつが背中を撃たれたって思うんでしょうな？」

「ええ」とフレイザーは言った。「誰かに背中を撃たれた。そんなことあんたにとって何です？」

「怒りなさんな」と刑事は言った。「スペイン語が話せたらなあ」

「習えばいいじゃないか」

「怒らなくてもいいでしょう。あんなスペイン人取り調べたって、こっちは面白くも何ともないんですよ。スペイン語が話せたら違うのに」

「スペイン語話せる必要ありません」と通訳が言った。「私、すごく頼りになる通訳です」

「ああもう、うるさい」と刑事は言った。「では、これで。見舞いに来ますよ」

「ありがとう。いつでもいます」

「もう大丈夫ですよ。しかしツイてなかったですね。えらくツイてない」

「骨を接いでもらって以来、よくなってきましたよ」

「ええ、でも時間がかかります。すごく時間がかかる」

「あんたも背中を撃たれないようにね」

「そうですよね」と刑事は言った。「そうですよね。ま、あんたが怒ってなくてよかったです」
「それじゃ」とフレイザー氏は言った。

フレイザー氏はその後長いことカイエターノを見かけなかったが、シスター・セシリアが毎朝様子を知らせてくれた。とにかく何も泣きごと言わないのよ、でもすごく悪いのとシスターは言った。腹膜炎にかかっていてもう駄目だろうと言われてるわ。気の毒なカイエターノ、とシスターは言った。すごく綺麗な手をしていて、すごく上品な顔立ちで、絶対に泣きごとを言わない。このごろは臭（にお）いがひどい。自分で鼻を指さしてニッコリ笑って首を横に振るのよ、と彼女は言った。臭いのこと気まずく思っているのよ、恥じているの。ああ、ほんとに立派な患者よ。いつもニコニコして。神父さまのところに告解には行かないけどお祈りは言うって約束してくれたわ。なのに運び込まれて以来、一人のメキシコ人も見舞いに来てないのよ。ロシア人は週末に退院の予定だった。ロシア人の方はどうしても同情できないのよね、とシスター・セシリアは言った。気の毒に、あの人だって痛いんだし。弾に油が塗ってあって汚れていたから傷も化膿してしまったけど、何しろものすごく騒ぐし、それに私、いつだってワルの人が好きなのよね。カイエターノ、あれはワルだわ。きっとすごいワル、とことんワルよ、あんなに上品で華奢な体で、自分の手で仕事したことなんか一度もないのよ。あれはビーツ摘みじゃないわ。わかるのよ、絶対ビーツ摘みなんかじゃない。手もやっぱりすべすべしていてたこひとつないもの。あれはワルよ、どういうタイプかわからないけど。私、下に行ってあの人のために祈るわ。気の毒なカイエターノ、さぞ辛いだろうに音ひとつ立てないのよ。何だってあの人撃たれたのかしら？　ああ、あの気の毒なカイエターノ！　私すぐ下に行ってあの人のために祈るわ。

彼女はすぐ下に行って彼のために祈った。

その病院では黄昏どきにならないとラジオはよく聞こえなかった。地中に鉱石がたくさんあるからだとか、山が何か妨害しているからだとかいう話だったが、とにかく表が暗くなってこないとよく聞こえなかった。けれども夜は一晩じゅう綺麗に聞こえ、ひとつの放送局が終わったら西に移れば別の放送局が拾えた。最後に入ってくるのはワシントン州シアトルで、時差のせいで向こうが終了する午前四時は病院では午前五時だった。そして六時にはミネアポリスの〈朝の歓楽者〉が入った。これも時差のせいだった。フレイザー氏はよく、朝の歓楽者たちがスタジオに着くさまを想い、まだ陽の出ないうちに彼らが楽器を持って路面電車から降りる姿を思い描いた。もしかしたらそれは間違っていて楽器は歓楽の場所に置きっ放しにしてあるのかもしれないが、氏が思い描くとき彼らはいつも楽器を持っていた。氏はミネアポリスに行ったことはなかったし、たぶん一生行かないだろうと思ったが、朝早くそこがどんな様子かはわかった。

病院の窓からは転がり草(タンブルウィード)が雪から顔を出している野原と、何も生えていない粘土の孤立丘(ビュート)が見えた。ある朝医者が、雪の上に現われた二羽のキジをフレイザー氏に見せようとベッドを窓の方に引っぱると、読書灯が鉄のベッド枠から外れてフレイザー氏の頭に落ちた。いま言うとあまり可笑(おか)しく聞こえないがそのときはものすごく可笑しかった。みんなが窓の外を見ていて、医者が――ちなみにきわめて優秀な医者であった――キジを指さしベッドを窓の方に引っぱると、まるっきり新聞の漫画みたいに、フレイザー氏の頭のてっぺんにランプの鉛の基部が命中して氏をノックアウトしたのだ。人は治癒とかそういうことのために病院にいるのに、これはまさにその正反対に思えて、誰もがそれをフレイザー氏と医者に対するジョークと見てさんざん面白がった。病院ではすべてが、ジョークも含めて、ずっと単純なのだ。

　ベッドの向きを変えると、もうひとつの窓から、小さな煙が上空に浮かぶ町と、冬の雪を頂いて本物の山脈みたいに見えるドーソンの山並みが見えた。車椅子が時期尚早と判明して以来、眺めはその二つだった。どうせ入院しているのならベッドにいるのが一番だ。温度も自分で調節できる部屋から、それぞれ眺めるべき時間も決まった二つの眺めを見る方が、誰かほかの人間を待っている、あるいは単に使われなくなった、暑くて空っぽの部屋に車椅子で出し入れされて、いくつもある眺めをそこからほんの数分見るよりずっといい。ひとつの部屋に長くとどまっていれば、窓からの眺めは、それがどんなものであれ、大きな価値を帯びるようになる。とても大切になって、それを変えたいなんて、角度を変えたいとすら思わなくなる。ラジオと同じで、いろんなものに愛着を抱くようになって、それらを抱擁し、新しいものを不快に思うようになる。その冬に流れた最良の曲は「シンプルな歌を歌って」「シングソング・ガール」「罪なき嘘」だった。ほかの曲はどれもこれらに較べれば劣るとフレイザー氏は思った。「女子大生ベティ」もよかったが、歌詞のパロディが頭に否応なく湧いてきてしまい、それがどんどん猥褻になっていって、その面白さをわかってくれる他人もいないので、フレイザー氏はやがてその歌を放棄してフットボールに帰らせた〔※「女子大生ベティ」はフットボール名門大学の名を並べた歌〕。

午前九時ごろに病院ではX線の機器を使いはじめ、そのころにはどのみちヘイリーしか入らなくなっているラジオは役立たずになった。ラジオを所有しているヘイリー市民の多くが病院のX線機器が朝の受信を妨害すると抗議したが、みんながラジオを聞いていない時間に病院が機器を使えないのは残念だと思う人も多かった。

ラジオを切る必要が生じるころに、シスター・セシリアが入ってきた。

「カイエターノはどうだい、シスター・セシリア？」とフレイザー氏が訊いた。

「それがね、すごく悪いの」

「頭がおかしくなったのかい？」

「いいえ、でも死んでしまうと思うの」

「君はどう？」

「あたしはあの人のことがすごく心配。それでね、いままで一人もお見舞いに来てないのよ。メキシコ人ときたら、あの人が犬みたいに死んじゃっても平気なのかしら。ほんとにひどい人たち」

「今日の午後、こっちに来て試合を聴かないか？」

「ううん、駄目よ」と彼女は言った。「興奮しすぎちゃうから。チャペルでお祈りしてるわ」

「けっこうよく聞こえると思うよ」とフレイザー氏が言った。「西海岸の試合で、時差もあって遅い時間だからしっかり受信できるはずだよ」

「駄目よ。来られないわ。ワールドシリーズのときも死にそうだったもの。アスレチックスが攻撃中に大声で祈ってたのよ。『神さまお願いです、バッターの目をお導きください！　神さまお願いです、ヒットを打たせてあげてください！　神さまお願いです、ヒットが打てますように！』。第三戦で満塁になったときなんか、ねえ覚えてる、あたしもう耐えられなくて。『神さまお願いです、ホームランを打たせてやってください！　神さまお願いです、フェンスを越えますように！』。カージナルスの攻撃になるともう最悪だったわ。『神さまお願いです、あの人たちの目を見えなくしてください！　神さまお願いです、まるっきり見えなくなりますように！　神さまお願いです、三振しますように！』。今回のはもっと悪いわ。ノートルダムだもの。聖母さまよ。駄目よ、チャペルにいるわ。聖母さまのために。あの人たち聖母さまのためにプレーしてるのよ。あなたも何か聖母さまのお話書ければいいのに。あなたなら書けるわ。きっと書けるわよ、ミスター・フレイザー」

「聖母さまについて書けることなんて何も知らないよ。もうほとんど誰かが書いてるし」とフレイザー氏は言った。「僕の書き方、きっと君には気に入らないよ。聖母さまも気に入らないよ」

「いつか聖母さまのこと書いてね」とシスターは言った。「きっと書いてくれるわ。書かなきゃ駄目よ、聖母さまのお話」

「試合、聴きにきなよ」

「耐えられないわ。いいえ、チャペルでできるだけのことやるわ」

その午後、試合がはじまって五分経ったところで、看護師見習いが病室に入ってきて言った。「試合がどうなってるかシスター・セシリアがお訊ねです」

「もうタッチダウンがひとつ決まったと言ってくれ」

少し経って、見習いがふたたび入ってきた。

「相手を手玉にとってると言ってくれ」とフレイザー氏は言った。

少し経つと、彼はベルを鳴らして当番の看護師を呼んだ。「チャペルに行くか、誰か人を行かせるかして、第一クォーターが終わって十四対〇でノートルダムが勝ってる、大丈夫だってシスター・セシリアに知らせてくれるかな。もうお祈りはやめてもいいって」

何分かしてシスター・セシリアが部屋に入ってきた。すごく興奮していた。「十四対〇ってどういう意味？　あたしこのゲームのこと何も知らないのよ。野球だったら十分なリードよね。でもフットボールは何も知らないの。ひょっとして全然意味ないのかも。あたしチャペルに戻って、終わるまでお祈りしてるわね」

「もう決まりさ」とフレイザーは言った。「保証する。ここにいて一緒に聴きなよ」

「駄目。駄目。駄目。駄目。駄目。駄目。駄目」と彼女は言った。「チャペルに行ってお祈りするわ」

ノートルダムが得点するたびにフレイザー氏は使いを送り、とうとう、日が暮れたずっとあとに最終結果を知らせた。

「シスター・セシリアはどんなかね？」

「みんなチャペルにいます」と看護師は言った。

翌朝シスター・セシリアが入ってきた。ひどく上機嫌で、自信に満ちていた。

「わかってたのよ、聖母さまを負かせるわけないって」と彼女は言った。「無理に決まってるわ。カイエターノもよくなったのよ。ずっとよくなったわ。見舞客も来るのよ。まだ会えないけど、じきに来て、それであの人の気分も明るくなるわ、自分の民に忘れられてないんだってわかって。あたし警察署に行って、あのオブライエンって子に会って言ったのよ、メキシコ人を気の毒なカイエターノに会いに行かせなきゃいけないって。今日の午後何人かよこしてくれるのよ。そしたらあの人の気分も明るくなるわ。ひどいわよ、誰も来ないなんて」

その日の午後五時ごろ、三人のメキシコ人が病室に入ってきた。

「よろしいですか？」と一番大男の、ひどく厚い唇で相当太った人物が言った。

「どうぞ」とフレイザー氏は答えた。「お座りください、皆さん。何かお飲みになりますか？」

「恐れ入ります」と大男が言った。

「どうも」と一番色黒で一番小柄な男が言った。

「私は結構です」と痩せた男が言った。「頭に回っちまうんで」。男は自分の頭をとんとん叩いた。

看護師がグラスを持ってきてくれた。「ボトルをお出ししてくれ」とフレイザー氏は言った。

「レッド・ロッジ産です」と彼は説明した。

「レッド・ロッジのが一番です」と大男が言った。「ビッグ・ティンバーのよりずっといい」

「そのとおり」と一番の小男が言った。「値段も張るし」

「レッド・ロッジに行けばいろんな値段があるさ」と大男が言った。

「このラジオ、何球です？」と飲まない男が訊いた。

「七球です」

「実に上等ですな」と男は言った。「いくらしますか？」

「知りません、借りてるんで」とフレイザー氏は言った。「皆さん、カイエターノのお友だちですか?」

「いいえ」と大男は言った。「奴を怪我させた男の友だちです」

「警察に言われて来たんです」と一番の小男が言った。

「私ら、ちょっと店やってまして」と大男は言った。「私と、こいつで」と言って飲めない男を指した。「こいつもちょっと店やってまして」と小柄で色黒の男を指した。「警察が行けって言うんで……来ました」

「来てくださって大変嬉しいです」

「私も嬉しいです」と大男は言った。

「もう一杯召し上がりますか?」

「結構ですな」と大男が言った。

「そう言っていただけるなら」と一番の小男が言った。

「私、遠慮します」と痩せた男が言った。「頭に回っちまうんで」

「実に美味いですな」と一番の小男が言った。

「どうです、少し」とフレイザー氏が痩せた男に言った。「少し頭に回らせてみては」

「あとで頭が痛くなるんです」と痩せた男は言った。

「カイエターノの友だちに来させるわけには行かなかったんですか?」とフレイザー氏は訊いた。

「あいつに友だちはいません」

「誰だって友だちはいますよ」

「こいつにはいません」

「何やってる人なんです？」

「トランプの博奕打ちです」

「腕はいいんですか？」

「そう思います」

「私から一八〇ドル巻き上げました」と一番の小男が言った。「もうこの世に一八〇ドルはありません」

「私からは二一一ドル」と痩せた男が言った。「その数字、よく考えてみてください」

「私は一度も勝負してません」と太った男は言った。

「さぞ金持ちなんでしょうね」とフレイザー氏は言ってみた。

「私らより貧乏ですよ」と小男のメキシコ人が言った。「着の身着のまま、それだけです」

「しかも着てるものはもうほとんど価値がない」とフレイザー氏は言った。「穴が空いちまいましたからね」

「まさしく」

「奴に怪我させた男も、トランプの博奕打ちだったんですか？」

「いいえ、ビーツ摘みです。その後、町を出ることになりました」

「よく聞いてくださいよ」と一番の小男は言った。「そいつ、この町で一番のギター弾きだったんです。最高のギター弾きです」

「それは残念」

「そう思います」と大男は言った。「実に見事な指さばきだった」

「いいギター弾きはもういないんですか？」

「影もありません」

「アコーディオン弾きならそれなりのが一人います」と痩せた男が言った。

「楽器をいじるのは何人かいます」と大男は言った。「音楽はお好きで？」

「当然ですよ」

「そのうち楽器持ってきましょうか？　シスターが許してくれますかね？　気立てのよさそうな方ですが」

「カイエターノが聴けるようになったら、きっと許してくれると思いますね」

「少し頭おかしいんですか？」と痩せた男が訊いた。

「誰が？」

「あのシスターです」

「いいえ」とフレイザー氏は言った。「知性も優しさもふんだんにある立派な女性です」

「私、司祭とか修道士とかシスターとか、みんな信用しないんです」と痩せた男が言った。

「この人、子供のころ辛い思いをしたんです」と一番の小男が言った。

「侍者だったんです」と痩せた男は誇らしげに言った。「いまは何も信じません。ミサにも行きません」

「どうして？　頭に回っちまうんですか？」

「いいえ」と痩せた男は言った。「頭に回るのはアルコールです。宗教は貧民の阿片です」

「貧民の阿片はマリワナかと思ってました」とフレイザーは言った。

「阿片、喫ったことがおありで？」と大男が訊いた。

「いいえ」

「私もありません」と大男は言った。「すごく悪いらしいですな。いったんはじめるとやめられない。悪癖です」

「宗教と同じに」と痩せた男が言った。

「こいつ、宗教を目のかたきにしてるんです」と一番の小男が言った。

「何かを目のかたきにするというのは必要なことです」とフレイザー氏は礼儀正しく言った。

「無知であっても信仰を持っている人たちは尊重します」と痩せた男は言った。

「結構」とフレイザー氏は言った。

「何をお持ちしましょう？」と大男のメキシコ人が訊いた。「何か足りないものありますか？」

「いいビールがあったら少し買いたいですね」

「ビール、持ってきます」

「行かれる前にもう一杯いかがです？」

「実に美味いですな」

「さんざんいただいてしまって」

「私、駄目なんです。頭に行っちまうんです。そのあとひどい頭痛はするし胃もむかつくし」

「ごきげんよう、皆さん」

「ごきげんよう、ごちそうさまでした」

三人は出ていき、夕食になり、ラジオが極力静かに、かろうじて聞こえる音で点けられた。やがて放送局は次の順に放送を終えていった——デンヴァー、ソルトレーク・シティ、ロサンゼルス、シアトル。デンヴァーの情景はラジオからは伝わってこなかった。『デンヴァー・ニューズ』でデンヴァーを見ることはできたし、『ロッキーマウンテン・ニューズ』の写真でそれを修正できる。聴くだけではソルトレーク・シティもロサンゼルスも感じは伝わってこなかった。ソルトレーク・シティで感じるのは清潔だが退屈だということだけで、ロサンゼルスはやたら大きなホテルばかりだしそういうホテルの大きな舞踏室の話ばかりで街は見えてこない。舞踏室のことは何も感じとれなかった。でもシアトルは大変よく知るようになった。大きな白いタクシーを走らせるタクシー会社があってフレイザー氏は毎晩そのタクシー（一台一台にまさにラジオがついている）に乗ってカナダ側のナイトクラブに出かけ、電話リクエストでかかる曲を頼りにパーティの流れをたどっていった。毎晩午前二時からフレイザー氏はシアトルに住み、いろんな人が所望する音楽を聴いた。それは、歓楽者たちが毎朝寝床を出てスタジオまで向かうミネアポリスに劣らずリアルだった。フレイザー氏はワシントン州シアトルに大きな愛着を抱くようになった。

メキシコ人たちがビールを持ってやって来たがいいビールではなかった。フレイザー氏は彼らと顔を合わせても話す気になれず、彼らが帰っていくと、もう来ないだろうと悟った。最近、神経が少し怪しくなっていて、そういう状態で人に会うのは嫌だった。五週間ぶりに神経が悪くなり、それだけ持ったのは嬉しかったが、もう答えのわかっている同じ実験を強いられるのは腹立たしかった。こんなのはすべて経験済みなのだ。彼にとって新しいのはラジオだけだった。フレイザー氏はそれを一晩中、ほとんど聞こえないくらい音を小さくして鳴らした。何も考えずにラジオを聴くことを、彼は学びつつあった。

シスター・セシリアがその日午前十時ごろ部屋に入ってきて郵便を届けてくれた。彼女は容姿端麗であり、フレイザー氏は彼女の姿を見て彼女が話すのを聞くのが好きだったが、郵便は外の世界から来るわけであり、もっと大事だった。けれどもその日の郵便にはめぼしいものは何もなかった。

「ずっとよくなったみたいね」と彼女は言った。「もうじきここを出ていくのね」

「ああ」とフレイザー氏は言った。「けさはとても楽しそうだね」

「ええ、そうなの。けさは聖人になれるかもしれないって気がするの」

こう言われてフレイザー氏はいささかギョッとした。

「そうなの」とシスター・セシリアはなおも言った。「それが私の望みなんです。聖人になることが。小さな子供のころからずっと、聖人になりたかったんです。子供のころは、この世を捨てて修道院に入れば聖人になれると思ってた。聖人になりたくて、なるにはそうすればいいんだと思ってた。当然なれると思った。絶対なれると思った。ほんの一瞬、なったと思ったこともありました。すごく嬉しかった。とても簡単で易しいことに思えた。朝目が覚めたら聖人になってるはずだと思ったんだけど、なってなかった。まだ一度もなれたことがないんです。すごくなりたいのに。とにかく聖人になれさえすればいいの。それだけが望みなのよ。それでけさは、もしかしたらなれるかもって気がするの。ああ、なれるといいなあ」

「なれるとも。誰だって望みは叶う。みんないつも私にそう言うよ」

「いまはもうわからないわ。子供のころはすごく簡単に思えた。聖人になるんだって決めてた。いっぺんにはなれないってわかったときも、時間がかかるだけだって思った。いまはほとんど不可能に思えるわ」

「けっこう可能性あると思うけどね」

「ほんとにそう思う？　ううん、励まされるだけは嫌なのよ。励ますだけはやめて。聖人になりたい。ほんとに聖人になりたい」

「もちろんなれるさ」とフレイザー氏は言った。

「ううん、たぶん無理ね。でも、ああ、聖人になれたら！　心の底から幸せになれる」

「三対一の確率でなれるよ」

「ううん、励まさないで。でも、ああ、聖人になれたら！　聖人になれさえしたら！」

「仲よしのカイエターノはどう？」

「よくなってるけど、脚が麻痺してる。太腿を通る大きな神経に弾が当たって、そっちの脚が麻痺してるの。ある程度元気になって、動けるようになって初めてわかったのよ」

「神経が再生するかもしれないよね」

「そうなりますようにってお祈りしてるの」とシスター・セシリアは言った。「会ってあげてよ」

「誰にも会いたくないんだ」

「あの人は別でしょう。車椅子で連れてこれるわよ」

「わかった」


車椅子で連れてこられたカイエターノは、瘦せて皮膚は透きとおり、黒い髪は散髪を必要としていて、目ははっきり笑っていて、ニッコリすると歯はひどい有様だった。

「やあ（オラ）、アミーゴ！　元気かい（ケ・タル）？」

「ごらんのとおりだ」とフレイザー氏は言った。「そちらは？」

「生きていて、脚は片っぽ麻痺してる」

「そりゃいけないね」とフレイザー氏は言った。「でも神経ってのは、再生してすっかり元どおりになれるよね」

「そう言われたけどね」

「痛みは？」

「いまはない。ひところは腹の痛みがひどくて気が変になってた。痛みだけで死ぬかと思った」

　シスター・セシリアが嬉しそうに二人を見ていた。

「まるっきり何の音も立てなかったんだってね。彼女から聞いた」とフレイザー氏は言った。

「ほかにも病棟に大勢いるからね」とメキシコ人は、大したことじゃないと言いたげに答えた。

「あんたはどの程度の痛みが？」

「十分痛い。もちろん君のほどひどくない。看護師がいなくなると一時間、二時間泣いてる。気が休まるんだ。いまは神経が悪い」

「ラジオがあるじゃないか。俺に個室があってラジオがあったら、一晩じゅう泣きわめいてるね」

「そうかなあ」

「ほんとだって(オンブレ、シ)。すごく健康にいいんだ。でも周りに大勢いちゃできない」

「少なくとも手は何ともないんだろ」とフレイザー氏は言った。「手を使って食ってるそうじゃないか」

「それと頭」とカイエターノは、額をとんとん叩きながら言った。「でも頭は手ほど役に立たない」

「君の同国人が三人ここに来た」

「警察に言われて会いにきたんだろ」

「ビールを持ってきた」

「たぶん不味(まず)かったろうな」

「不味かった」

「今夜ね、警察に言われて、奴ら俺のためにセレナーデを歌いにくるんだ」。そう言って笑い声を上げてから、腹をとんとん叩いた。「まだ笑えないんだ。奴らの音楽、最悪だよ」

「君を撃った奴は？」

「あれも阿呆さ。そいつとカードやって、三十八ドル勝った。殺すなんて額じゃない」

「君は勝って大金をせしめるって三人が言ってた」

「で、俺は鳥より貧乏だ」

「どうして？」

「俺は貧乏な理想主義者なのさ。幻影の犠牲者なんだ」。そう笑い声を上げてから、ニタッと口を横に広げて腹をとんとん叩いた。「俺はプロのギャンブラーだがギャンブルが好きなんだ。ほんとにギャンブルするのが。小さなギャンブルなんてみんなインチキだ。本物のギャンブルには運が要る。俺には運がない」

「一度も？」

「一度も。まるっきり運ってものがないのさ。いいか、たとえばこの、たったいま俺を撃った野郎（カブロン）だ。こいつに銃が撃てるか？　いいや。一発目はまるっきり外れた。二発目は哀れなロシア人が遮ってくれた。これって運があるみたいに思えるじゃないか。で、どうなるか？　それから奴が俺の腹に二発撃つのさ。奴は運のいい男だ。俺には運がない。あっちはあぶみを自分で押さえて撃ったって馬に当たらんような腕前だ。すべて運なんだ」

「まず君が撃たれてからロシア人が撃たれたのかと思った」

「いや、まずロシア人でそれから俺だ。新聞は間違ってた」

「どうして君も撃たなかった？」

「俺は銃を持ち歩かない。俺の運じゃ、銃なぞ持ち歩いたら年に十回は首吊りにされてるね。俺はしょせんしがないトランプ賭博師さ」。いったん言葉を切り、それからまた続けた。「まとまった金が出来たらギャンブルする。ギャンブルすると、負ける。ダイスで三千ドル賭けて、六を狙って、七が出て負け。ちゃんとしたダイスなのに。そんなことが何度もあった」

「なぜ続ける？」

「長生きしたら運も変わるさ。もう十五年、悪い運が続いた。いい運がいっぺん来たら金持ちになるさ」。そう言ってニヤッと笑った。「俺は腕のいいギャンブラーだ。金持ちになったらきっと楽しめる」

「どんな勝負でも運が悪いのか？」

「すべてに関して。女に関しても」。もう一度ニッコリ笑って、悪い歯を見せた。

「本当に？」

「本当に」

「で、どうする？」

「じっくり続けて、運が変わるのを待つ」

「でも女についていては？」

「女運のいいギャンブラーはいない。仕事に集中しすぎるから。夜に働くし。女といなくちゃいけないときに。夜に働く男で、まともな女を持ちつづけられる奴はいない」

「君、哲学者だな」

「いいや（ノ、オンブレ）。小さな町を渡り歩くギャンブラーさ。一つの小さな町、次の町、次の町、それから大きな町、そしてまた一からはじめる」

「そして腹を撃たれる」

「それは初めてだ」と彼は言った。「まだ一度しか起きてない」

「喋ってると疲れるかね？」とフレイザー氏は訊いてみた。

「いいや」と彼は言った。「あんたこそ疲れるだろ」

「で、脚は？」

「脚なんか大して用はない。脚があろうとなかろうと大丈夫さ。なくたって動き回れる」

「君の幸運を祈るよ。本当に、心から」とフレイザー氏は言った。

「あんたも」と彼は言った。「痛みが消えますように」

「いつまでも続きやしないさ。だんだんなくなってきてる。大したことじゃない」

「すぐになくなりますように」

「君も」


その夜メキシコ人たちは病棟でアコーディオンやその他の楽器を弾いて陽気に盛り上がった。アコーディオンが空気を吸ったり吐いたりする音、組み鐘、打楽器、太鼓の音が廊下を伝わってきた。病棟にはロデオ乗りが一人いた。暑く埃っぽい午後、大観衆が見守るなか、〈ミッドナイト〉に乗って飛び出してきたこのロデオ乗りは、いまや背中の骨が折れて、回復して退院したら革なめしと籐椅子作りを学ぶことになっていた。足場もろとも落ちて両足首両手首を痛めた大工もいた。猫のように落ちたものの、猫のしなやかさはなかったのである。仕事に戻れるよう治すことは可能だったが、時間はかかりそうだった。農場に住む十六歳の少年は折れた脚の整骨のやり方が悪く、もう一度折り直す予定だった。そして、片脚の麻痺した小さな町の博奕打ちカイエターノ・ルイス。廊下の先で、警察がよこしたメキシコ人たちの奏でる音楽でみんな陽気に高笑いしているのがフレイザー氏には聞こえた。メキシコ人たちも楽しんでいた。彼らは大いに盛り上がってフレイザー氏の部屋に入ってきて、何か弾いてほしい曲はないかと訊いてきた。その夜もう二度、呼ばれもしないのに演奏しにやって来た。

最後に彼らが演奏したとき、フレイザー氏はドアを開けた部屋で横になり、騒々しい下手な音楽を聴きながら、考えることから逃げられなかった。何を弾いてほしいかと訊かれて、ラ・クカラチャを所望した。実に多くの曲が男たちを死に駆り立ててきたが、そうした曲の持つ禍々(まがまが)しい軽妙さ、手際よさがこの曲にもある。彼らは騒々しく、感情を込めて演奏した。フレイザー氏にとってこの手のたいていの曲よりはいい曲だったが、そこから生じる効果は同じだった。

こうして感情が持ち込まれても、フレイザー氏はなおも考えつづけた。いつもなら、書いているときは別として、極力考えるのを避けるのに、いまは演奏している連中のことを考え、痩せた男が言ったことを考えていた。

宗教は人民の阿片である。フレイザー氏はその言葉を信じ、消化不良の痩せた酒場経営者を信じた。そう、そして音楽も人民の阿片である。酒が頭に回っちまう一点ばりの男はそのことを考えていなかった。そしていまは経済が人民の阿片である。愛国心と並んで、イタリアとドイツでは経済が人民の阿片である。では性交はどうか。性交も人民の阿片か？　一部の人々にとっては。一部の最良の人々にとっては。だが至高なる人民の阿片は酒である。そう、酒は極上の阿片である。ラジオを好む者もいる。ラジオもうひとつの人民の阿片、フレイザー氏もたったいま使っていた安価な阿片である。それらとともに、ギャンブルがある。きわめつけの人民の阿片、由緒ある阿片である。野心もやはり人民の阿片であり、新しくさえあればいかなる政府の形態でも有難がる気持ちもそうである。必要なのは最小の政府、つねにより小さな政府である。我々の信じた自由（リバティ）なるものは、いまやマクファデン社の刊行物の名前だ〔※『リバティ』は一九三〇年代に広く読まれた大衆雑誌〕。私たちはそれを信じているが、それのための新しい名前は見つかっていない。だが本当の阿片は何なのか？　何が本当の、実際の、人民の阿片なのか？　彼にはよくわかっていた。晩に二、三杯飲んだあとに頭のなかに生じる、光のよく当たる部分の、角を曲がって少し行ったあたりのところにそれは行ってしまったのだ。それがそこにあることが彼にはわかっていた（もちろん、文字どおりそこにあるのではない）。それは何なのか？　彼にはよくわかっていた。何なのか？　わかりきったことだ。パンこそ人民の阿片だ。昼日中でも彼はそのことを覚えているだろうか、昼日中でも意味をなすだろうか？　パンこそ人民の阿片である。

「なあ君」とフレイザー氏は、入ってきた看護師に言った。「あの痩せた小男のメキシコ人、ここへ連れてきてくれないか？」

「お気に召しましたか？」とメキシコ人は部屋の戸口で言った。

「すごく気に入った」

「歴史的な曲なんです」とメキシコ人は言った。「本物の革命の歌です」

「なあ君」とフレイザー氏は言った。「どうして人民は、麻酔なしで手術されねばならないのかね？」

「どういうことでしょう」

「どうしてどの人民の阿片も効かないんだ？　君たちは人民をどうしようというんだ？」

「彼らは無知から救われるべきです」

「無意味なことを言うな。教育は人民の阿片だ。君もわかってるはずだ。君だって少しは受けただろう」

「あなたは教育を信じないのですか？」

「信じない」とフレイザー氏は言った。「知識なら信じるが」

「仰有(おっしゃ)ることについて行けませんね」

「私もしょっちゅう、自分で自分について行って嫌になる」

「ラ・クカラチャ、もう一回お聴きになりますか？」メキシコ人は不安げに訊いた。

「ああ」とフレイザー氏は言った。「ラ・クカラチャ、もう一回やってくれ。ラジオよりいい」

革命は阿片なんかじゃない、とフレイザー氏は考えた。革命は浄化（カタルシス）だ。暴政によってのみ引き延ばしうる恍惚（エクスタシー）だ。阿片はその前とその後のためにある。フレイザー氏はうまく考えることができていた。少しうまくできすぎていた。

しばらくしたらこいつらは帰っていくだろう、とフレイザー氏は思った。ラ・クカラチャも一緒に持って帰るだろう。それから自分は強いのを一杯やってラジオを鳴らすだろう。ほとんど聞こえないくらい小さくラジオを鳴らすのだ。

蝶と戦車
The Butterfly and the Tank

僕はこの晩検閲局からフロリダ・ホテルまで歩いて帰ろうとしていて外は雨が降っていた。半分くらい歩いて雨にうんざりしたので一杯引っかけようとチコーテに寄った。マドリードが包囲されて砲撃を受けるようになった二年目の冬で、煙草やら人々の辛抱やら何もかもが足りず、みんないつもいくぶん腹を空かしていて、たとえば天気とか、人間の力ではどうしようもないことにいきなり無性に腹が立ったりした。あと五ブロックばかりだし、本当はさっさと家に帰るべきだった。でもチコーテの入口が目に入ると、一杯やっていこうと思ってしまった。軽く引っかけてから、グランビアの六ブロック、爆撃で破壊された街路の泥と瓦礫のなかをのぼって行けばいい。

店は混んでいた。カウンターには近づけもせず、テーブルも全部ふさがっていた。煙がもうもうと立って、歌声が響き、軍服の男が大勢いて、濡れた革のコートの臭いが満ち、店員はカウンター前に横三列になった人混み越しに酒のグラスを渡していた。

顔なじみのウェイターがよそのテーブルから椅子を持ってきてくれて、僕は三人の客と相席になった。痩せて真っ白な顔で喉ぼとけの出た、検閲局勤めだと僕も知っているドイツ人と、知らない人間二人。テーブルは店の真ん中、入って少し右側にあった。

歌がうるさくて自分の声も聞こえなかった。僕はジン・アンド・アンゴスチュラを注文し、体から雨を追い出そうと一気に飲み干した。店は本当に満員で、誰もがすごく陽気だった。たいていの人間がカタルーニャの新酒を飲んでいて、そのせいでちょっと陽気すぎるくらいだった。僕は誰か知らない人間二人に背中を叩かれ、同じテーブルに座っていた若い女に何か言われたときも聞こえなかったので、「ああ」とだけ答えた。

周りを見るのをやめて自分のテーブルを見てみると、女は相当に見苦しかった。本当に、相当に見苦しい。けれどウェイターが来てみると、女は僕に酒をおごると言ったのだと判明した。女と一緒にいる男はあまり押しが強くなさそうだったが、女一人で二人ぶん押しが強そうだった。たくましい、古典的と言えなくもない顔だちで、体つきは猛獣使いみたいだった。一緒にいる若い男は、古いパブリックスクールのネクタイでもしているのがふさわしい感じだった。でもそんなものはしていない。着ているのはほかのみんなと同じく革のコート。ただしこの二人は雨が降り出す前からここにいたのでコートは濡れていなかった。女も革のコートを着ていて女のような顔にはそれが似合っていた。

このころにはもう僕は、こんなところに来ないでさっさと帰るんだった、そしたらいまごろ乾いた服に着替えてベッドの上で足を高くして快適に酒を飲んでいるのにと思っていて、この若い二人を見るのにも飽きあきしていた。人生はひどく短く、醜い女はひどく長い。そのテーブルに座っていると、僕は作家であってあらゆるたぐいの人間に飽くなき好奇心を抱かないといけないはずだがこの二人のことはどうでもいいと思ってしまった。彼らは結婚しているのか、おたがい相手のどこがいいと思ったのか、二人ともどういう政治観の持ち主なのか、男には少し金があるのか、女には少し金があるのか、等々すべてまったくどうでもよかった。きっとラジオ業界の人間だろう、と僕は結論を下した。マドリードで妙な見かけの民間人に出くわすと決まってラジオの人間なのだ。だから、とりあえず何か言おうと、僕は騒音に抗して声を張り上げ、「あんたたち、ラジオの人？」と訊いてみた。

「そうよ」と若い女は言った。そういうことだ。こいつらはラジオの人なのだ。

「元気かい、同志？」と僕はドイツ人に訊いた。

「おかげさまで。あなたは？」

「濡れてる」と僕が言うと、ドイツ人は首を横に傾けて笑った。

「煙草ありません？」とドイツ人は訊いた。最後から二箱目の煙草を渡してやると、二本取った。押しの強い若い女も二本取り、古いパブリックスクール・ネクタイ顔の若い男は一本取った。

「もう一本取れよ」と僕はどなった。

「いいえ結構です」と男は答え、代わりにドイツ人がもう一本取った。

「いいですか？」ドイツ人はにっこり笑った。

「もちろん」と僕は言った。内心いいわけないと思ったしドイツ人にもそれはわかっていた。でも向こうは煙草が欲しくてたまらないから気にしないのだ。歌声がしばし止んだのか、それとも嵐のただなかに時おり訪れる凪(なぎ)みたいにたまたま切れ目が生じたのか、自分たちの言っていることが僕たちには全部聞こえた。

音する。

「ここは長いの？」と押しの強い若い女が僕に訊いた。「ビーン」を豆スープの豆みたいに発

「出たり入ったりさ」と僕は言った。

「私たちは真剣な話をしないといけません」とドイツ人が言った。「あなたに話があるんです。いつお話できます？」

「電話するよ」と僕は言った。このドイツ人は実におかしなドイツ人で、まともなドイツ人たちの誰一人こいつを好いていなかった。自分はピアノが弾けるのだという妄想を抱えて生きていたが、ピアノに近づかせなければまあ大丈夫だった。ただし、酒が、あるいは噂話をするチャンスが出てくるともういけない。そしてこれまで、この男をこの二つから遠ざけることのできた者はいなかった。

男が一番得意なのは噂話で、こっちがマドリード、バレンシア、バルセロナ、等々政治的中心地にいる誰の名を挙げても、かならず何か新しい、相当にいかがわしいゴシップを知っているのだった。

ちょうどそこで歌声がまた本格的に復活し、噂話をどなり声でやるというのもなかなか難しく、何とも退屈な午後になりそうだった。みんなに一杯おごったらさっさと帰ろうと僕は決めた。

ちょうどそこで、それがはじまった。茶色い上着にワイシャツ、黒いネクタイ、かなり広い

額から髪をまっすぐ上になでつけた民間人で、それまでもテーブルからテーブルを回ってふざけていた男が、噴霧器の中身をウェイターの一人に浴びせたのだ。みんな笑ったが、ちょうどそのときトレー一杯のグラスを運んでいたウェイター本人は笑わなかった。ウェイターは憤慨していた。

「ノ・アイ・デレチョ」とウェイターは言った。「あんたにそんなことをする権利はない」という意味で、スペインでは一番単純かつ一番激しい抗議の言葉だ。

噴霧器の男は、うまく行ったものだからすっかり喜んで、戦争がもうとっくに二年目に入っていることも、ここが包囲されて誰もがピリピリしている都市であることも、いまここの客で自分は民間人の服を着た男わずか四人のうちの一人だということもまるで意に介さぬかのように、今度は別のウェイターに噴霧を浴びせた。

僕は隠れる場所はないかとあたりを見回した。このウェイターもやはり憤慨し、噴霧器の男はさも楽しげに、もう二回彼に噴霧を浴びせた。それでもまだ面白がっている連中もいて、押しの強い若い女もその一人だった。だがウェイターはそこに立って首を横に振っていた。唇が震えていた。彼は老人で、僕の知るかぎりでも十年チコーテに勤めていた。

「ノ・アイ・デレチョ」と彼は威厳を込めて言った。

けれどさっきは笑いが生じていたし、いまや歌声が鎮まったことにも気づかないものだから、噴霧器の男は今度は別のウェイターのうなじに噴霧を浴びせた。ウェイターはトレーを持ったままふり向いた。

「ノ・アイ・デレチョ」とウェイターは言った。今回は抗議ではなかった。それは告発だった。軍服の男三人がテーブルから立ち上がって噴霧器の男の方に向かうのが見えたと思ったら、次の瞬間にはもう、四人揃って回転ドアからあわただしく外に出るところで、誰かがピシャッと噴霧器の男の口をひっぱたく音が聞こえた。別の誰かが噴霧器を拾い上げて、外に追い出された男の背中に投げつけた。

三人の男は重々しい顔で、タフな、いかにも正義の味方という趣で店内に戻ってきた。それからドアが回転して、噴霧器の男が入ってきた。髪が垂れて両目を覆い、顔に血がついて、ネクタイは横に引っぱられ、シャツは破けていた。男はふたたび噴霧器を持っていて、目をぎらぎらさせ真っ白な顔で人波を押し分けて入ってきて、誰を狙うでもなくその場全体に挑むように、全員に向けて噴霧を浴びせた。

三人のうちの一人が男の方に向かうのを僕は見た。その一人の顔を僕は見た。そいつに加勢する連中がどんどん増えていって、彼らは噴霧器の男を、入って左側の二つのテーブルのあいだに押し戻したが、噴霧器の男もいまや激しく抵抗し、銃声が鳴った瞬間僕は押しの強い若い女の腕を摑んでキッチンの扉の方に飛んでいった。

キッチンの扉は閉まっていて、肩で押してみたが動かなかった。

「こっちだ、カウンターの下に回り込め」と僕は言った。女はそこにひざまずいた。

「伏せろ」と僕は言って女の体を上から押した。女はカンカンに怒っていた。

部屋にいる誰もが、テーブルの陰に横たわっているドイツ人と、隅でぴったり壁に貼りついて立っているパブリックスクール風の若い男を例外として、みな銃を構えていた。壁の前に置いたベンチの上に、揃ってわざとらしいブロンドの、生えぎわは黒い髪の若い女が三人、よく見ようとのぼって爪先で立ち、ひっきりなしに金切り声を上げていた。

「あたし、怖くなんかないわよ」と押しの強い女が言った。「こんなの馬鹿げてるわよ」

「カフェの喧嘩の流れ弾に当たったたって意味ないぞ」と僕は言った。「ここにあの噴霧器の王様の仲間がいたらひどいことになりかねないぞ」

だが明らかに、仲間はいなかった。みんなピストルをしまいはじめ、誰かが金切り声のブロンド女たちをベンチから下ろし、さっき銃声が響いたときはいっせいにそっちへ向かった誰もが、静かに仰向けに倒れている噴霧器の男から離れていった。

「警察が来るまで、誰も店を出るな」と誰かが入口の方から叫んだ。

ライフルを持った警官が二人、街頭パトロールから店に入ってきて、ドアのそばに立っていたのだ。この宣言と同時に、六人の男が、作戦会議（ハドル）を終えたフットボール選手たちみたいにさっと列を作ってドアを抜け店から出ていくのが見えた。そのうち三人は最初に噴霧王を叩き出した男たちだった。一人は噴霧王を撃った男だった。相手のエンドとタックルをしっかりブロックするプレーヤーみたいに、六人はライフルを持った警官二人のただなかを正面突破していった。彼らが出ていくと警官の一人がライフルでドアの前をさえぎり、「誰も外に出るな。一人も出ちゃいかん」と叫んだ。

「何であいつらは出てったんだ？　出てった奴がいるのに何で俺たちとどまらなくちゃいけない？」

「あいつらは整備工で飛行場に戻らないといけないんだ」と誰かが言った。

「でも出てった奴がいるんなら残りをとどめたって意味ないぞ」

「みんなで警察（セグリダ）を待たなきゃいかん。きちんと合法的にやらないと」

「だけど、いいか、出てった奴がいるのに残りをとどめたって意味ないだろ？」

「誰も外に出るな。みんな待たなくちゃいかん」

「お笑いだな」と僕は押しの強い若い女に言った。

「お笑いなんかじゃないわよ。おぞましいの一言よ」

僕らはもうさっきから立ち上がっていて、女は噴霧王が倒れているあたりを憤慨した様子で睨みつけていた。噴霧王の両腕は大きく広げられ、片脚が引き寄せられていた。

「あたし、あの怪我した人を助けにいく。どうして誰も、助けてあげるとか、何かやってあげるとかしないわけ？」

「僕なら放っとくね」と僕は言った。「君もかかわらない方がいい」

「だってひどすぎるじゃない。あたし看護師の訓練受けてるから、応急手当してあげるわよ」

「僕ならやめとく」と僕は言った。「近よらない方がいい」

「どうしてよ?」。女はひどく動揺して、ほとんどヒステリーに陥っていた。

「死んでるからさ」と僕は言った。

警察が来ると、全員が三時間拘束された。まず警察はすべてのピストルの臭いを嗅いだ。こうすれば撃ったばかりの銃がわかるというわけだ。四十挺くらい検査したあたりから彼らも飽きてきたみたいで、そもそも嗅げるのは濡れた革のコートの臭いだけだった。それから警察は、故人となった噴霧王のすぐうしろのテーブルに座った。床に倒れた噴霧王は、灰色の蠟で出来た、彼自身の下手くそな模倣に見えた。手も灰色の蠟、顔も灰色の蠟。警察は人々の身分証明書を吟味しはじめた。

シャツが破れているので、噴霧王が下にアンダーシャツを着ていないのが見えた。靴の裏もすり減っていた。床に倒れたその体はひどく小さく、みじめったらしく見えた。私服警官二人が座ってみんなの身分証明を調べているテーブルへ行くには死体をまたがないといけなかった。若い夫妻の夫の方は落着かなげに何度も証明書をなくしたり見つけたりしていた。安全通行証がどこかにあったはずなのだがポケットのどこに入れたかわからなくなってしまい汗をかきかき探しつづけてやっと見つかった。今度はそれを別のポケットに入れてまた一から探す破目になった。その間ずっと汗だくで、おかげで髪はひどくカールし顔は赤くなった。いまではもう、古いスクールタイのみならず低学年の子がかぶる帽子もあった方がいいんじゃないかという有様だった。出来事が人を老けさせるという話はよく聞く。この銃撃によってこの男は十歳くらい若返ったみたいだった。

　みんなで所在なく待っているあいだ、僕は押しの強い若い女に、この一件全体けっこういい物語だと思う、そのうち小説に書こうと思うと言った。六人が一列に並んであの扉を突き抜けたところなんかすごく印象的だったし、と。女は愕然として、そんなの書いちゃいけない、スペイン共和制の大義に有害だと言った。僕は言い返した。僕はもう長いことスペインにいて、かつて君主制でもバレンシアあたりで銃撃なんていくらでもあったし、共和制の前の何百年かアンダルシアじゃみんなナバハとかいう大きなナイフでたがいの体を切り刻んでいたじゃないか。戦争中にチコーテで滑稽な銃撃を見たらそのことを書くのはこっちの勝手さ、ニューヨークやシカゴやキーウェストやマルセイユで見るのと同じことだよ。政治なんか関係ないね。書くべきじゃないわよ、と女は言った。そう言う人はほかにもきっと大勢いるだろう。けれどドイツ人はこれがけっこういい物語だと思っているみたいで、僕は奴に最後の一本のキャメルをやった。そして、まあとにかく、三時間くらいしてやっと、帰ってよろしいと僕らは警察に言われた。

　フロリダ・ホテルでは僕のことをいちおう心配していた。当時は砲撃もあるし、誰かが歩いて帰途について、門(かんぬき)が閉ざされる七時半を過ぎてもまだ帰ってこないとみんな心配したのだ。僕としても帰りつけてやれやれだった。みんなで電気コンロで夕食を作りながら僕はその物語を語り、大いに受けた。

さて、夜のあいだに雨が止み、翌朝は晴れわたった寒い初冬の朝で、十二時四十五分に僕は昼飯前に軽くジントニックを引っかけようとチコーテの回転ドアを押した。この時間、客はほとんどいなくて、二人のウェイターと支配人がテーブルにやって来た。みんなニコニコ笑っていた。

「殺人犯はつかまったんですか？」と僕は訊いた。

「こんな早い時間からジョークはよせ」と支配人が言った。「あんたは見たのか、奴が撃たれたところを？」

「ええ」と僕は答えた。

「私も見た」と支配人は言った。「あの瞬間、ちょうどここにいたんだ」。そう言って隅のテーブルを指さす。「あいつは男の胸にもろにピストルを押しあてて、撃ったんだ」

「みんな何時まで拘束されたんです？」

「そうだな、けさの午前二時過ぎまでかな」

「冷肉（フィアンブレ）を取りにきたのは」――死体を意味するスペイン語のスラング、メニューでハムやソーセージを表わす言葉だ――「やっとけさの十一時になってからさ」

「でもあんた、話はまだ知らんだろ」と支配人は言った。

「ええ、この人まだ知りません」とウェイターの一方が言った。

「すごく珍しい話ですよ」ともう一方が言った。「すごく珍しい」

「悲しくもある」と支配人が言った。そして首を横に振った。

「そう。悲しくて、奇妙だ」とウェイターが言った。「ひどく悲しい」

「聞かせてください」

「すごく珍しい話なんだ」と支配人は言った。

「聞かせてくださいよ。頼みますよ、聞かせてください」

重大な秘密を打ちあけるかのように、支配人はテーブルの向こうから身を乗り出した。「噴霧器のなかにだね」と支配人は言った。「奴はオーデコロンを入れていたんだ。気の毒に」

「それほど悪趣味なジョークでもなかったわけさ、な？」とウェイターは言った。

「ほんとにただのお祭り騒ぎだったのさ。誰も腹を立てたりすべきじゃなかったんだ」と支配人は言った。「気の毒に」

「なるほど」と僕は言った。「みんなに楽しんでもらおうと思っただけだったわけだ」

「そう」と支配人は言った。「ほんとに、ただの不幸な誤解だったんだ」

「で、噴霧器は？」

「警察が持っていって、もう家族に送った」

「送ってもらって喜ぶでしょうね、家族は」と僕は言った。

「ああ」と支配人は言った。「もちろん。噴霧器ってのはいつだって使い道があるからな」

「あの男、何者だったんです?」

「家具職人だ」

「結婚は?」

「してる。女房がけさ警察と一緒にここへ来た」

「何て言ってました?」

「死体の前に倒れ込んで言ったよ、『ペドロ、何をされたの、ペドロ? 誰がこんなことをしたの? ああ、ペドロ』」

「それからもうすっかり取り乱して、警察が無理矢理連れ去った」とウェイターが言った。

「奴は胸が弱かったらしい」と支配人が言った。「運動のはじめのころは戦いに加わっていた。シエラで戦ったが胸が弱くてそれ以上続けられなかったそうだ」

「で、昨日の午後は、ちょいと場を盛り上げようと町へくり出したってわけだ」と僕は言ってみた。

「違う」と支配人は言った。「いいか、これはすごく珍しい話なんだ。何もかもムイ・ラロなんだ。これは警察から聞いた話だ。奴らは時間さえあればすごく有能なんだ。奴が勤めていた店の仲間を警察は訊問した。店はポケットに入っていた組合の身分証でわかったんだ。奴は昨日、結婚式のジョークに使おうと噴霧器とオーデコロンを買った。そのことをみんなにも言いふらしていた。勤めている店の向かいの店で買ったんだ。コロンの壜にその店の住所を書いたラベルが貼ってあった。壜はここの洗面所で見つかった。洗面所で噴霧器にオーデコロンを入れたんだな。買ってから、きっと雨が降り出したときにここへ入ってきたんだ」

「入ってきたところ、私覚えてます」とウェイターの一方が言った。

「みんな陽気に歌ったりしてるものだから、奴も陽気になったんだ」

「たしかに陽気でしたよね」と僕も言った。「ほとんどふわふわ浮かんでました」

支配人は容赦ないスペイン的論理を推し進めた。

「そういうのは弱い胸を抱えて酒を飲むことの陽気さだ」

「この話、あんまり好きじゃないな」と僕は言った。

「いいか、聞けよ」と支配人は言った。「これがどれだけ珍しい話か。奴の陽気さは、戦争の真剣さと、蝶のように触れあうんだ――」

「うん、実に蝶みたいだ」と僕は言った。「蝶みたいすぎるかもしれない」

「これはジョークじゃないぞ」と支配人は言った。「わかるか？　蝶と戦車みたいなんだ」

この自分の一言が本人はいたく気に入っていた。スペイン流形而上学、全開だ。

「一杯やりなさい、店のおごりだ」と支配人は言った。「この話、ぜひ小説に書いてほしい」

灰色の蠟の手に灰色の蠟の顔をした噴霧器の男を僕は思い出した。両腕が一杯に広げられ、脚が折り曲げられ、たしかにどこか蝶のように見えなくもなかった。蝶みたいすぎる、ということはない。でもあまり人間のようにも見えなかった。むしろ死んだ雀を思わせた。

「ジントニックを、シュウェップス・キニーネでいただきます」と僕は言った。

「ぜひ小説に書いてほしい」と支配人は言った。「さあ。乾杯」

「乾杯」と僕も言った。「あのですね、昨日の晩イギリス人の若い女に、この話書くべきじゃないって言われたんです。大義にすごく悪いって」

「なんて寝言だ」と支配人は言った。「いつだって実に興味深く実に重要なんだ、誤解された陽気さが、つねにこの街にある命がけの真剣さと触れあう話は。私にとって、こんなに珍しい、こんなに興味深い話は久しぶりだよ。ぜひ書いてほしい」

「わかりました」と僕は言った。「いいですとも。あの人、子供はいるんですか？」

「いいや」と支配人は言った。「警察に訊いてみた。だけどぜひ書いてくれよ、そして題は『蝶と戦車』だぞ」

「わかりました」と僕は言った。「いいですとも。でもその題、あんまり好きじゃないな」

「すごく優美な題だぞ」と支配人は言った。「掛け値なしの文学だ」

「わかりました」と僕は言った。「いいですとも。その題で行きましょう。『蝶と戦車』」

そしてその明るい気持ちのよい朝、僕はその店で、店内から清潔な、空気を入れ替えて掃除もしたばかりの匂いが漂うなか、顔なじみの支配人と一緒に座っていた。二人で一緒に文学を作っていることに支配人はひどく気をよくし、僕はジントニックを一口飲んで、砂袋を当てた窓の外を見ながら、そこにひざまずいて「ペドロ。ペドロ。誰がこんなことをしたの、ペドロ?」と言っている女房のことを考えた。そして僕は思った。かりに引き金を引いた男の名前がわかったとしても、警察は絶対その問いに答えてはやれないだろうと。

世界の光
The Light of the World

僕たちが入ってくるのを見るとバーテンは顔を上げ、それから手をのばして二つの無料スナックのボウルに蓋をした。

「ビール下さい」僕は言った。バーテンはタップからビールを注ぎ、フライ返しで泡を切って片手でグラスを持った。僕が木のカウンターに五セント貨を置くとビールを僕の方に押し出した。

「あんたは？」バーテンはトムに言った。

「ビール」

バーテンはビールをタップから注いで泡を切って金を見てからビールをトムの方に押し出した。

「何なんだよ？」トムが訊いた。

バーテンは答えなかった。何も言わず僕たちの頭の上を見て、「何にします？」と入ってきた男に言った。

「ライ」男は言った。バーテンはボトルとグラスと水の入ったグラスを出した。

トムが手をのばして無料スナックのボウルからガラスの蓋を外した。豚足のマリネで、ハサミのようになった木の道具があった。木のフォーク二本が組みあわさって、摑めるようになっている。

「駄目だ」バーテンが言ってガラスの蓋をボウルに戻した。トムは手に木のハサミを持っていた。「元に戻せ」バーテンが言った。

「自分でやりな」トムが言った。

バーテンは僕たち二人を見ながらカウンターの下に手をのばした。僕がカウンターの上に五十セントを置くとバーテンは体を起こした。

「何にする?」バーテンは言った。

「ビール」と僕は言い、バーテンはタップから注ぐ前に両方のボウルの蓋を取った。

「この豚足、臭(くさ)いぜ」トムは言って、口に入れたものをペッと床に吐いた。バーテンは何も言わなかった。ライを飲んだ男は金を払ってふり向きもせずに出ていった。

「お前こそ臭いぞ」バーテンは言った。「お前らチンピラはみんな臭い」

「俺たちチンピラだってさ」トミーが僕に言った。

「あのさ」僕は言った。「もう出ようぜ」

「チンピラども、さっさと出ていけ」バーテンが言った。

「出ていくって言っただろ」僕は言った。「あんたが言い出したんじゃないぜ」

「また来るからな」トミーが言った。

「お断りだね」バーテンがトミーに言った。

「おい、こいつに言ってやれよ、お前なんにもわかってないぜって」トムが僕の方を向いた。

「行こうぜ」僕は言った。

外はすっかり暗かった。

「ここいったいどういう町だよ？」トミーが言った。

「知らない」僕は言った。「駅へ行こうぜ」

僕たちはその町に一方の端から入ってもう一方の端から出ていこうとしていた。獣皮とタン皮とおが屑の山の臭いがした。町に入ったときは暗くなりかけていて、もう暗くなったいま、あたりは寒くて道路の水たまりは縁が凍りかけていた。

駅には列車が入ってくるのを待っている娼婦が五人と、白人が六人とインディアンが三人いた。混んでいてストーブのせいで暑くてむっとする煙が充満していた。僕たちが入っていったときは誰も喋っていなくて切符売場の窓は降りていた。

「ドア閉めろよ」誰かが言った。

誰が言ったのか僕は見てみた。白人のうちの一人だった。ほかの連中と同じく、膝で切ったズボンと木こりの長靴をはいて厚いウールのシャツを着ていたが、帽子はかぶっていなくて顔は真っ白で手も真っ白で細かった。

「ドア、閉めないのか？」

「閉めますよ」と僕は言って、閉めた。

「ありがとう」男は言った。ほかの一人がくっくっと笑った。

「コックにちょっかい出したことあるか？」男は僕に言った。

「いいえ」

「こいつにちょっかい出していいぜ」男はコックを見た。「こいつ好きなんだよ、そういうの」

コックは唇をぎゅっと結んで男から顔をそむけた。

「こいつ手にレモン汁かけるんだ」男は言った。「絶対に食器洗いの水に入れない。見ろよ、この白さ」

娼婦の一人が声を立てて笑った。僕はこんなに大きな娼婦を見るのは初めてだったしこんなに大きな女性だって初めてだった。見る角度で色が変わる絹のワンピースを着ていた。ほかにも二人、ほとんど同じくらい大きな娼婦がいたが、この一番大きいのは一五〇キロはあったにちがいない。自分の目で見ても現実とは思えなかった。三人とも色が変わって見える絹のワンピースを着ていた。並んでベンチに座っていた。みんな巨体だった。残り二人はごく普通の見かけの、脱色した金髪の娼婦だった。

「見ろよ、こいつの手」男は言ってあごをしゃくってコックを指した。さっきの娼婦がまた笑って、体中を揺すった。

コックはそっちを向いて、早口で「胸糞悪い肉の塊が」と言った。

女はそのまま笑って体を揺すりつづけた。

「よっく言うわねえ」女は言った。いい声だった。「よっく言うわよねえ」

ほか二人の大きい娼婦はすごく静かで穏やかで何だかあんまり知恵はないみたいだったが、

とにかく大きかった。一番大きいのとそんなに変わらない大きさだった。二人とも百キロは優に超えていただろう。残り二人は落着いていて威厳があった。

男たちは、喋っている男とコック以外に木こりがあと二人いて、一人は興味を持って聞いているが内気そうで、もう一人は何か言おうとして態勢を整えているように見え、ほか二人はスウェーデン人だった。インディアンは二人がベンチの端に腰かけていて一人は立って壁に寄りかかっていた。

何か言おうと態勢を整えている男は僕に向かってすごく低い声で「乾草(ほしくさ)の山に登るみたいだろうな」と言った。

僕は笑ってトミーにそれを伝えた。

「誓って言うけどこんな場所生まれて初めてだぜ」トミーは言った。「見ろよあの三人」。と、コックが口を開いた。

「あんたたちいくつだい？」

「俺が九十六でそっちが六十九」トミーが言った。

「ホッホッホ！」大きな娼婦が体を揺すって笑った。本当に綺麗な声だった。ほかの娼婦たちはにこりともしなかった。

「何もそんな言い方しなくたって」コックは言った。「挨拶のつもりで訊いたのに」

「十七と十九です」僕は言った。

「何なんだよお前」トミーが僕の方を向いた。

「いいじゃないか」

「あたしのことアリスって呼んでいいわよ」大きな娼婦が言ってまた体を揺すりはじめた。

「それ、あんたの名前?」トミーが訊いた。

「そうよ」女は言った。「アリス。そうよね?」女はコックのそばに座った男の方を向いた。

「アリス。そうだよ」

「お前が持ってそうな名前だよな」コックが言った。

「あたしの本名よ」アリスが言った。

「そちらのお二人のお名前は?」トムが訊いた。

「ヘイゼルとエセル」アリスが言った。ヘイゼルとエセルがにっこり笑った。二人ともあまり賢くなかった。

「あんたのお名前は?」僕は金髪の一方に言った。

「フランシス」女は言った。

「フランシス・何?」

「フランシス・ウィルソン。あんたに関係ないでしょ」

「あんたは?」僕はもう一方に訊いた。

「生意気言うんじゃないよ」女は言った。

「この子はみんなで仲よくしようとしてるだけだよ」最初から喋っている男が言った。「お前ら、仲よくしたくないか？」

「したくない」脱色金髪の女が言った。「あんたたちとは」

「荒っぽい女だなあ」男は言った。「実に荒っぽい女だ」

金髪の一方がもう一方を見て首を横に振った。

「田舎男が」彼女は言った。

アリスがまた笑い出して体全体を震わせた。

「何もおかしいことなんかないぞ」コックが言った。「お前らみんな笑うけどおかしいことなんか何もないぞ。そこの若いの二人、あんたたちどこ行くんだ？」

「あんたはどこ行く？」トムがコックに訊いた。

「俺はキャディラックに行きたいんだよ」コックは言った。「あんたたち行ったことあるか？妹が住んでるんだよ」

「こいつ、自分が妹みたいなもんさ」膝で切ったズボンの男が言った。

「いい加減にしたらどうだ」コックが言った。「おたがいまともな口きけないのか？」

「キャディラックってスティーヴ・ケッチェルの出身地でアド・ウォルガストの出身地ですよね」内気な男が言った。

「スティーヴ・ケッチェル」その名が彼女のなかの引き金を引いたかのように金髪女の一人が

高い声で言った。「父親に撃ち殺されたのよね。そうよ、実の父親に。いまじゃもうスティーヴ・ケッチェルみたいな男はいないわよね」

「あれってスタンリー・ケッチェルじゃなかったっけ?」コックが訊いた。

「黙んなさいよ」金髪女が言った。「あんたなんかに何がわかるのよ? スタンリーだって。スタンリーなんかじゃないわよ。スティーヴ・ケッチェルは最高に立派で最高に美しい男だったのよ。スティーヴ・ケッチェルほど清潔で真っ白で美しい男は見たことがない。あんな男は一人もいない。身のこなしは虎みたいで、お金遣(つか)うとなると最高に粋で最高に気前いいのよ」

「知りあいだったのか?」男たちの一人が訊いた。

「知りあいだったかって? 知りあいだったか? 愛していたか? 訊きたいわけ? あたしはあの人のことを何から何まで知ってたしあの人のことをあたし神さまを愛するみたいに愛してたのよ。最高に偉くて、立派で、真っ白で、美しい人だったのよ。スティーヴ・ケッチェル。それが、実の父親に犬みたいに撃ち殺されたのよ」

「あいつと一緒に東部を回ったのか?」

「ううん。もっと昔に知り合いだったのよ。あたしがいままで愛したただ一人の男よ」

こうした話を気取った芝居がかった調子で語る脱色金髪女に誰もが敬意を払っていたが、アリスはまた体を揺すりはじめていた。そばに座っていると揺れが伝わってきた。

「結婚すればよかったのに」コックが言った。

「キャリアの邪魔したくないもの」脱色金髪が言った。「出世の妨げになりたくなかったのよ。あの人に必要なのは妻じゃなかった。ああ、ああ、ほんとにすごい人だった」

「見上げた態度だな」コックは言った。「でもあいつ、ジャック・ジョンソンにノックアウトされたんじゃなかったっけ？」

「あれは卑怯なやり方だったのよ」脱色は言った。「あの図体でかい奴、不意打ち喰わしたのよ。あの人はジャック・ジョンソンの野郎をダウンさせたところだった。あの黒人野郎、まぐれ当たりだったのよ」

切符売場の窓が上がって、インディアン三人はそっちに行った。

「スティーヴがあいつをダウンさせたのよ」脱色は言った。「そうしてあたしの方を向いてにっこり笑ったの」

「東部には行かなかったんじゃなかったっけ」誰かが言った。

「この一戦だけは行ったのよ。スティーヴはあたしの方を向いてにっこり笑って、あの地獄生まれの黒い野郎が飛び上がって不意打ちを喰わしたのよ。あんな奴、百人かかってきたってスティーヴはへっちゃらだったわよ」

「いいボクサーだったよな」木こりが言った。

「そう思いたいわね」脱色が言った。「いまじゃもうあんなボクサーはいないって思いたいわね。神みたいだったのよ、あの人は。ほんとに真っ白で清潔で美しくて滑らかですばしこくて虎か稲妻みたいで」

「試合の映像は俺も見た」トムが言った。僕たちはみんなすっかり心を動かされていた。アリスが体全体を震わせているので見てみると泣いていた。インディアンたちはもうプラットホームに出ていた。

「どんな夫よりも素晴らしかった」脱色は言った。「あたしたちは神の目から見れば結婚していていまもあたしはあの人のものでこれからもずっとそうだしあたしのすべてがあの人のものなのよ。肉体なんかどうでもいい。肉体なんか持ってかれたっていい。あたしの魂はスティーヴ・ケッチェルのものよ。ああ、本当に男のなかの男だった」

みんなすごく辛い気分だった。悲しくて、気まずかった。やがてアリスが、まだ体を震わせたまま、口を開いた。「この大嘘つき」といつもの低い声で言った。「あんたはスティーヴ・ケッチェルと寝たことなんか一度もないし、自分でもそのこと知ってるのよ」

「よくそんなこと言えるわね」脱色は動じずに言った。

「本当だから言えるのよ」アリスは言った。「このなかでスティーヴ・ケッチェルを知ってたのはあたし一人であたしはマンスローナの出であたしはあの町であの人を知ってたのよ、これは本当のことであんただって本当だって知ってるのよ、嘘だったらあたし神さまに叩かれて死んだっていいわよ」

「あたしだって叩かれていいわよ」脱色が言った。

「これは本当よ、本当よ、本当なのよ、あんただってそのことは知ってるのよ。ただの作り話なんかじゃない。あの人があたしに何て言ったかだってあたしはちゃんとわかってる」

「何て言ったのよ?」脱色が平然とした顔で訊いた。

　アリスは泣いていて体を揺すぶっているせいで喋るのも一苦労だった。「あの人は言ったのよ、『お前は可愛い女だよ、アリス』って。そうあの人は言ったのよ」

「嘘よ」脱色が言った。

「本当よ」アリスは言った。「本当にそうあの人は言ったのよ」

「嘘よ」脱色は動じず言った。

「違う、本当よ、本当よ、イエス様とマリア様にかけて本当よ」

「スティーヴがそんなこと言ったはずないわ。そういう言い方する人じゃなかったもの」脱色が嬉しそうに言った。

「本当よ」アリスがいい声で言った。「それにあたし、あんたが信じようが信じまいがどっちだっていいのよ」。もう泣きやんで落着いていた。

「スティーヴがそんなこと言ったなんてありえないわ」脱色が言い放った。

「言ったのよ」とアリスは言ってにっこり笑った。「それにあの人がそう言ったときのこともあたしは覚えていて、あのころあたしはほんとにあの人が言ったとおり可愛い女だったのよ、いまだってあんたよりずっとましよ、あんたなんか干涸(ひから)びた使い古しの湯たんぽじゃないの」

「侮辱されて黙っちゃいないわよ」脱色が言った。「この膿の大山。あたしにはあたしの思い出があるのよ」

「違うわ」アリスは可憐で美しい声で言った。「あんたにある本物の思い出なんて、卵管を摘出したこととコカインとモルヒネをやり出したことだけよ。ほかはみんな新聞で読んだだけよ。あたしはクスリなんかやってなくてあんただってそれは知ってる、あたしは大女だけど男たちに好かれていてあんただってそれは知ってる、そしてあたしは絶対嘘つかなくてあんただってそれは知ってるのよ」

「あたしの思い出の邪魔しないでよ」脱色が言った。「あたしの本当の、素晴らしい思い出の」

アリスは相手を見てそれから僕たちを見て、顔から傷ついたような表情が消えてにっこり笑うとその顔は僕がいままで見たこともないくらい綺麗な顔だった。彼女は綺麗な顔で素敵な滑らかな肌で美しい声で本当にいい感じですごく人なつっこかった。だがああ、彼女はものすごく大きかった。女性三人合わせたくらい大きかった。僕が彼女を見ているのをトムが見て、

「さあ、行こうぜ」と言った。

「さよなら」アリスが言った。本当にいい声だった。

「さよなら」僕は言った。

「あんたたちどっち行くんだい?」コックが訊いた。

「あんたと反対の方だよ」トムがコックに言った。

いまわれ身を横たえ
Now I Lay Me

その夜僕たちは部屋の床に横たわり、僕は蚕たちが葉を食べる音に耳を澄ました。蚕たちは桑の葉が置いてある棚で食べていて、食べる音と、葉っぱのなかでポトンと音を立てる音とが一晩じゅう聞こえた。僕自身も眠りたくなかった。ずっと前から、闇のなかで目を閉じて気を緩めたら魂が体から出ていってしまうと知りつつ僕は生きてきたのだ。もう長いこと、夜のあいだに吹っ飛ばされて魂が体から出ていって離れていきまた戻ってきたのを感じて以来、僕はずっとそんなふうだった。そういうことは絶対考えないようにしたが、夜中、いまにも眠りにつこうという瞬間に魂が出ていきかけるようになってきて、意志の力をすごく強く働かせてかろうじて食い止められるのだった。だから、いま思えば本当に出ていきはしなかったろうといちおう確信できるけれど、当時は、あの夏は、わざわざやってみる気にはなれなかった。

眠らずに横になっているあいだ、時間の過ごし方はいろいろあった。子供のころ釣りをした、鱒のいる川を思い浮かべて、川の始まりから終わりまで、頭のなかですごくていねいに釣っていく。丸太一本一本の下、岸の折れ目一つひとつ、深い穴、澄んだ浅瀬、すごくていねいに釣っていって、時には鱒を釣り上げ、時には釣りそこなう。正午になったら休憩して昼食にする。川の上に掛かった丸太に、あるいは高い土手の木蔭に座って、いつもすごくゆっくり、眼下の水の流れを見ながら食べた。はじめる時点では煙草缶に餌を十匹しか入れていかなかったから、なくなってしまうこともよくあった。使い切ったらまた探さないといけなくて、土手で土を掘るのは、ヒマラヤスギが陽ざしを遮るし、草は全然生えていなくて剝き出しの湿った土があるだけだったからすごく大変で、一匹も見つからないこともよくあった。それでもいつも何かしらの餌は見つかったが、一度、沼地にいたときまったく何も見つからなくて、釣った鱒の一匹を切り刻んで餌に使う破目になった。

草の茂った湿地や、草むらのなかやシダの茂みの下に虫が見つかることもあって、これも餌に使った。甲虫類や、草の茎みたいな脚をした虫がいて、古い腐った丸太には地虫がいた。茶色い頭にハサミのついた、釣針からすぐ外れてしまい冷たい水のなかの空(くう)に呑まれてしまう白い地虫や、丸太の下にいるカクマダニ。丸太の下には時おりミミズもいたが、丸太を持ち上げたとたん地中にもぐり込んでしまったこともある。一度、古い丸太の下で見つけたサンショウウオを使ったこともある。すごく小さいサンショウウオで、小ぎれいで、すばしっこく、美しい色をしていた。ひどくちっぽけな脚で針にしがみつこうとしたので、その後もしょっちゅう見つけたけれどそれっきりサンショウウオは使わなかった。コオロギも、針に刺そうとするときのふるまいのせいで使わなかった。

開けた草地を川が通っていることもあって、乾いた草のなかで僕はバッタをつかまえて餌に使い、時にはバッタをつかまえて川に投げ込んでそいつがプカプカ流れていくのを見守った。流されながら泳ぐバッタたちは、川の流れに捕らえられて水面で輪を描き、鱒が上がってくるとともに消えていった。一夜のうちに四つ、五つの川で釣りをすることもあった。源にできるだけ近いところからはじめて、流れにそって釣っていく。早く終わりすぎて時間が経たなかったときは、もう一度、今度は湖に注ぎ込むところからはじめて、流れをさかのぼって釣っていき、下ってきたときに釣りそこなった鱒たちを釣ろうとした。夜によっては川をデッチ上げることもあって、とてもいい川が出来るときもあり、そんなときは目覚めたまま夢を見ているみたいだった。そうして作った川のいくつかはいまだに覚えていて、そこで釣りをしたのだという気でいて、本当に知っている川と区別がつかなくなっている。僕はそれら一つひとつに名前をつけて、汽車に乗って出かけていき、時にはそこへ着くまでに何マイルも歩いていったりした。

けれど釣りができない夜もあって、そういう夜はすっかり目が覚めたまま何度も祈りを唱え、これまで知ってきたすべての人のために祈ろうとした。これにはすごく長い時間がかかった。一番最初の記憶まで戻って、これまで知ってきた人すべてを思い出そうとすれば――僕の場合その記憶とは生まれた家の屋根裏部屋であり、垂木(たるき)から吊したブリキの箱に入った両親のウェディングケーキであり、屋根裏にあった、父が子供のころ集めてアルコールに漬けて保存した蛇や何かの標本の壜であり、壜のなかのアルコールが減って蛇や何かの背中が剝き出しになり白くなっていた――そこまで戻っていけばすごくたくさんの人を思い出すことになるからだ。その人たちみんなのために祈って、それぞれのためにアベマリアを唱え主の祈りを唱えれば長い時間がかかってやっと明るくなってきて、昼でも眠れる場所にいれば、これで眠りにつけるのだ。

そういう夜に僕はこれまで自分の身に起きたことをすべて思い出そうとし、戦争に行く直前からはじめて、一つひとつさかのぼって思い出していった。やってみると、祖父の家のあの屋根裏までしか戻っていけなかった。だからそこからはじめて、こっち側に戻っていき、戦争にたどり着くまで思い出していった。

祖父が亡くなったあと一家でその家を離れ、母が設計して建てた新築の家に移ったことを僕は覚えている。持っていきようのない物をたくさん裏庭で燃やし、屋根裏にあったいろんな壜も焚火に投げ込まれ、熱のせいでパリンと割れてアルコールが一気に燃え上がったことを覚えている。裏庭の焚火で蛇が燃えていたことを覚えている。でもそこには物しかなくて、人間はいなかった。誰がそれらを燃やしたのかも思い出せなかった。人間に行きあたるまで僕は進んでいき、行きあたったら彼らのために祈った。

新しい家については、母がいつもいろんな物を綺麗さっぱり捨てては家のなかを片付けていたことを覚えている。あるとき、父が狩りに出かけているあいだに、母は地下室を徹底的に掃除し、そこにあるべきでなかったものをすべて燃やした。父が帰ってきて、馬車から降りて馬をつないだとき、家の横の道路で焚火はまだ燃えていた。僕は父を迎えに出ていった。父は僕にショットガンを渡して焚火を見た。「これは何だ?」と父は訊いた。

「地下室を掃除してたのよ、あなた」と母は玄関先から言った。父を出迎えようと、母はそこに笑顔で立っていた。父は焚火を見て何かを蹴った。そしてかがみ込み、灰のなかから何かを拾い上げた。「熊手を持ってこい、ニック」と父は僕に言った。僕が地下室に行って熊手を持ってくると、父はすごくていねいに灰のなかに熊手を入れた。そうやって石斧や、石の皮剝ぎナイフや、矢じりを作る道具、陶器のかけら、たくさんの矢じりを父はかき出した。どれもみんな火で黒ずんで、縁が欠けていた。父はそれを全部すごくていねいにかき出して、道端の芝生に広げた。革のケースに入ったショットガンと、獲物袋二つが、馬車から降りてきたときに置いたまま芝生の上にあった。

「銃と袋を家のなかに持っていって新聞を持ってきてくれ、ニック」と父は言った。母はいつの間にか家のなかに引っ込んでいた。僕はショットガンと獲物袋をみんな持って家に向かって歩き出した。ショットガンは重くて、脚にぶつかった。「一つずつ持っていきなさい」と父は言った。「一度にあまりたくさん持とうとするな」。僕は獲物袋を下ろしてショットガンを運び入れ、父の仕事部屋の山から新聞を一部持ってきた。黒ずんで欠けた石器類を父はすべて新聞の上に広げてから、くるんでいった。「上等の矢じりはみんな駄目になった」と父は言った。そして紙包みを持って家のなかに入っていった。僕は二つの獲物袋とともに芝生に残った。少ししてから僕は袋を運び入れた。これを思い出すにあたって、人間は二人しかいなかったから、僕はその両方のために祈った。

けれど夜によっては、祈りの言葉さえ思い出せないときもあった。「地に在りても天に在るがごとく」までしか行くことができず、もう一度始めからやり直しても、どうしてもそこより先へ進めなかった。そうなったらもう、思い出せないということを認めて、その夜の祈りはあきらめ、何か別のことを試すしかなかった。だから夜によっては、世界中のすべての動物たちの名前を思い出そうとし、それから鳥たちの名前、魚たちの名前、それから国の名、都市の名、いろんな種類の食べ物の名、思い出せるシカゴの通りの名すべてと進んで、もうそれ以上まったく何ひとつ思い出せなくなると、あとはただ耳を澄ました。いろんな音が聞こえてこなかった夜は一晩も思い出せない。魂が出ていってしまうのは暗いときだけだとわかっていたから、明かりをつけておけば眠るのは怖くなかった。だから当然、多くの夜に僕は明かりをつけておけるところにいて、やがて眠った。僕はほとんどいつも疲れていて、すごく眠いこともよくあったのだ。それに、自分では自覚せずに眠った夜もきっとたくさんあったと思うが、はっきり自覚して眠ることは一度もなく、この夜僕は蚕たちの音を聞いていた。夜には蚕たちが食べるのがすごくはっきり聞こえる。僕は目を開けて横たわり耳を澄ました。

部屋にはほかにあと一人しかいなくて、その男も起きていた。長いあいだ、男が起きている音を僕は聞いていた。たぶん僕ほど起きていることの場数を踏んでいないのか、男は僕ほど静かに横たわっていられなかった。藁の上に広げた毛布に僕たちは横になっていて、男が動くと藁はゴソゴソ音を立てたが、蚕たちは僕らがどんな音を立てても動じずに着々と食べつづけた。外では戦線から七キロ下がった夜の音がしていたがそれは暗い室内の小さな音とは違っていた。部屋にいるもう一人の男は静かに横たわろうと試みた。それからまた動いた。僕が起きていることが男にもわかるよう、僕も動いた。男は以前シカゴに十年住んでいた。一九一四年、家族に会いに里帰りしたときに徴兵されて、英語が喋れるので当番兵として僕に割り当てられたのだった。彼が耳を澄ましているのが聞こえたので、僕はもう一度毛布のなかで体を動かした。

「眠れないのですか、中尉殿(シニョール・テネンテ)？」と彼は訊いた。

「ああ」

「私も眠れないのです」

「どうしたんだね？」

「わかりません。眠れないんです」

「気分は悪くないのかい？」

「ええ。気分はいいです。眠れないだけです」

「しばらく話でもするかい？」と僕は訊いてみた。

「ええ。こんなところで何を話せますかね」

「ここはそんなに悪いところじゃないさ」

「ええ」と彼は言った。「悪くないです」

「シカゴの話をしてくれよ」と僕は言った。

「もうみんな話したじゃありませんか」

「結婚したときの話をしてくれよ」

「それも話しましたよ」

「月曜に来た手紙、奥さんからかい？」

「ええ。しじゅう手紙をくれるんです。店でしっかり稼いでくれてます」

「帰ったらいい店が待ってるんだな」

「ええ。うまくやってくれてます。しっかり稼いでますよ」

「こうやって喋ってたら、みんなを起こしてしまわないかな？」と僕は訊いた。

「いえいえ。聞こえやしません。だいいちあいつら豚みたいによく寝るんです。私は違います」と彼は言った。「私は神経質なんです」

「静かに話そう」と僕は言った。「煙草、喫うかい？」

闇のなかで、僕たちは上手に煙草を喫った。

「あまり喫われませんよね、中尉殿は」

「ああ。もうほとんどやめたんだ」

「ま、体にいいことありませんからね」と彼は言った。「なくてもだんだん平気になっていくんでしょうね。聞いたことありますか、盲人は煙が出てくるのが見えないから煙草を喫わないって？」

「信じないね」

「私もデタラメだと思います」と彼は言った。「どこかで聞いただけです。いろんなこと、耳に入ってくるじゃないですか」

僕たちは二人とも黙っていて、僕は蚕たちの音を聞いていた。

「蚕の奴らの音、聞こえます？」と彼は訊いた。「噛む音が聞こえますよ」

「面白いよな」と僕は言った。

「あの、中尉殿、眠れないのは何か本当にあるんですか？ 見たことありませんよ、中尉殿が眠ってらっしゃるところ。私が来て以来、夜に眠られたことないでしょう」

「わからないよ、ジョン」と僕は言った。「去年の春の初めごろ、けっこうひどいことになって、夜になるとそれが気になるんだ」

「私もそうです」と彼は言った。「だいたいこの戦争に来たのが間違いだったんです。私、神経質すぎるんです」

「まあだんだんよくなるかも」

「ねえ中尉殿、そもそも何のためにこの戦争にいらしたんです？」

「わからないよ、ジョン。そうしたかったんだよ、あのときは」

「そうしたかった」と彼は言った。「それってすごい理由ですよね」

「大声出さない方がいいよ」と僕は言った。

「あいつら豚みたいによく寝るんです」と彼は言った。「だいいち英語だってわからないし。なんにも知らないんです。戦争が終わって私たちみんなアメリカに帰ったら、中尉殿何をなさるつもりです？」

「新聞の仕事を探すよ」

「シカゴで？」

「それもいいね」

「ブリズベーンって男が書くもの、読んだりします？　うちの女房が切り抜いて送ってくれるんです」

「ああ」

「会ったことあります？」

「いや、でも見たことはある」

「あの男に会ってみたいですよ。いいこと書きますよ。うちの女房は英語読めないけど、私がいたときのまま新聞取って、社説とスポーツ欄切り抜いて送ってくれるんです」

「子供たちはどうだい？」

「元気ですよ。娘の一人はいま四年生です。ねえ中尉殿、もし私に子供がいなかったら、いまごろ中尉殿の当番兵やらせてもらってませんよ。ずっと前線にいる破目になったでしょうよ」

「君に子供がいてよかったよ」

「私もそう思います。みんないい子ですが、男の子が欲しいですね。女三人で、男はいないんです。いやはや何ともです」

「眠ろうとしてみたらどうだ？」

「いいえ、もう眠れません。すっかり目が覚めちまいましたよ。ねえ、でも中尉殿が眠れないのは心配です」

「僕は大丈夫だよ、ジョン」

「中尉殿みたいに若い方が眠れないなんて」

「いずれよくなるさ。少し時間がかかるだけだよ」

「よくならなきゃいけません。人間、眠れなくちゃやっていけません。何か心配事でもあるんですか？　何か気がかりなことが？」

「いいや、ジョン、ないと思うよ」

「結婚しなきゃいけませんよ、中尉殿。そうしたら心配もなくなります」

「どうかなあ」

「結婚しなきゃいけません。金をたっぷり持ってる、いいとこのイタリア人の娘選びなさいよ。あんたならよりどり見どりでしょう。若くて、いい勲章もらってて、ハンサムで。二度ばかり負傷もしてる」

「言葉がそんなに喋れないよ」

「十分喋れてますよ。言葉喋るかどうかなんて、どうでもいい。喋らなくたっていい。結婚すればいいんです」

「考えてみるよ」

「女の子の知りあい、何人かいるでしょ？」

「ああ」

「じゃ、一番金持ってる子と結婚なさい。こっちはきちんとしつけますからね、みんないい奥さんになりますよ」

「考えてみるよ」

「考えなくていいです、中尉殿。やるんです」

「わかった」

「男は結婚しなきゃ。絶対後悔しませんよ。男はみんな結婚しなきゃ」

「わかった」と僕は言った。「なあ、少し眠ろうとしてみよう」

「わかりました、中尉殿。もう一度やってみますよ。でも私の言ったこと忘れちゃいけませんよ」

「忘れないよ」と僕は言った。「さあ少し眠ろうよ、ジョン」

「わかりました」と彼は言った。「あんたも眠れるといいですね、中尉殿」

藁の上の毛布にくるまった彼が寝返りを打つのが聞こえ、やがてすごく静かになって、僕は彼の規則正しい息を聞いた。それから彼はいびきをかき出した。彼がいびきをかくのを僕は長いこと聞き、それから彼がいびきをかくのを聞くのをやめて蚕たちが食べるのを聞いた。葉のなかでポトンと音を立てながら彼らは着々と食べつづけた。考えるべき新しいことが出来たいま、僕は目を開けて闇のなかに横たわり、いままで知ってきたすべての女の子のことを考え、彼女たちがどういう妻になるかを考えた。これはすごく興味深い問いであり、しばらくのあいだ鱒釣りも霞んだし祈りにも邪魔が入った。けれど結局、僕は鱒釣りに戻っていった。川は全部思い出せてそこにはつねに何か新しいことがある一方、女の子たちは何度か考えるとぼやけてきて、もう呼び起こせなくなって最後はみんなぼやけて一緒くたになってしまい、僕はもうほとんど彼女たちについて考えるのをやめてしまった。けれど祈りはなおも続けて、夜のあいだ僕は何度もジョンのために祈った。彼と同期の連中は十月攻勢の前に戦地勤務から外された。彼が戦地にいなくてよかったと僕は思った。いたらきっと、僕としてはひどく心配だっただろう。何か月かして彼はミラノの病院に見舞いに来てくれて、僕がまだ結婚してないと知ってすごくがっかりしていた。僕がいまだに結婚していないと知ったら、きっとさぞ嘆くことだろう。彼はアメリカに帰るところで、結婚について揺るがぬ信念を抱いていて、結婚こそすべての問題を解決してくれると確信していたのである。

こころ朗（ほが）らなれ、誰もみな
God Rest You Merry, Gentlemen

当時は距離というものもまったく違っていて、いまはもう木が伐られてしまった丘から土埃が吹いてきて、カンザスシティはコンスタンチノープルとよく似ていた。君は信じないかもしれない。誰も信じないが、本当なのだ。この日の午後、雪が降っていて、自動車ディーラーのショーウィンドウに、日が早々と暮れたなかでそこだけ光を浴びて、すべて銀色に仕上げられたレーシングカーがあって、ボンネットに"Dans Argent"と書いてあった。これは「銀のダンス」か「銀のダンサー」という意味だろうと僕は思い、そのどっちなのか少し迷ったが、とにかくその車を見ていい気分になったし、自分の外国語の知識にも気をよくして〔※"Dans Argent"は正しくはin silver＝「銀色の」の意のフランス語〕、雪の街を僕は歩いていった。クリスマスと感謝祭に無料で七面鳥ディナーが供されるウルフ兄弟の酒場から、町の煙や建物や街路を見渡せる高い丘の上にある市営病院に僕は向かっていた。病院の待合室に二人の救急外科医がいた。ドク・フィッシャーとドクター・ウィルコックス、一方は机に向かい、もう一方は壁際の椅子に座っていた。

　ドク・フィッシャーは痩せて、砂色がかった金髪で、薄い唇に、いつも愉快げな目をして、博奕（ばくち）打ちの手をしていた。ドクター・ウィルコックスは背が低く、黒い髪で、アルファベット別に半月形の切り込みが入った『若き医者の友にして手引』という本を持ち歩いていた。どんな病に関しても、この本を引けば、症候はこれこれ、治療法はこれこれ、と教えてくれるというわけだった。項目間を行き来できるよう、相互参照のしるしもついていて、ある症候について引けば、本が診断も下してくれる。ドク・フィッシャーはあるとき、今後の版は相互参照をさらに充実させて、目下施されている治療法を引けば病名と症候がわかるようにすればいい、と唱えた。「記憶の助けにね」と彼は言った。

ドクター・ウィルコックスはこの本について何やかや言われるのを気にしていたが、この本なしではやって行けなかった。軟らかい革装の、上着のポケットに収まる大きさの本で、彼はこれを、かつて教わった教授の一人の忠告に従って購入したのだった。教授はこう言った。「ウィルコックス、君はおよそ医者になるべき人間ではないし、私としてはあらゆる手を尽くして、君が医師に認定されるのを阻止せんと努めてきた。それがいまこうして、この栄えある職業の一員となってしまったからには、人類の名において私は君に忠告する、『若き医者の友にして手引』を入手したまえ、そしてそれを使いたまえ、ドクター・ウィルコックス。その使い方を覚えたまえ」

そう言われてドクター・ウィルコックスは何とも答えなかったが、その日のうちにその革装の手引書を買った。

「やあ、ホレス」とドク・フィッシャーは、煙草とヨードホルムと石炭酸と熱すぎるスチーム暖房の臭いがする待合室に入ってきた僕に言った。

「こんにちは、お二人とも」僕は言った。

「取引所はどうなっておるかね？」とドク・フィッシャーは訊いた。彼は突拍子もない物言いをするところがあって、それが僕にはこの上なくエレガントに思えた〔※「取引所はどうなっておるかね？」は『ベニスの商人』からの引用〕。

「ウルフズで七面鳥をただで出してます」と僕は答えた。

「君もお相伴に与ったのかね？」

「たっぷりと」

「同僚の諸君は大勢いたかね？」

「みんないました。一人残らず」

「クリスマスらしく、盛り上がっているかな？」

「それほどでも」

「こちらのドクター・ウィルコックスも若干お相伴に与ったようだよ」とドク・フィッシャーは言った。ドクター・ウィルコックスは顔を上げ彼を見て、それから僕を見た。

「一杯やるかね」とドクター・ウィルコックスは訊いた。

「いえ、結構です」僕は言った。

「それじゃまあ」ドクター・ウィルコックスは言った。

「ホレス」ドク・フィッシャーは言った。「君をホレスと呼んで構わんよね？」

「はい」

「では、ホレス君。我々はきわめて興味深い患者を診たよ」

「いや、まったく」ドクター・ウィルコックスが言った。

「昨日、ここに若者がいただろう？」

「どいつのことです？」

「宦官（かんがん）の身になりたいと言ってきた若者さ」

「わかります」。奴が入ってきたとき、僕もここにいたのだ。十六歳くらいの男だった。帽子もかぶらずに入ってきて、ひどく興奮して、怯えてもいたが、決意は固そうだった。髪はカールしていて、がっしりした体つきで、唇が前に突き出ていた。

「君、どうしたね？」とドクター・ウィルコックスがそいつに訊いた。

「去勢してほしいんです」とそいつは言った。

「なぜだね？」ドク・フィッシャーが訊いた。

「お祈りもしたし、何もかもやったのに、全然駄目なんです」

「何が駄目なんだね？」

「おぞましい欲情です」

「おぞましい欲情とは？」

「そうなってしまうんです。どうしてもそうなってしまうんです。一晩中お祈りしてるのに」

「要するにどうなるんだね？」ドク・フィッシャーが訊いた。

そいつは答えた。「いいかね、君」ドク・フィッシャーが言った。「君はどこも悪くない。そういうふうになるのが当たり前なんだ。どこも悪くなんかないんだよ」

「悪いですよ」そいつは言った。「純潔を汚す罪です。神と救世主に対する罪です」

「いいや」ドク・フィッシャーは言った。「これは自然なことなんだ。そういうふうになるのが当たり前であって、あとになったら、ああなって本当によかったなと思うはずさ」

「違う、あんたわかってませんよ」とそいつは言った。

「まあ聞け」とドク・フィッシャーは言って、そいつにいくつかのことを話して聞かせた。

「嫌だ。聞くもんか。そんな話、聞かされてたまるか」

「頼むから聞いてくれ」ドク・フィッシャーは言った。

「お前はただの阿呆だ」ドクター・ウィルコックスがそいつに言った。

「じゃあやってくれないのか？」そいつは訊いた。

「やるって、何を？」

「去勢だよ」

「いいか、聞け」ドク・フィッシャーは言った。「誰も君を去勢なんかしない。君の体はどこも悪くない。君には立派な体があるのであって、余計なことを考えちゃいけない。君がもし信心深いんだったら、思い出したまえ――君が訴えていることは、罪深い状態なんかじゃなくて、聖なる誓いを成就するすべだってことを」

「どうしても止められないんだ」そいつは言った。「一晩中お祈りして、昼間もお祈りしてるのに。これは罪なんだ、純潔を汚すたえまない罪なんだ」

「馬鹿野郎、お前なんか――」ドクター・ウィルコックスが言った。

「そんな口をきく人の言うことは聞こえませんよ」そいつは威厳をもってドクター・ウィルコックスに言った。「やってもらえませんか？」そいつはドク・フィッシャーに頼んだ。

「やらない」ドク・フィッシャーは答えた。「もう言ったとおりだ」

「こいつを放り出せ」とドクター・ウィルコックスが言った。

「自分から出ていくさ」とそいつは言った。「触るな、自分で出ていくから」

それが前日の、五時ごろのことだった。

「で、どうなったんです？」と僕は訊いた。

「で、昨晩、午前一時ごろに」とドク・フィッシャーが言った。「剃刀を使って我が身に損傷を加えた若者が運び込まれてきたわけさ」

「去勢したんですか？」

「いいや」ドク・フィッシャーは言った。「去勢というのがどういう意味かも知らなかったのさ」

「死ぬかもしれない」ドクター・ウィルコックスが言った。

「どうして？」

「出血多量」

「ここにおられる善き医師、わが同僚たるドクター・ウィルコックスが当直で居合わせたんだが、座右の書のなかに、この緊急事態に関する項目が見つからなかったのさ」

「そんな言い方しなくたっていいだろう」ドクター・ウィルコックスが言った。

「この上なく友好的な意味で言っているんですよ、ドクター」とドク・フィッシャーは、自分の両手を見ながら言った。この両手が、面倒見のよさと、連邦制定法に対する敬意の欠如ともあいまって、彼を厄介事に巻き込んできたのだ。「ここにいるホレスも請けあってくれると思うが、私はこの上なく友好的に語っているんです。それでだねホレス、その若者が行なったのは、四肢の一部切断だったのさ」

「だけど私を笑いものにしなくたっていいじゃないか」とドクター・ウィルコックスが言った。

「全然ないじゃないか、私を笑いものにする必要なんて」

「あなたを笑いものにするっていうんですか、ドクター、よりによって我らの救世主生誕の日に？」

「我、我らの救世主？　あんた、ユダヤ人じゃねえのか？」ドクター・ウィルコックスが言った。

「そうでした。そうでした。いつもつい忘れちまうんです。どうしてもそのことの重さがピンとこなくて。ご指摘いただいて、有難い限りですよ。あ、あなた方の救世主。そうですよね。あ、あなた方の救世主、間違いなくあ、あなた方の救世主です――棕櫚の聖日、イエスはロバに乗ってエルサレムに入られた」

「小賢しい口ききやがって」とドクター・ウィルコックスが言った。

「見事な診断です、ドクター。私は前々から、小賢しい口ばかりきいてきたんです。特に西海岸にいたときはききましたねえ、小賢しい口。そういうのは避けたまえよ、ホレス。君にはそういった傾向はそれほどないが、時々ちらっと垣間見えるぞ。だがそれにしても何と素晴らしい診断——しかも本に頼らずに」

「地獄に堕ちやがれ」ドクター・ウィルコックスが言った。

「まあいずれそうしますよ、ドクター」とドク・フィッシャーは言った。「いずれそうしますとも。そういう場所があるんだったらかならず行ってみますよ。実際、ほんのちょっとですが、つかのま覗いてみたこともあります。ほんとに一瞥ですがね。すぐ目をそらしてしまいました。で、ホレス、その若者が何と言ったかわかるかね、ここにいる善きドクターが彼を連れてきたときに？　こう言ったのさ、『頼んだんだぞ、やってくださいって。何べんも頼んだんだ、やってくださいって』」

「わざわざクリスマスの日に」とドクター・ウィルコックスが言った。

「その日の意義はここでは関係ありませんよ」とドク・フィッシャーは言った。

「まああんたにはそうかもな」とドクター・ウィルコックスが言った。

「聞いたか、ホレス？」ドク・フィッシャーは言った。「聞いたか？　私の泣きどころを、世に言う私のアキレス腱を発見したいま、ドクターはそこを攻めたてようとなさるわけさ」

「小賢しい口ききやがって」とドクター・ウィルコックスは言った。

心臓の二つある大きな川　第一部
Big Two-Hearted River : Part I

汽車は線路をのぼっていき、焼けた立木の並ぶ丘のひとつを回って見えなくなった。貨車の床から荷物係の男が投げてくれたカンバスと毛布の束の上にニックは座り込んだ。町はどこにもなく、線路と焼けた丘陵があるだけだった。シーニーの町の一本しかない通りに並んでいた十三軒の酒場は跡形もなかった。マンションハウス・ホテルの土台の石が地面の上に突き出ていた。石は縁が欠け、炎で割れていた。シーニーの町で残っているのはそれだけだった。地面すら焼けてしまっていた。

町の民家があちこちに見えるものと思っていた、焼きつくされた丘の中腹を見渡してから、ニックは線路の上を、川にかかった橋まで歩いていった。川はそこにあった。渦巻く水が、橋の丸太の杭にぶつかっている。小石の多い川底の色に染まった、澄んだ茶色い水をニックは見下ろし、流れに抗（あらが）って鱒たちがひれを揺らして同じ位置を保っているのを見守った。見守っていると鱒たちはさっと角度を変えて場所を移動し、速い流れの中でまた不動を保った。ニックは長いあいだ鱒たちを見守った。

流れに鼻を向けて鱒たちが位置を保つのをニックは見守った。深い、速い水の中に大勢いる鱒たちは、ガラスのような淵の凸面を通してはるか下を見下ろすニックの目にはわずかに歪んで見えた。橋に打ち込まれた杭の抵抗を受けて、水の表面が滑らかに持ち上がり、膨らんでいるのだ。淵の底に、大きな鱒たちがいる。はじめは見えなかったが、やがて淵の底に見えてきた。流れに突き動かされて噴き出す砂利と砂の作る、刻一刻変わる靄の中、大きな鱒たちが、砂利の多い水底で同じ位置を保とうとしている。

ニックは橋から水中を見下ろした。暑い日だった。カワセミが一羽、上流の方に飛んでいった。川の中を覗いて鱒を見たのは久しぶりだった。どれも申し分ない鱒だった。カワセミの影が上流の方へ動いていくとともに、大きな鱒が一匹、さっと上流に、緩い角度をつけて昇っていった。角度を示すのはその影だけだったが、やがて鱒が水面から出て陽を浴びると影もなくなり、それからまた水中に戻ると影は流れに導かれるまま川を下っていくように見え、橋の下の定位置に戻っていった。鱒は流れに顔を向けて身を引き締めた。

鱒が動くとともにニックの心臓も引き締まった。かつての気持ちがすべて戻ってきた。

うしろを向いて下流の方を見てみた。遠くまで伸びた、水底に小石の多い川は、あちこちに浅瀬があり大きな丸石があり、その先の絶壁の下で曲線を描いているあたりに深い淵があった。

枕木にそって、線路脇の炭殻の中に荷物が埋もれたところまで戻っていった。ニックはいい気分だった。ハーネスを荷物の束に巻きつけて調節し、ストラップをきつく引いて、リュックを背中にしょって、肩ストラップに両腕を通し、幅広のタンプライン〔※背負った荷を支えるために額に掛ける紐〕に額を押し当てて肩の重みを減らした。それでもリュックは重すぎた。まだ全然重すぎる。ニックは片手に革の釣竿ケースを持ち、重みが肩に食い込みすぎぬよう体を前にかがめながら、線路と平行の道を歩いていって、暑さの中、焼けた町を後にし、火の爪跡が残る小高い丘に両側から囲まれた丘に出て、そこを回り込むようにして、丘陵に戻っていく道路に入っていった。重い荷物が食い込む疼きを感じながら道路を歩いていった。道路は着実な上りだった。上り坂を歩くのは難儀だった。筋肉が痛み、暑かったが、ニックはいい気分だった。何もかもを後にしてきた気分だった。考える必要を、書く必要を、その他さまざまな必要を。すべてはいまや自分のうしろにあった。

　ニックが汽車から降りて、荷物係が彼のリュックを車両扉の外へ投げてくれた瞬間からすべては違っていた。シーニーの町は焼け、周りの山も焼かれて変わってしまったが、それも問題ではなかった。何もかも焼かれはしない。それはわかっていた。ニックは道路を歩き、陽を浴びて汗をかきながら、線路を松林から隔てている山並みを越えようと坂をのぼっていた。

　時おり下りにもなったが、道は基本的にずっと上り坂だった。ニックはのぼりつづけた。焼けた中腹と平行した道が続いた末に、道は頂に達した。ニックは切株に寄りかかって、ハーネスから体を抜いた。前方は見えるかぎりずっと松林だった。焼けた丘陵地帯の左側は山並みとともに終わっていた。前方のあちこち、黒々とした松が作る島が、平原から上に突き出ていた。ずっと左に、川の線が見えた。ニックはそれを目で追い、陽を浴びた水のきらめきを捉えた。

　前方にはひたすら松の平原が広がっていたが、そのさらに先、遠くスペリオル湖の高地をしるす青い山脈が伸びていた。松林の上空に陽炎（かげろう）がゆらめくせいで、山脈は朧（おぼろ）に遠く、ほとんど見えないくらいだった。あまりじっと見すぎると消えてしまう。けれど何げなく見ると、そこに遠い高地の山並みがあるのだった。

焦げた切株に寄りかかってニックは腰を下ろし、煙草を喫った。リュックは切株の上に載っていて、ハーネスも万全の態勢で、彼の背中の形にリュックは凹んでいた。ニックは座って煙草を喫い、山の方を見た。地図を出す必要はなかった。川の位置でここがどこかはわかった。

両脚を前に投げ出して煙草を喫っていると、バッタが一匹、地面を歩いてきてウールの靴下にのぼってきた。黒いバッタだった。坂道をのぼっていた最中も、何匹ものバッタが驚いて埃の中から飛び出してきていた。どのバッタも黒かった。黒い鞘翅（さやばね）から、黄と黒か、赤と黒の羽をブーンと震わせながら出して飛び上がる大きなバッタではなかった。こいつらはただの月並な跳び虫だ。ただし、一匹残らず煤けた黒色なのだ。歩いているときも、どうなってるんだとニックは思ったが、本気で考えはしなかった。そしていま、四つに割れた口で靴下のウールをもぞもぞ噛んでいる黒いバッタを見ていると、焼きつくされた土地に住んでいるせいでみんな黒くなったのだと思いあたった。火に見舞われたのは去年にちがいないが、バッタたちはいまみんな黒い。いつまで黒いままでいるのだろう。

片手をそっと下ろして、バッタの羽をつかまえた。脚がばたばた宙を歩いている体をひっくり返して、節に分かれた腹を見てみた。やっぱりこっちも黒い。背中と頭は埃っぽいが腹は虹のように黒光りしていた。

「行け、バッタ」ニックは初めて声に出して言った。「どっかへ飛んでいけよ」

ひょいと宙に投げたバッタが、道の向こう側の、炭になった切株まで飛んでいくのをニックは見守った。

立ち上がった。切株の上にまっすぐ載っているリュックの重みに背中を持たせかけて、肩ストラップに両腕を通した。リュックを背にしょって、丘のてっぺんに立ち、向こうの遠い川を見やり、それから、道路を離れて中腹を降りていった。足下の地面は歩きやすかった。二百メートルくらい下ったところで火の線が終わっていた。ここからは、くるぶしの高さのニセヤマモモの茂みを抜けていくことになる。ところどころにバンクスマツの藪があった。目まぐるしく上下に波打つ山地が続き、足下は砂っぽく、土地はふたたび息づいていた。

ニックは太陽で方向を見きわめた。川のどのあたりに出たいかはわかっていたから、なおも松林を通っていき、小さく隆起した場所に出ては別の隆起が前方に見え、時にはその頂から、松の密生する大きな島が右か左に見えた。ニセヤマモモの、ヒースにも似た小枝を何本かニックは折って、リュックのストラップの下に入れた。こすれて枝がつぶれ、歩きながらその匂いを嗅いだ。

波打った、日蔭もない松の平原を歩きながら、ニックは疲れていたし、ひどく暑かった。左に曲がりさえすれば川に出られることはずっとわかっていた。もう一キロちょっとしか離れていないはずだ。だがニックは、一日の歩きで可能なかぎり上流で川に出ようと、なおも北に歩きつづけた。

しばらく前から、歩きながら、いま自分が越えている最中の、なだらかにうねる丘の上に、松の大きな島がひとつ突き出ているのが見えていた。坂をしばし下り、それから、またゆっくりのぼって頂に達すると向きを変え、その松の方に進んでいった。

松の島には下生えがなかった。それぞれの木の幹はまっすぐ伸びているか、たがいに向かって斜めに伸びているかだった。幹自体はまっすぐで茶色で、枝はついていなかった。枝はもっとずっと上にあるのだ。枝が絡みあって森の茶色い地面に濃い影を作っているところもあった。木立の周りには何もない空間があった。歩くと足下は茶色で柔らかだった。松の針葉が作る床が重なりあって、上の枝先よりずっと大きく広がっているのだ。木々が高くなって枝も上に移っていき、かつては枝の影で覆われていた場所が、いまは何もなく陽なたになっている。こうして広がった森が終わったところから、今度は一転、ニセヤマモモの茂みがはじまっていた。

ニックはリュックから両腕を抜いて日蔭に寝転がった。仰向けに横になって、松の木々を見上げた。体を伸ばすと首と背中と腰が休まった。背中に当たる土が気持ちよかった。枝ごしに空を見上げ、それから目を閉じた。目を開き、また上を見た。ずっと上の枝のあいだを風が吹き抜けていた。ニックはふたたび目を閉じて眠りに落ちた。

こわばった、窮屈な姿勢で目が覚めた。太陽はほぼ沈んでいた。リュックは重く、持ち上げて背負うとストラップが痛かった。背負ったまま体を前に曲げ、革の釣竿ケースを手にとり、松林から出てニセヤマモモの湿地帯を抜け、川に向かっていった。もう一キロちょっとしかないことはわかっていた。

切株に覆われた中腹を降りて、草地に出た。草地の終わるところに川が流れていた。川に来られてニックは嬉しかった。草地を抜けて上流に向かっていった。歩いているうちにズボンに露が染み込んでいった。暑い一日が終わって、露がたちまち、大量に降りていた。川は何の音も立てなかった。あまりに速く、滑らかすぎるのだ。草地の終わるところで、キャンプを張るために高い場所に上がる前に、ニックは川の方に目を向け、上がってくる鱒たちを見た。陽が沈むと川向こうの湿地からやって来る虫たちを取りに上がってきたのだ。鱒たちは水の外に跳び上がって虫をつかまえた。川ぞいに伸びた小さな草地をニックが歩いていく前で、鱒たちは水から高く跳び上がった。そしていま川を見下ろしていると、虫たちが水面に降り立ったにちがいないとニックは思った。下流の方で一面、鱒たちが黙々と食べていたからだ。遠くまで見通せる下流のずっと向こうまで鱒たちは上がってきていて、水面一帯でぐるぐる輪を描き、まるで雨でも降りはじめたみたいに見えた。

地面が高くなり、木々が多くなって土は砂っぽくなり、草地、川全体、湿地が見渡せた。ニックはリュックと釣竿ケースを放り出し、平らな地面を探した。ひどく腹が空いていて、食事を作る前にキャンプを張りたかった。二本のバンクスマツのあいだに、真っ平らな地面があった。ニックはリュックから斧を取り出し、突き出ている二本の根を伐った。これで平らな地面が眠れるくらい広くなった。砂っぽい土を手で均して、ニセヤマモモを根ごと引っこ抜いた。ニセヤマモモに触れたせいで手からいい匂いがした。根を引き抜いた地面を均した。毛布の下に凹凸があるのは嫌だった。均し終えると、三枚の毛布を広げた。一枚は二つに畳んで、地面に直接敷いた。ほかの二枚はその上に広げた。

斧を使って、切株から松を薄く削りとり、色あざやかな薄片をさらに割ってテントを留めるペグにした。地面にしっかり食い込むよう、長くがっちりしたペグにしたかった。テントを出して地面に広げると、バンクスマツに立てかけたリュックはずっと小さく見えた。テントの梁材代わりに使うロープを松の木の幹に縛りつけ、ロープの反対端を使ってテントを地面から引き上げ、もう一本の松に縛りつけた。テントは物干し綱に吊したカンバス地の毛布みたいにロープからぶら下がった。あらかじめ切っておいた棒をカンバスの奥のてっぺんに突き立て、四隅をペグで止めていくことでテントが出来上がっていった。それぞれの面をぴんと張り、ペグを深く打ち込んだ。斧の平たい部分を使って、ロープの輪が土に埋もれてカンバスが太鼓のようにぴんと張るまで打ち込んでいった。

テントの開いた口に目の粗い薄布を貼って蚊が入らないようにした。この蚊帳の下を通って、リュックから出したいろんな物を持ってテントの中にもぐり込んだ。カンバスの斜めの天井の下、寝床の頭側にそれらの物を置いた。茶色いカンバスを通ってテントの中に光が差し込んだ。カンバスのいい匂いがした。そこにはもうすでに、どこか神秘的な、わが家のような趣があった。テントの中にもぐり込みながら、ニックはいい気分だった。今日一日ずっと、嫌な気分だったわけではない。でもこれは特別だ。もうやるべきことはやった。いままではこの仕事が残っていた。それももう済んだ。辛い道行きだった。ひどく疲れていた。もう仕事は終わった。キャンプも張った。これで落着いた。もう何ものにも邪魔されない。ここはキャンプによい場所だ。自分はいまその、よい場所にいる。自分の手で家を作って、いまその家にいる。そしていまニックは腹が空いていた。

薄布の下から外に這い出た。もうすっかり暗かった。テントの中の方が明るかった。リュックのところに行って、指で探って、リュックの底、釘を入れた紙袋の中から長い釘を一本取り出した。それを松の木に打ち込んだ。釘の頭近くを持って、斧の平らな部分でそっと叩いた。その釘にリュックを吊した。食糧も日常品もみんなリュックの中にあった。これですべて安全に地面から離れている。

ニックは腹が空いていた。こんなに腹が空いたのは初めての気がした。ポークビーンズの缶詰とスパゲティの缶詰を開けて、中身をフライパンに空けた。

「これを運ぶのを厭わないなら、僕にはこういう食べ物を食べる権利がある」とニックは口に出して言った。暗くなってゆく森で、自分の声が奇妙に聞こえた。もうそれっきり喋らなかった。

斧で切株から切った松の塊をいくつか使って、火を熾(おこ)した。火の上に針金のグリルを置いて、四本の脚をブーツで地面に押し込んだ。フライパンをグリルの上に置いて火にかけた。ますます腹が空いてきていた。ビーンズとスパゲティが温まってきた。ニックはそれらをかき回し、一緒に混ぜた。泡が立ってきて、小さな泡が難儀そうに表面に上がってきた。いい匂いがした。ニックはトマトケチャップの壜を出して、パンを四枚切った。小さな泡が出てくるのが速くなっていた。ニックは火のかたわらに座り込んでフライパンを持ち上げた。中身の半分くらいをブリキの皿に空けた。それが皿の上にゆっくり広がっていった。熱すぎることがニックにはわかった。トマトケチャップをかけた。ビーンズとスパゲティがまだ熱すぎることが彼にはわかった。火を見て、それからテントを見た。舌を火傷してすべてを台なしにしてしまう気はなかった。何年ものあいだ、ニックは揚げバナナを味わえたためしがなかった。冷めるのをどうしても待てなかったのだ。彼の舌はひどく敏感だった。腹はひどく空いていた。川向こうの湿地の、ほとんど闇の中から靄が立ちのぼるのが見えた。ニックはもう一度テントを見た。よし。皿からたっぷりスプーン一杯分すくった。

「美味い」ニックは言った。「こりゃ美味い」彼は嬉しそうに言った。

皿を平らげてしまってから、パンがあることを思い出した。二皿目をパンと一緒に食べ終え、パンで皿を綺麗に拭いた。セントイグナスの駅の食堂でコーヒーとハムサンドを食べてから何も食べていなかった。実によい体験だった。このくらい腹が空いたことは前にもあったが、その空腹を満足させられたことは一度もなかった。もしその気になれば何時間も前にキャンプを張ることもできた。キャンプによい場所は川べりにいくらでもあった。でもこれがよいのだ。

大きな松のかけらを二片、グリルの下に差し込んだ。炎が燃え上がった。コーヒー用の水を用意するのを忘れていた。リュックから折り畳み式のカンバス地のバケツを出して丘を下り、草地のへりを越えて川まで下りていった。向こう岸は白い靄に包まれていた。岸に膝をつくと草が濡れていて冷たかった。ニックはカンバス地のバケツを流れの中に入れた。バケツが膨らんで、流れにぐいぐい引かれた。水は氷のように冷たかった。ニックはバケツをすすいでから、水を一杯に入れてキャンプへ持ち帰った。川からここまで上がるともうそれほど冷たくなかった。

もう一本大釘を打ち込んで、水の一杯入ったバケツを吊した。コーヒーポットに半分水を入れ、グリルの下の火に木片を足して、ポットを火にかけた。どっちのやり方でコーヒーを淹れるのか、ニックは思い出せなかった。そのことでホプキンズと議論したのは覚えていたが、自分がどちらの立場を取ったかは思い出せなかった。ニックは湯を沸騰させることにした。と、それがホプキンズのやり方であることを思い出した。かつて彼はすべてのことについてホプキンズと議論した。コーヒーが沸くのを待ちながら、アプリコットの小さな缶詰を開けた。ニックは缶詰を開けるのが好きだった。アプリコット缶の中身をブリキのカップに空けた。火にかかったコーヒーを眺めながら、アプリコットの果汁シロップを飲んだ。はじめはこぼれないように注意深く、それから思いにふけるかのように飲み、吸い込むようにアプリコットを食べた。生のアプリコットより美味かった。

彼が見守るなか、コーヒーが沸いた。蓋が持ち上がってコーヒーと粉とがポットの側面を伝って流れた。ニックはそれをグリルから下ろした。ホプキンズの勝ちだ。ニックはアプリコットを空にしたカップに砂糖を入れ、コーヒーを少し注いで冷ました。注ぐには熱すぎたので、帽子を使ってコーヒーポットの把手を持った。ポットにしばらく入れておいて濃くしたりはしなかった。一杯目はそうしない。とことんホプキンズ式にやらないといけない。そうされる権利がホプにはあるのだ。あいつは実に真剣なコーヒー飲みだった。あんなに真剣な男は見たことがない。堅苦しいのではなく、真剣。ずっと前の話だ。ホプキンズは唇を動かさずに喋った。かつてはポロの選手だった。テキサスで何百万ドルも儲けた。シカゴへ来るのにも汽車賃を借りて来ていたのに、電報が来て、大きな油田が出たという報せの第一号が届いた。電信で金を送らせることもできたが、それでもまだるっこしかった。みんなはホプの彼女を〈ブロンドのビーナス〉と呼んだ。本当の彼女ではなかったからホプも気にしなかった。俺の本当の彼女だったら誰もからかったりしないさ、と彼は自信たっぷりに言った。そのとおりだった。電報が来るとホプキンズは立ち去った。ブラック・リバーでのことだ。電報が彼の許に届くのに八日かかっていた。ホプキンズは二十二口径のコルト・オートマチックをニックにくれた。カメラはビルにくれた。彼を忘れないための形見だった。来年の夏、またみんなで釣りに行くのだ。ホップ・ヘッドはいまや金持ちだった。俺がヨット買うからみんなでスペリオル湖の北岸をクルーズしようぜ。ホプキンズは興奮していたが真剣だった。全員が別れを告げ、誰もが気まずい思いだった。旅はこれで途切れてしまった。彼らは二度とホプキンズに会わなかった。ずっと前、ブラック・リバーでのことだ。

ニックはコーヒーを、ホプキンズ式のコーヒーを飲んだ。苦かった。ニックは声を上げて笑った。物語にふさわしい結末だ。頭が活動しはじめていた。十分疲れていたから、大丈夫、抑えられるとわかっていた。コーヒーをポットからこぼして、ポットを振って粉を火の中に落とした。煙草に火を点けてテントに入った。靴とズボンを脱いで、毛布の上に座って、靴をズボンの中に入れて枕にし、毛布と毛布のあいだにもぐり込んだ。

テントの前面ごしに火のほのかな光を眺めていると、夜風が火に吹きつけた。静かな夜だった。湿地は完璧に静かだった。ニックは毛布の下で心地よく体を伸ばした。蚊が耳元でプーンと鳴った。ニックは上半身を起こしてマッチを擦（す）った。蚊は彼の頭上、カンバスに止まっていた。ニックはマッチをすばやく蚊の方に持っていった。炎に包まれて、蚊はジュッと申し分ない音を立てた。マッチが消えた。ニックはふたたび毛布の下に横たわった。横向きになって目を閉じた。眠かった。眠りがやって来るのが感じられた。ニックは毛布の下で体を丸め、眠りについた。

心臓の二つある大きな川　第二部
Big Two-Hearted River: Part II

朝になって陽がのぼり、テントの中が暑くなってきた。ニックはテントの入口に張った蚊帳の下から這い出して朝の様子を見た。出てきた彼の手に触れる草が濡れていた。ニックはズボンと靴を両手に持っていた。太陽は丘のすぐ上までのぼっていた。草地があって、川があって湿地があった。川向こうの湿地の緑の中にカバノキが並んでいた。

早朝の川は澄んでいて、滑らかに速く流れていた。二百メートルばかり下流に、丸太が三本、流れをまたいで掛かっていた。そのせいで、手前の水は滑らかで深かった。ニックが見ていると、ミンクが一匹、丸太を使って川を渡り、湿地に入っていった。ニックはわくわくしていた。早朝と川にわくわくしていた。気が急いていて朝食も食べられないくらいだったが、食べないといけないことはわかっていた。小さな火を熾して、コーヒーポットをかけた。

ポットのお湯が沸いてくるあいだに、空壜を持って、高くなった場所の縁を越え、草地に下りていった。草地は露で濡れていた。太陽で草が乾く前に餌のバッタをつかまえたかった。いいバッタがたくさん見つかった。バッタたちは草の茎の根元にいた。時おり彼らは茎にしがみついて離れなかった。朝露で体が冷えて湿っていて、太陽で暖まるまでは跳べないのだ。ニックは中くらいの大きさの茶色いのだけをつまみ上げ、壜に入れた。丸太を一本ひっくり返すと、その縁が作る隠れ場所のすぐ下に、バッタが何百匹といた。バッタの下宿屋だ。ニックは中くらいの茶色いのを五十四匹ばかり壜に入れた。それらをつまみ上げているとほかのバッタたちが陽で暖まってぴょんぴょん跳ねて逃げはじめた。跳ねると彼らは空を飛んだ。はじめは一度飛んだだけで着陸すると、こわばった様子でそこにとどまり、何だか死んだみたいに見えた。

ニックが朝食を食べ終えるころには、彼らはすっかり活気づいている。草に朝露が降りていなかったら、いいバッタを壜一杯ぶんつかまえるのに丸一日かかるだろうし、帽子で叩いて取るからその多くを潰してしまうだろう。ニックは小川で手を洗った。川のそばに来たせいでわくわくしていた。それからテントに戻った。バッタたちはすでに草地をぎこちなく跳ねはじめていた。壜の中、太陽で暖まった彼らは一団となって跳ねていた。ニックはコルク栓代わりに松の枝を差した。これで十分口はふさぐからバッタは逃げないし、空気が通るすきまは十分あった。

丸太はまた転がして元に戻しておいたので、そこへ行けば毎朝バッタがとれる。

跳びはねるバッタで一杯の壜をニックは松の幹に立てかけた。それからソバ粉をすばやく水と混ぜた。一カップの粉と一カップの水を、滑らかにかき回した。ポットにひとつかみのコーヒーを入れて、缶から脂をひとかたまりすくって熱したフライパンの上に落とすとパチパチ弾けながら表面を滑っていった。煙を上げているフライパンの上にソバ粉のたねを滑らかに注いだ。たねが溶岩のように広がって、脂がパチパチ鋭く弾けた。パンケーキが縁から固まっていって、キツネ色に焦げてきて、やがてパリパリになった。表面はゆっくり泡立って穴だらけになっていった。キツネ色になった裏側の下に、剥がし立ての松の薄片を差し込んだ。フライパンを横に揺すると、ケーキの面が剥がれた。投げ上げてひっくり返すのはよそう、と思った。

清潔なその木片をケーキの一番奥まで差し入れて、裏返した。ケーキがパチパチと鳴った。

出来上がると、フライパンに脂を塗り直した。たねを全部使った。大きいパンケーキがもうひとつと、小さいのがひとつ出来た。

大きなパンケーキを一枚と、小さいのを一枚、アップルバターを一面に塗って食べた。三枚目にもアップルバターを塗り、四つに折り畳んで、油紙に包んでシャツのポケットに入れた。アップルバターの壜をリュックに戻して、サンドイッチ二つ分のパンを切った。

リュックの中から大きな玉ネギがひとつ出てきた。それを二つに切って、外側の絹のような皮を剝いた。片方をスライスして、オニオンサンドを作った。油紙で包んで、カーキシャツのもう一方のポケットにしまってボタンを閉めた。グリルの上のフライパンをひっくり返して、コンデンスミルクを入れたので甘味がついて黄色っぽい茶色になったコーヒーを飲み、キャンプを綺麗に片付けた。ここはいいキャンプだ。

ニックは革の釣竿ケースからフライロッドを出して、組み立て、ケースをテントに押し戻した。リールをつけて、糸をガイドに通した。通すときに、手から手に持ち替えながらやらないといけなかった。そうしないと、糸自体の重みで元に戻ってしまう。それは重たい、ダブルテーパーのフライラインだった。ずっと前に八ドルで買った糸だ。重くなっているのは、重さのないフライでも上手くキャストできるようにするためだった。しっかりうしろに伸びてから、低くまっすぐ重く前に飛んでいく。ニックはアルミ製の先糸箱（ハリス）を開けた。ハリスは湿ったフランネルの布の上でとぐろを巻いていた。セントイグナスまで行く列車で、水飲み器の水を使って布を濡らしておいたのだ。湿った布に触れて柔らかくなっているハリスの一本をニックは広げ、端に輪を作って重たいフライラインに結わえつけた。ハリスの端に釣針をつけた。それは小さな針だった。すごく細くて、弾力がある。

ニックはそれを釣針入れから出して、竿を膝の上に載せて座った。糸をピンと引っぱって結び目を確かめ竿の弾力を試した。いい感じだった。針で指を刺さないよう気をつけた。

川に下りていった。竿を手に持ち、バッタの壜は、壜の首に一重結びで縛った革紐で首から下げていた。玉網(たも)はベルトからフックでぶら下がっていた。一方の肩には口の両隅を縛って耳にした細長い小麦袋をしょっていた。長い耳の部分が肩に掛かっていた。袋が脚にぱたぱた当たった。

道具を何から何までぶら下げているのが、ニックには気恥ずかしくもあり、玄人気分が嬉しくもあった。バッタの壜が揺れて胸に当たった。シャツの胸ポケットは弁当と釣針入れで膨らんで胸を圧迫していた。

流れの中に足を踏み入れた。衝撃が走った。ズボンが脚にぴったり貼りついた。靴が砂利を感じた。水は上がってくる冷たい衝撃だった。

押し寄せてくる流れが脚にへばりついた。踏み込んだところの水は膝より深かった。流れにそって水の中を歩いていった。靴の下で砂利が滑った。それぞれの脚の下で渦巻く水をニックは見下ろし、バッタを一匹出そうと壜を傾けた。

一匹目は壜の首から飛び上がって水の中に落ちていった。バッタはニックの右足近くの渦に呑まれて沈み、少し下流で浮上した。脚をばたばたさせながら、急速に流れていった。すうっと輪を描いて、滑らかな水面を乱しながらバッタは消えた。鱒につかまったのだ。

もう一匹が壜から顔を出した。触角が揺れた。飛ぼうとして前脚を壜の外に出しかけていた。ニックはその頭をつかみ、押さえつけながらあごの下に細い針を刺し、胸を突き通して、腹の最後の節から針先を出した。バッタは両の前脚の先で釣針をつかみ、煙草のような汁を針の上に吐いた。ニックはバッタを水の中に入れた。

右手で竿を持って、水の流れにバッタが引かれるのに抗して糸を出していった。左手でリールから糸を全部出して、自由に伸ばしていった。流れの作る小さな波の中にバッタが見えた。やがて見えなくなった。

糸にあたりがあった。ピンと張った糸をニックは引っぱった。今日最初のあたりだった。いまや命を帯びた竿を流れと直角に据えて、左手で糸を引き込んだ。鱒が流れに逆らって上下に激しく動き、竿がぐいっぐいっと曲がった。小さい鱒だとニックにはわかった。竿をまっすぐ宙に持ち上げた。引きで竿が撓(しな)った。

水の中の鱒が、頭と体をぐいぐい動かして、流れの中で刻々角度の変わる糸に抗うのが見えた。

ニックは糸を左手に持って、流れに逆らって疲れた様子でじたばたしている鱒を水面に引っぱり上げた。鱒の背には澄んだ、砂利の上を流れる水のような色の斑があって、脇腹は陽を浴びてキラッと光った。竿を右腕の腋の下に抱えてニックは屈み込み、右手を流れに浸した。濡れた右手で、一瞬もじっとしていない鱒を押さえながら、釣針を口から外し、川に戻してやった。

流れの中で鱒はふらついていたが、やがて水底の一個の石のかたわらに落着いた。ニックは片手を伸ばして、肱まで水の中に入れて鱒に触れた。流れの強い中にあって鱒は動かず、石のかたわらで砂利の上に載っていた。ニックの指が触れると——その滑らかな、冷たい、水中独特の感触に触れると——鱒はいなくなった。水底に広がる影に包まれて、いなくなった。

大丈夫だな、とニックは思った。疲れているだけだ。鱒の体を包んでいる華奢な粘液を乱さないよう、触る前に手は濡らしておいた。乾いた手で触れられると、鱒は粘液が取れたところから白カビが生えてしまう。何年も昔、前でもうしろでもフライフィッシングをしている混んだ川で釣ったとき、ニックは何度も何度も死んだ鱒に行きあたった。白いカビが毛のように生えた体が流れてきて岩にぶつかったり、腹を上にして淵に浮かんでいたりした。ニックは他人がいる川で釣るのは好きでなかった。仲間ならいいが、でないと台なしにされてしまう。

膝の上まで流れを受け、ふらつきながら川を下っていった。川に渡した丸太の上流、五十メートル続く浅瀬を通っていく。針に餌をつけ直しはせず、針を手に持ったまま水の中を歩いていった。小さい鱒なら浅瀬で間違いなく釣れると思ったが、小さいのは要らない。この時間、浅瀬に大きな鱒はいるまい。

水が深くなって、刺すように冷たく太腿を上がってきた。前方の丸太の手前、水が滑らかにせき止められていた。滑らかで黒っぽい水で、左側は草地の下端、右側は湿地だった。

ニックは流れに逆らって上体をうしろにそらし、壜からバッタを一匹出した。針に通し、おまじないの唾をかけた。そしてリールから糸を何メートルか引き出して、前方の速い、黒っぽい水の上にバッタを投げた。バッタはプカプカと丸太の方に流れていったが、やがて糸の重みで水面下に引き込まれた。ニックは右手に竿を持って、指のあいだから糸が出ていくに任せた。

長い引きを感じた。ニックも引っぱると、竿が息づいて危険な状態となり、大きく折れ曲がって、糸がピンと張り、水から出てますます張っていき、重い、危険な、揺るがぬ引きを受けていた。もっと負荷が増えてハリスが切れる瞬間を予感して、ニックは糸を引く力を抜いた。

糸が一気に出ていくなか、リールがキキーッと機械的な悲鳴を上げた。速すぎる。どうにも抑えようはなかった。糸はすごい勢いで出ていき、リールの音はますます甲高くなって、やがて糸は全部出てしまった。

リールの芯があらわになり、興奮で心臓が止まった思いで、氷のように冷たく太腿をのぼってくる流れに逆らってニックは上体をうしろにそらし、左手の親指でリールを押さえつけた。フライリールの枠の中に親指を入れるのは、ぎこちないしぐさにならざるをえなかった。

指の圧力をかけていくと、糸が張っていき、いきなり一気に硬くなって、丸太の向こうで巨大な鱒が水から宙高く跳び上がった。それと同時にニックは竿の先を下げた。だが彼は、張りを緩めようと竿の先を落とすさなか、張りが強くなりすぎた瞬間を、硬さが限度を超えた瞬間を感じた。やっぱりハリスが切れたのだ。糸からいっさいの弾力が抜けて、滑らかさがなくなってしまう感触は間違いようがなかった。それから糸がたるんだ。

口は渇き、心は重く、ニックはリールを巻いた。こんなに大きな鱒は初めてだった。抑えようのない重さが、力が、そこにはあった。そして、跳ぶときのあの量感。鮭並みの胴回りだ。

ニックの手が震えた。ゆっくりリールを巻いていった。さっきの興奮はあまりに大きかった。何となく、気分が悪くなった気がした。座った方がよさそうだった。

ハリスは針を結わえつけたところで切れていた。ニックはそれを手にとってみた。水底のどこかにいる鱒のことを考えた。砂利の上、光のはるか下、丸太の下で、あごに針が刺さったまま鱒は不動を保っている。針についたハリスを、鱒の歯は噛みきるにちがいない。針はあごに定着するだろう。鱒はきっと怒っているはずだ。あんなに大きいものは何であれ怒っているに決まっている。ましてあれは鱒だったのだ。その鱒に、針はがっちりとかかった。岩のようにがっしりと。ニックだってはじめる前は、自分が岩のようにがっしりしている気分だった。まったく、本当に大きい奴だった。まったく、あんなに大きい鱒は聞いたこともない。

草地に上がっていった。立っているとズボンから水が流れ落ち、ゴボゴボ音を立てる靴からも水が出てきた。川の方に戻っていって、丸太の上に腰かけた。自分の気持ちを急かすつもりはなかった。

水の中、靴の中で足指をくねくね動かし、胸ポケットから煙草を一本出した。火を点けて、丸太の下の速い流れにマッチを投げ入れた。ちっぽけな鱒が一匹、速い水の中でぐるっと向きを変えてマッチめざしてのぼってきた。ニックは声を上げて笑った。まずは煙草を喫い終えよう。

丸太に座って煙草を喫いながら、陽にあたって体を乾かした。背中の陽が暖かかった。前方の浅瀬は森に入っていた。カーブを描いて浅瀬は森に入り、光がキラキラ輝き、水で滑らかになった大きな岩があり、岸辺にシーダーがありシラカバがあった。陽を浴びて丸太は暖かく、樹皮はないので座ると滑らかで、表面は灰色だった。失意が少しずつ去っていった。ゆっくりと、肩が疼くほどのスリルのあと一気に訪れた失意が消えていった。いまはこれでいい。竿は丸太の上に横たわっていた。ニックはハリスに新しい針を結わえつけ、固い結び目が出来るまできつく引っぱった。

針に餌をつけて、竿を手にとり、水が深すぎないところに入ろうと丸太の向こう端まで歩いていった。丸太の下と向こうには深い淵があった。湿地の岸近くの浅い砂州を回り込むようにして、浅い川床に着いた。

左側、草地が終わって森がはじまるあたり、ニレの大木が一本根こぎになっていた。嵐で倒され、森の方に向けて転がっていて、根には土の塊がこびりつき、そこに草が生えていて、川べりにしっかりした岸が出来上がっていた。川が大きく曲がって、根こぎにされた木の縁まで達していた。ニックが立ったところから、わだちのような深い溝がいくつも見えた。浅い川床に、水の流れが刻み込んだのだ。いま立っているところは小石が多く、その向こうも小石はあったがもっと大きい石も多かった。木の根近くでカーブしているあたりの川底は泥灰で、深い溝と溝のあいだでは、緑の草が流れに揺られていた。

ニックは竿をうしろに振り上げてから、キャストした。糸はカーブを描いて前に飛んでいき、バッタは草の揺れる深い溝の中に行きついた。鱒が食いついて、ニックも力を入れた。

根こぎになった木の方にニックは竿をぐっと引き、水を跳ね上げて流れの中を戻っていきながら、鱒を引き出していった。竿が息づいて折れ曲がるとともに、鱒を危険な草の中から広い川へと出していった。流れに抗して上下に息づく竿を握って、鱒を引き寄せていった。鱒は何度かぐいっと逃げたが、結局いつも引き寄せられ、竿も逃げる鱒に引かれて時には水中にまで大きく曲がったが、いずれ鱒はいつも引き寄せられた。ぐいぐい引かれながらもニックはじわじわ下流に進んでいった。竿を頭上に上げて鱒を網まで導いていき、すくい上げた。

網の中で鱒は重く垂れていた。網ごしに、鱒特有の斑がついた背中と、銀色の横腹が見えた。ニックは鱒から針を外した。重たい横腹、抱えたときのがっしりした手応え、大きな受け口のあご。肩から水中まで垂れている細長い袋に鱒を滑り込ませると、鱒は巨体を波打たせながら、流れるように中へ入っていった。

川の流れに向けて袋の口を広げると、水が一杯に入って重くなった。まだ底は流れに入っている程度まで袋を持ち上げると、側面から水があふれ出た。袋の中、底には大きな鱒がいて、水中で息づいていた。

ニックは下流に進んでいった。袋が目の前で水中に重く沈み、肩を引っぱった。

暑くなってきていた。うなじに当たる陽が熱かった。

これでいい鱒は一匹釣った。たくさん釣ることには興味がなかった。このへんは川が浅くて広い。どちらの岸にも木が生えている。左の岸に並ぶ木々は、昼前の太陽の下、流れの中に短い影を投げていた。影一つひとつの中に鱒がいることがニックにはわかった。午後になって、太陽が丘の方まで回っていくと、鱒たちは向こう岸の涼しい影の中に移るだろう。

一番大きい鱒たちは岸の近くに横たわっているだろう。ブラック・リバーだったらああいうあたりでかならず釣れた。陽が沈むと、みんな流れの中に出てくる。陽が沈む前、光で目もくらむほど水が眩しく光るとき、流れのどこでも大きな鱒がかかるものだ。でもその時間に釣るのは不可能に近かった。水面が陽を受けた鏡みたいに眩しくなるのだ。もちろん、上流に向かって釣っていくことはできるが、ブラックやここのような川では、強い流れに逆らって歩かないといけないし、深いところでは水がどっと押し寄せてくる。これだけ流れが強いと、上流に向かって釣ってもしんどいばかりだ。

浅瀬の続く川を進みながら、深い穴はないかと両岸に目を光らせた。ブナの木が一本、川のすぐそばに生えていて、枝が水の中まで垂れていた。川はその葉蔭に逆戻りするような具合に流れていた。こういうところにはかならず鱒がいる。

その穴で釣る気にはなれなかった。糸が枝に引っかかってしまうに決まっている。

でも深そうには見えた。さっきから持っているバッタを、流れで水中に引っぱられるよう、張り出している枝の下に垂らしてみた。糸が強く引かれて、ニックは力を入れた。鱒は半分水から出て、葉や枝の中でばたばたと暴れた。糸が引っかかった。ニックが強く引っぱると、鱒は外れて逃げた。ニックはリールを巻き、針を手に持って川を下っていった。

前方、左の岸辺近くに、大きな丸太が一個あった。中が空洞であることをニックは見てとった。川の前方を指している格好の丸太の中に、水はごく自然に流れ込んでいて、丸太の左右に小さなさざ波が生じているだけだった。水が深くなってきていた。空洞の丸太の上側は灰色で、濡れていなかった。一部は日蔭になっていた。

バッタの壜の蓋をニックが引き抜くと、一匹が蓋にしがみついた。ニックはそのバッタをむしりとって針を通し、投げた。水に浮かんだバッタが丸太に注ぎ込む流れに入っていくよう、竿をぐっと前に出した。竿を下ろすと、バッタが流れに乗った。強いあたりがあった。ニックは引きに抗って竿を振った。何だか自分自身が丸太の中に引きずり込まれたような気がしたが、生き生きした実感はあった。

鱒を流れの中に引き出そうとしてみた。重たかったが、出てきた。糸がたるんだので、逃げられたのだと思った。だが次の瞬間、すぐそば、流れの中に鱒が見えた。首を横に振って、何とか針を外そうとしていた。口はぎゅっと締まっていた。澄んだ水の流れの中で、鱒は針と戦っている。

左手で糸をたぐり寄せながら、ニックは竿を振って糸をぴんと張り、鱒を網の方に持っていこうとしたが、鱒はパッと姿を消し、糸だけが上下に揺れていた。ニックは鱒を流れに抗して暴れさせ、鱒が竿の弾力に抗して水の中でもがくままにさせていた。竿を左手に移して、鱒を上流に導いていき、竿に抗う重さに耐えつつ、やがて鱒を網の中に落とした。持ち上げて水の外に出すと、重い半円が網の中にあった。水がぽたぽた網から垂れていた。ニックは鱒から針を外し、袋の中に滑り込ませた。

袋の口を広げて、水の中で生きている二匹の大きな鱒を覗き込んだ。

深くなってきた水を渡って、空洞の丸太まで歩いていった。袋を肩から外して、頭上に持ち上げた。鱒たちは水から出るとともにパタパタ跳ねた。彼らが水中深くに入るよう袋を垂らした。それから丸太の上によじのぼって、腰かけた。水がズボンとブーツから川に流れ落ちた。竿を置いて、丸太の日蔭側の端に移動して、ポケットからサンドイッチを出した。冷たい水にサンドイッチを浸した。流れがパンくずを運び去った。ニックはサンドイッチを食べて、帽子に水を一杯入れた。飲もうとする直前に水は帽子の生地を通って流れ出た。

日陰で丸太に座っていると涼しかった。ニックは煙草を出して、火を点けようとマッチを擦った。マッチは灰色の木に食い込んで、小さな溝を作った。ニックは身を乗り出して丸太の側面を覗き込み、硬い場所を見つけてマッチを擦った。座って煙草を喫いながら川を眺めた。

前方の川は細くなって、湿地に入っていた。川は滑らかになり深くなり、湿地にはシーダーの木が鬱蒼と茂っていた。幹がたがいに寄りあって、枝もがっしりしていた。こういう湿地を歩いて抜けるのは不可能だろう。枝はすごく低く伸びている。少し動くのにも、ほぼ地面に伏せるようにしないといけない。枝を無理に押し分けて進めはしない。だから湿地に住んでる動物はみんなああいう形してるんだな、とニックは思った。

読むものを持ってくればよかったと思った。何か読みたい気分だった。いま湿地に進んでいく気はしなかった。ニックは川の下流の方を見た。大きなシーダーが一本、斜めに傾いて向こう岸まで伸びていた。その先で川は湿地に入っていた。

ニックはいまそこに入っていきたくなかった。腋の下まで水が深まってくる中を歩いていくことに嫌悪を感じた。あそこで大きな鱒を釣ったって、引き上げる場所だってあるかどうか。湿地の岸辺には何も生えておらず、頭上では何本もの大きなシーダーの枝が絡みあい、木漏れ日もところどころ注いでいるだけだった。深い早瀬の中、薄明かりの中で釣ったら悲惨だろう。湿地での釣りは悲惨な冒険だ。ニックはそんなものは望まなかった。今日はもうこれ以上川を下りたくなかった。

ナイフを出して、開き、丸太に突き刺した。それから袋を引き上げ、中に手を入れて一方の鱒を取り出した。尾鰭の近くの、押さえにくいところを持って、手の中で活気づいている鱒をニックは丸太に叩きつけた。鱒はぴくぴく震えて、硬直した。ニックは彼を丸太の上の日陰に置き、同じやり方でもう一方の鱒の首も折った。二匹並べて丸太の上に置いた。どちらも立派な鱒だった。

肛門からあごの先まで切れ目を入れて、二匹のはらわたを抜いた。内臓、鰓、舌がすべてひとかたまりになって出てきた。どちらも雄だった。細長い帯状の、灰色がかった白の精巣は滑らかで清潔だった。内臓は清潔で引き締まっていて、すべてひとつにまとまって出てきた。ミンクが見つけるようにと、臓物を岸に投げ捨てた。

川の水で鱒を洗った。水の中に戻してみると、生きている魚みたいに見えた。色もまだ消えていなかった。ニックは手を洗って、丸太の上で乾かした。それから、丸太の上に広げた袋に鱒たちを載せ、袋をぐるぐる巻いてその包みを縛って玉網に入れた。ナイフはまだ刃が丸太に突き刺さったまま立っていた。ニックは木の表面でそれを拭って、ポケットに入れた。

竿を手に、丸太の上に立って、玉網が重く垂れるなか、水中に足を踏み入れて、水を跳ね上げながら岸に上がった。岸辺をのぼって、森の中に分け入って、高くなった場所めざして進んでいった。キャンプに戻るつもりだった。ニックはうしろをふり返った。木々のすきまから川がかろうじて見えた。あの湿地で釣りができる日々は、今後まだいくらでもあるのだ。

最後の原野
The Last Good Country

「ニッキー」妹が言った。「ねえ聞いて、ニッキー」

「聞きたくないよ」

泉の底で、泡立つ水とともに砂が小さくほとばしり出てくるのを彼は眺めていた。泉のそばの砂利に刺したY字型の棒にブリキのコップが掛けてあり、ニック・アダムズはそれを見て、湧き出た水が道端の砂利の上を透明に流れていくのを見た。

ここからは道の左右が見渡せて、ニックは丘を見上げ、それから目を下に向け桟橋と湖を見て、湾の向こうの森深い岬と、その先に開けた、白い波頭が流れている湖を見た。背中は大きなシーダーの木に寄りかかっていて、その背後にはうっそうとシーダーの茂る湿地があった。妹は隣で苔の上に座り込んで、片腕を彼の肩に回していた。

「あんたが晩ご飯食べに帰ってくるの、あいつら待ってるよ」妹は言った。「二人いる。二人乗り馬車で来て、あんたがどこにいるか訊いたの」

「誰か教えたのか?」

「あんたがどこにいるか、あたししか知らないよ。たくさん釣ったの、ニッキー?」

「二十六匹」

「いいやつ?」

「ディナーにぴったりの大きさだよ」

「ねえニッキー、それ売るの、やめられないかなあ」

「一ポンド一ドルで買ってくれるんだぜ」ニック・アダムズは言った。

彼の妹は小麦色に陽焼けしていて焦げ茶色の目をしていて、焦げ茶色の髪は陽にさらされたせいで黄色い筋が混じっていた。彼女とニックは愛しあっていてほかの誰も愛していなかった。家族の残り全員を二人はいつもほかの人たちと考えていた。

「あいつら何もかも知ってるよ、ニッキー」妹は絶望したように言った。「あんたのこと見せしめにして、少年院に入れるって言ってた」

「証拠は一件しかないさ」ニックは妹に言った。「でもまあ、しばらくよそへ行ってるしかないな」

「あたしも行ける?」

「いや。ごめんな、リトレス。俺たち金いくらある?」

「十四ドル六十五セント。持ってきたよ」

「そいつらほかに何か言ったか?」

「ううん。あんたが戻ってくるまで帰らないって言っただけ」

「うちのお母さん、そいつらに飯食わせるの、うんざりするだろうな」

「もうお昼ご飯食べさせたよ」

「何してた?」

「ベランダでだらだら座ってるだけ。あんたのライフル出せってうちのお母さんに言ったんだけど、あたし、あいつらが柵に寄ってきたの見たとたん薪小屋に隠しといたから」

「お前、そいつらが来るのわかってたのか？」

「うん。あんたは？」

「まあな。あいつら、呪ってやりたいぜ」

「あたしの分まで呪ってよ」妹が言った。「あたしもう、一緒に行けるくらい大きいでしょ？ライフル隠したんだよ。お金持ってきたんだよ」

「来たら心配だからさ」ニック・アダムズは妹に言った。「だいたい俺、自分がどこに行くかもわかってないんだぞ」

「わかってるじゃない」

「二人になったら、向こうももっと真剣に探すさ。男と女じゃ目立つし」

「あたし男のふりして行くよ」妹は言った。「いつだって男の子になりたかったんだし。髪の毛切ったら誰にもわかんないよ」

「うん、それはそうだな」ニック・アダムズは言った。

「何かいい案考えようよ」妹は言った。「お願いニック、お願い。あたしいろんなことで役に立てるし、あんたあたしがいないと淋しいよ。そうじゃない？」

「お前を置いてよそへ行くって、いま思っただけで淋しいよ」

「でしょ？　それにあたしたち何年も離ればなれになっちゃうかもよ。わかったもんじゃないでしょ？　連れてってよニッキー。お願い、連れてって」。妹は彼にキスして、両腕でしがみついてきた。ニック・アダムズは妹を見て、きちんと考えようとした。それは困難だった。でもそうしないといけなかった。

「お前を連れていっちゃいけないんだ。だけどそもそも、こんなことといっさいしちゃいけなかったんだよな」彼は言った。「連れてくよ。でもまあ、二日くらいだぞ」

「それでいいよ」妹は言った。「あんたがあたしに用なくなったらすぐ家に帰るから。とにかく邪魔になったり厄介になったり、お金かかったりしたらすぐ帰る」

「きちんと考えよう」ニック・アダムズは妹に言った。道路を左右に見渡して、午後の高い大きな雲が流れる空を見上げ、岬の向こうに広がる湖の白波を見やった。

「森を抜けて、岬の向こうのホテルまで行って、あの人に鱒を買ってもらう」彼は妹に言った。「今夜のディナー用にって注文されたんだ。この時期は鶏のディナーより鱒の方が人気あるんだよ。なぜかは知らない。鱒はいい感じだよ。もうはらわたを抜いてチーズクロスにくるんであるから、冷えて新鮮なまま持つ。密漁監視官相手にちょっと厄介なことになって探しにこられたりしたからしばらくここを出るってあの人には言う。頼んで小さいフライパンと塩とコショウとベーコンとショートニングとひき割り粉を分けてもらう。全部入れられる袋ももらって、干しアプリコットとプルーンと紅茶とマッチをたくさんと鉈（なた）を確保する。でも毛布は一枚が限度だな。あの人は助けてくれるはずさ、鱒を買うのも売るのと同じくらい罪なんだから」

「あたしも毛布持ってこれるよ」妹は言った。「ライフルくるんで来て、あとあんたの鹿革靴とあたしのモカシンも持ってきてあたしは違うオーバーオールとシャツに着替えてこれはどこかに隠していってまだ着てるんだってみんなに思わせて、あと石鹼と櫛とハサミと裁縫道具と『ローナ・ドゥーン』と『スイスファミリー・ロビンソン』持ってくる」

「二十二口径の弾、見つかるだけ持ってこいよ」ニック・アダムズは言った。それから口早に、「こっちに下がれ。隠れろ」と言った。バギーが道を下ってくるのが見えたのだ。

シーダーの林の蔭で、二人は弾力のある苔にべったり伏せ、顔を下にして、馬たちのひづめが砂を打つ柔らかな響きと、車輪が立てる小さな音を聞いた。バギーの二人はどちらも喋らなかったが、彼らが通り過ぎていくのがニックには臭いでわかったし、汗をかいた馬たちの臭いもわかった。彼らが桟橋の方へすっかり離れてしまうまでニックも汗をかいていた。二人が水を飲もうと泉で立ちどまったら大変だと思ったのだ。

「あの二人か、リトレス？」ニックは訊いた。

「うん」妹は言った。

「這ってこっちへ戻ってこい」ニック・アダムズは言った。そして自分も這って湿地に戻っていって、魚の入った袋を引っぱった。湿地はこのあたりでは苔むしていてぬかるんでいなかった。それからニックは立ち上がって、袋を一本のシーダーの幹の陰に隠して、もっと奥に入るよう妹に合図した。二人でシーダーの湿地に、鹿みたいに静かに入っていった。

「一人は知ってる」ニック・アダムズは言った。「ろくでもない奴だ」

「あんたのこと四年追いかけてるって言ってた」

「知ってる」

「もう一人の、嚙み煙草顔の青い上着の大男の方、あいつ州の南から来たんだよ」

「よし」ニックは言った。「これで奴らの顔も見たし、俺はもう行った方がいい。お前、ちゃんと帰れるか？」

「大丈夫。丘のてっぺんまで近道して行って、道路に出ないようにするから。今夜どこで待ちあわせる、ニック？」

「お前やっぱり来ない方がいいよ、リトレス」

「行くしかないんだよ。どうなってるか、あんたわかってないんだよ。あたしたちのお母さんには置き手紙していって、あんたと一緒に行く、あんたがしっかり守ってくれるって書くよ」

「よし」ニック・アダムズは言った。「大きなツガの木が稲妻に打たれたところで待ってる。倒れてるやつだよ。入江からまっすぐ上がったところ。どれだかわかるか？　道路に出る近道の途中の」

「それって家のすごいそばじゃない」

「お前にあんまり長く荷物運ばせたくないからさ」

「あんたの言うとおりにするよ。でも危ないことしないでよ、ニッキー」

「いまライフルがあったら、林の外れまで降りてってあの野郎たち栈橋でぶっ殺して古い製材所から鉄の塊持ってきて死体に巻きつけて川底に沈めてやりたい」

「で、それからどうするの？」妹は訊いた。「あいつら誰かに言われて来たんでしょ」

「一人目の野郎は誰にも言われてないさ」

「でもあんたへラジカ殺して鱒売って、あいつらがあんたのボートから取ったやつも殺したんでしょ」

「あれを殺したのはいいのさ」

あれが何なのかニックは口にしたくなかった。それが唯一握られた証拠だったからだ。

「わかってる。でもあんた人を殺したりしないよね、あたしもそのために一緒に行くんだよ」

「その話はよそう。でもあの野郎たち二人はぶっ殺してやりたい」

「わかってる」妹は言った。「あたしもそうだよ。でもあたしたち人殺したりしないよね、ニッキー。約束してくれる？」

「いいや。よくわからなくなってきたな、あの人のところへ鱒持ってくのが安全か」

「あたしが持ってくよ」

「いや。重すぎる。俺が湿地を抜けて、ホテルの裏の森に持っていく。お前はまっすぐホテルに行って、あの人がちゃんといて何か変なことになってないか確かめてくれ。もし何かあったら、俺は大きなシナノキのあたりにいる」

「湿地からじゃ遠いよ、ニッキー」

「少年院から戻ってくるのも遠いさ」

「あたしも一緒に湿地を通っていけない？　それであんたは外で待っててあたしが中に入ってあの人の様子見て、それから裏に戻って一緒に運び込めれば」

「わかった」ニックは言った。「でもほんとはさっきのやり方のほうがいいんだけどな」

「どうして、ニッキー？」

「うまくすれば奴らが道路にいるところをお前が見て、そしたら奴らがどこへ行ったか教えてもらえるからさ。それじゃ、ホテルの裏の再生林の、大きなシナノキのところにいるから」

再生林で一時間以上待ったが妹はまだ来なかった。やっと来た彼女は興奮していて、疲れているのがニックにはわかった。

「あいつらうちにいるよ」妹は言った。「ベランダに座ってウィスキーにジンジャーエール入れて飲んでて、馬の綱も解いて小屋に入れた。あんたが帰ってくるまで待つって言ってる。あんたは支流（クリーク）へ釣りに行ったってうちのお母さんが言っちゃったの。言うつもりじゃなかったんだと思うけど。なかったと思いたい」

「ミセス・パッカードは？」

「ホテルのキッチンにいた。あんたのこと見かけたかって訊かれたからいいえって言っといた。

あんたが今夜の魚を持ってくるのを待ってるんだって言ってたよ。心配してた。持ってってあげるのがいいと思う」

「よし」ニックは言った。「まだしっかり新鮮だよ。シダの葉に包み直したんだ」

「あたしも行っていい？」

「いいとも」ニックは言った。

ホテルは細長い木造の建物で、湖に面したポーチがあった。幅の広い木の階段が、ずっと向こうの水辺まで伸びている桟橋につながっていて、階段の両脇には白木のシーダーの手すりがあって、ポーチにも白木のシーダーの手すりがあった。ポーチには白木のシーダーで出来た椅子が並び、そこに白い服を着た中年の人々が座っていた。芝生には泉の水が泡を立てて噴き出ているパイプが三本据えてあって、それぞれに通じる小径(こみち)が作ってあった。鉱泉なので水は腐った卵みたいな味がし、ニックと妹はそれを修行と思って飲んだものだった。そしていま、ホテルの裏手の、キッチンの方に向かって、かたわらの湖に注ぐ小川に渡した板の橋を二人は渡り、キッチンの裏口にそっと入り込んだ。

「洗ってアイスボックスに入れてちょうだい、ニッキー」ミセス・パッカードは言った。「あとで重さ量るから」

「ミセス・パッカード」ニックは言った。「ちょっとお話ししていいですか？」

「さっさと言いなさい。あたしが忙しいの、見ればわかるでしょ？」

「お金、いまいただければ」

ミセス・パッカードはギンガムのエプロンを着けた、端正な顔立ちの女性だった。顔の色つやも美しく、いまはとても忙しくて、使用人たちも居合わせていた。

「まさか鱒を売るってことじゃないわよね。それって違法なのよ、知らない？」

「知ってます」ニックは言った。「魚はプレゼントに持ってきたんです。前に薪を割って縛った仕事のお金のことです」

「取ってくるわ」ミセス・パッカードは言った。「離れに行かないと」

ニックと妹は彼女について外に出た。キッチンから氷貯蔵庫に通じる板張りの道で彼女は立ちどまり、両手をエプロンのポケットに入れて札入れを取り出した。

「あんた、ここから出なさい」彼女は口早に優しい声で言った。「さっさと出るのよ。いくら要るの？」

「十六ドル持ってます」ニックは言った。

「二十ドル持っていきなさい。で、その子を巻き込んじゃ駄目よ。うちへ帰らせて、あんたがちゃんと遠くへ行くまであいつらのこと見張らせなさい」

「あいつらのこと、いつ聞きました？」

彼女はニックを見て、首を横に振った。

「買うのも売るのと同じくらい罪が重いか、もっと重いくらいなのよ」ミセス・パッカードは言った。「ほとぼりが冷めるまでよそにいるのよ。ニッキー、誰が何と言おうとあんたはいい子よ。もし困ったことになったらうちの亭主のところに行きなさい。何か要るものがあったら夜にここへ来なさい。あたし眠りは浅いから。窓をこんこん叩けばいいからね」

「ミセス・パッカード、鱒、今夜はお客に出しませんよね？　今夜のディナーには出しませんよね？」

「出さないわ」彼女は言った。「でも無駄にしたりもしないわよ。うちの亭主は半ダース食べられるし、ほかにもそれくらい食べられる連中知ってるわ。気をつけるのよニッキー、騒ぎが収まるまで大人しくしてるのよ。隠れてるのよ」

「リトレスが一緒に来たいって言うんです」

「絶対連れてっちゃ駄目」ミセス・パッカードは言った。「今夜来なさい、いろいろ用意しといてあげるから」

「フライパンひとつ、貸してもらえます？」

「要るもの揃えとくわ。何が要るかはうちの亭主がわかる。トラブルの元だから、お金はこれ以上渡さないからね」

「ミスタ・パッカードにお会いして、いくつか持っていきたい物のこと相談したいんですが」

「要るものは何でも揃えてくれるわよ。でも店の近くに行っちゃ駄目よ、ニック」

「リトレスにことづけを持っていかせます」

「何か要るものがあったらいつでも」ミセス・パッカードは言った。「心配ないわ。うちの亭主がちゃんと考えてくれるわよ」

「さよなら、ハリーおばさん」

「さよなら」彼女は言ってニックにキスした。キスしてくれた彼女は素敵な匂いがした。パンを焼いているときのここのキッチンの匂いだ。ミセス・パッカードは自分のキッチンみたいな匂いがして、そのキッチンはいつもいい匂いなのだ。

「心配ないわ、悪いことしちゃ駄目よ」

「僕、大丈夫です」

「そうよね」彼女は言った。「それにうちの亭主が何か考え出してくれるわ」

いま二人は、家の裏山の、大きなツガの木立にいた。もう夕方で、太陽は湖の対岸の丘の向こうに沈んでいた。

「全部見つかったよ」妹が言った。「けっこう大荷物になるよ、ニッキー」

「わかってる。あいつら何してる？」

「たらふく夕ご飯食べて、いまはベランダに座ってお酒飲んでる。自分がどれだけ頭がいいか自慢話やりあってる」

「いままでのところあんまり頭いいとは言えないな」

「あんたを飢えさせて参らせるつもりなんだよ」妹は言った。「森に二晩もいれば帰ってくるだろうって。空きっ腹でアビの鳴き声二度も聞いたら帰ってくるだろうって」

「うちのお母さん、夕ご飯に何出した？」

「ひどかったよ」妹は言った。

「よしよし」

「リストにあったもの、全部場所わかったよ。うちのお母さん頭痛でもう寝ちゃった。うちのお父さんに手紙書いてた」

「中身、見たか？」

「ううん。明日店で買う物のリストと一緒にお母さんの部屋にある。明日の朝、何もかもなくなってるとわかったら新しいリスト作る破目になるね」

「奴らどれくらい酒飲んでる？」

「もうほぼ一本空けたと思う」

「ノックアウト・ドロップス〔※飲み物にこっそり入れる眠り薬〕入れられたらなあ」

「やり方教えてくれたら、あたしやれるよ。壜に入れるの？」

「いや。グラスに入れるんだ。でもないんだよ、ノックアウト・ドロップス」

「薬棚にないかな？」

「いや」

「壜に鎮痛剤なら入れられるよ。あいつらもう一本持ってきてるから。じゃなきゃカロメル〔※下剤、殺菌剤に使う〕とか。それならどっちもうちにあるよね」

「いや」ニックは言った。「奴らが眠ったら、二本目の中身を半分くらい持ってきてくれないか。使い古しの薬壜に入れてきてくれれば」

「帰って見張らないと」妹は言った。「ああ、ノックアウト・ドロップスあったらなあ。そんなの聞いたこともなかった」

「本当にドロップスじゃないんだ」ニックは妹に言った。「抱水クロラールだよ。娼婦が木こりから金を盗もうと思ったときに、酒に盛るんだ」

「けっこう悪そうだねえ」妹は言った。「でも万一の時に備えて、あたしたちも少し持ってた方がいいかも」

「キスさせてくれよ」兄は言った。「万一の時に備えて。家に戻って、奴らが酒飲んでるところ見張ろうぜ。奴らがうちに居座って話してるところ聞きたいんだ」

「約束してくれる、カッとなってひどいことしたりしないって?」

「ああ、するよ」

「馬にもよ。馬のせいじゃないんだから」

「馬にもしない」

「ノックアウト・ドロップスあったらなあ」妹は律儀な口調で言った。

「ま、ないからさ」ニックは妹に言った。「ボインシティまで行かないとないんじゃないかな」

二人は薪小屋に隠れて、ベランダのテーブルをはさんで座っている男二人を眺めた。月はまだのぼっていなくてあたりは暗かったが、男たちの輪郭はうしろで湖が作り出すほのかな光を背景に浮かび上がっていた。いまは二人とも喋っておらず、テーブルに寄りかかっていた。やがてニックは、氷がかちんとバケツに当たる音を聞いた。

「ジンジャーエールが切れた」男の一人が言った。

「言っただろ、持たないって」もう一人が言った。「なのにお前ときたらこれで十分だなんて言ったんだ」

「水持ってくればいい。台所に桶とひしゃくがある」

「俺はもう十分飲んだ。そろそろ寝る」

「起きて小僧を待たないんですか？」

「いいや。少し睡眠をとる。お前は起きてろよ」

「小僧、今夜帰ってくると思います？」

「どうかな。俺は少し睡眠をとる。お前が眠くなったら起こせよ」

「俺は一晩中起きてられますよ」地元の監視官が言った。「いままで何べんも、鹿の密猟者を待って一晩中起きてたから。一睡もしなかったですよ」

「俺もさ」州南部から来た男は言った。「でもいまは少し睡眠をとる」

男が家の中に入るのをニックと妹は見守った。居間の隣の寝室を使っていい、と彼らは二人の母親から言われていた。男がマッチを擦(す)るのをニックと妹は見た。それからまた窓が暗くなった。テーブルに残った監視官の方を二人が見守っていると、やがてこっちも頭を両腕に載せた。じきにいびきの音が聞こえてきた。

「ほんとにぐっすり眠ってるか、もう少し様子見よう。それから物を揃える」ニックは言った。

「あんたは柵の外に行きなよ」妹は言った。「あたしはうろうろしてたって構わないんだから。あいつが目を覚ましてあんたのこと見たらまずいよ」

「わかった」ニックも同意した。「ここからいろんな物を出す。たいがいの物はここにあるものな」

「明かりがなくても探せる？」

「大丈夫。ライフルはどこだ？」

「奥の上側の垂木(たるき)に、横に寝かせてある。足滑らしたり薪落としたりしないようにね」

「心配するなって」

妹は柵の奥の方の、去年の夏に稲妻に打たれて秋の嵐で倒れた大きなツガの向こうでニックが荷造りをしているところへやって来た。月は遠くの丘の向こうに上がりかけたところで、木々を通してでも月光は十分注ぎ、まとめている荷物をはっきり見ることができた。彼女は運んできた袋を下ろし、「二人とも豚みたいに眠ってるよ、ニッキー」と言った。

「よしよし」

「州の南から来た方も、外の奴とおんなじにいびきかいてた。これで全部揃ってると思う」

「よしよしリトレス、ありがとう」

「うちのお母さんに置き手紙してきたよ、あんたをトラブルから遠ざけるためにあたしも一緒に行く、誰にも言わないでほしい、あんたがあたしのことしっかり守ってくれるからって。ドアの下のすきまから入れといた。鍵かかってたから」

「えっ、そこまでしたのかよ」ニックは言った。それから、「ごめん、リトレス」と言った。

「だってあんたのせいじゃないし、あたしが何やったってこれ以上ひどくならないよ」

「お前って奴は」

「ねえ、あたしたち楽しくやれない？」

「やれる」

「ウィスキー持ってきたよ」彼女はわくわくした様子で言った。「壜にもある程度残してきた。二人とも絶対疑うよね、相棒が飲んじゃったんじゃないかって。まあでももう一本あるし」

「自分用の毛布、持ってきたか？」

「もちろん」

「もう出発した方がいいな」

「あたしが思ってるところに行くんだったら、あたしたち絶対大丈夫だよ。あたしの毛布のせいで荷物大きくなっちゃってるよね。ライフルはあたしが持つ」

「わかった。靴はどんなのはいてる？」

「作業用のモカシン」

「本は何持ってきた？」

「『ローナ・ドゥーン』と『誘拐されて』と『嵐が丘』」

「『誘拐されて』以外はお前には大人すぎるぞ」

「『ローナ・ドゥーン』はそんなことないよ」

「朗読しような」ニックは言った。「その方が長持ちするから。でもさリトレス、お前が入って話はちょっと厄介になったからさっさと出かけた方がいい。あいつら見かけほど馬鹿じゃないはずさ。いまは酒飲んでるからじゃないかな」

ニックはもう荷物を丸めて、ストラップも締め終え、座り込んでモカシンをはいた。片腕を妹の体に回した。「お前、ほんとに行きたいのか？」

「行くしかないよ、ニッキー。いまさら弱気になってぐずぐずしないでよ。あたし、置き手紙してきたんだから」

「わかった」ニックは言った。「行こう。疲れるまでライフル持ってくれていい」

「あたしもう支度できてるよ」妹は言った。「荷物、背中に縛るの手伝ってあげる」

「わかってるか、全然眠ってないのに、長いあいだ歩かなきゃいけないってこと？」

「わかってる。テーブルで眠ってる奴、俺は全然眠らなくてもとか威張ってたけど、あたしほんとにそうなんだよ」

「前はあいつもそうだったのかもな」ニックは言った。「でも肝腎なのは、足をいい具合に保っておくことだ。そのモカシン、擦れたりしないか？」

「ううん。それにあたしの足、夏じゅうずっと裸足でいたから頑丈だよ」

「俺のも丈夫さ」ニックは言った。「さあ、行こう」

軟らかいツガの針葉の上を二人は歩きはじめた。木々は高く、木と木のあいだには下生えもなかった。丘を上がっていって、木々のすきまから月の光が漏れてきて、すごく大きな荷物を背負ったニックと二十二口径ライフルを持った妹の姿を照らし出した。丘のてっぺんまで来てうしろを向くと、月光を浴びた湖が見えた。夜は十分晴れていて、暗い岬も見えたし、その先には向こう岸の高い丘の連なりがあった。

「この眺めともお別れかもな」ニック・アダムズは言った。

「さよなら、湖」リトレスが言った。「あんたのことも愛してるよ」

丘を下って、細長い野原を越え、果樹園を抜け、それから柵を抜けて、切株の並ぶ野原に出た。野原を通り抜けながら右を見ると畜殺場が見え、凹地に大きな納屋があって、湖を見下ろすもう一つの高台には丸太造りの古い農家があった。ポプラの作る、湖まで伸びた長い道に月光が注いでいた。

「足痛くないか、リトレス？」ニックが訊いた。

「大丈夫」妹が言った。

「こっちの道を来たのは犬たちのこと考えたからさ」ニックは言った。「俺たちだとわかったとたん犬たちは黙る。でもその前に吠えるのを誰かに聞かれるかもしれない」

「そうよね」妹が言った。「で、吠えてた犬たちが黙ったとたん、あたしたちだってわかっちゃう」

目の前に、道路の向こうにそびえる山々の暗い線が見えた。穀物を刈りとった畑の終わりまで来て、肉類貯蔵小屋（スプリングハウス）〔※泉や小川にまたがって建ててある〕に向かって流れている小さな凹んだクリークを渡った。それから、また切株の並ぶ畑のなだらかな盛り上がりを越えると、また柵があって、その向こう側は再生林の立木がうしろにどっしり控えた砂っぽい道路があった。

「待ってろよ、俺が先にのぼって引っぱってやるから」ニックは言った。「道路を見たいんだ」

柵のてっぺんから、あたりの土地がうねっているのが見えて、自分たちの家のそばの黒っぽい林と、月光を浴びた明るい湖が見えた。それからニックは道路の方を見た。

「いままで来た道はたどれないはずだし、この深い砂の足跡も気づかれないと思う」ニックは妹に言った。「草とかですごく足が擦れたりしないかぎり、道の両端を行くのがいい」

「ねえニッキー、はっきり言ってあの人たち、足跡をたどるだけの知恵なんかないと思う。いまでだって、あんたが帰ってくるのただ待ってるだけで、夕ご飯の前からもうほとんど酔っ払って、あともずっと酔ったままで」

「あいつら、桟橋まで来たんだぞ」ニックは言った。「で、俺は桟橋にいたんだ。お前が知らせてくれなかったらつかまってたさ」

「息子は釣りに行ったかもしれませんってうちのお母さんに言われたんだから、あんたがクリークにいるだろうって推理するのに知恵も何も要らないよ。あたしがいなくなってから、ボートが全部残ってることとあの人たちも見てわかっただろうから、じゃあクリークで釣ってるのかなって誰だって思うよ。あんたがたいてい製粉所とリンゴ酢製造所の下流で釣りするってことはみんな知ってるもの。あいつら、そこまで思いつくのにのろかっただけだよ」

「そうだな」ニックは言った。「でもあのときは間一髪だった」

柵の向こうから、床尾を前にしてライフルをニックに渡したあと、妹は柵のすきまから体をもぐり込ませた。彼女がニックと並んで道路に立つと、ニックはその頭に手を置いて髪を撫でた。

「すごく疲れたかい、リトレス？」

「ううん。大丈夫。あまりにも幸せで、疲れるなんてありえない」

「疲れて休みたくなるまで、道の砂っぽい、馬が砂に穴を開けてったところを歩けよ。柔らかくて乾いてるから足跡も残らないし。俺は端っこの硬いところを歩く」

「あたしも端っこ歩けるよ」

「いや。擦り傷とか作ってほしくないから」

定期的に小さな下りもある上り坂を、二つの湖を隔てる土地の頂に向けて彼らはのぼっていった。道の両側には再生林のどっしりした樹木が密集し、道端から樹木まではブラックベリーとラズベリーの茂みが生えていた。前の方には二つそれぞれの丘の頂が、林に入れた切り込みのように見えた。月はもうだいぶ下っていた。

「気分はどうだ、リトレス？」ニックは妹に訊いた。

「すごくいい気分だよニッキー、家出するといつもこんないい気分なの？」

「いや。たいていは淋しい」

「いままでどれくらい淋しかったことある？」

「すごく暗くて淋しかった。最悪だった」

「あたしといても淋しくなると思う？」

「いや」

「トルーディのところに行くんじゃなくてあたしといること、嫌じゃない？」

「どうしていつもトルーディのこと言うんだ？」

「言ってないよ。あんたが自分でトルーディのこと考えてて、あたしに言われた気がしてるんじゃないの」

「お前、賢すぎるぞ」ニックは言った。「あいつのことを考えたのは、あいつがどこにいるかお前に知らされたからさ。どこにいるかわかると、何してるのかとかいろいろ考えちゃうんだ」

「あたし、来ない方がよかったね」

「言っただろ、来ない方がいいって」

「ああ、やだやだ」妹が言った。「あたしたちもほかの人たちみたいに喧嘩するの？　あたしもう帰る。連れてってくれなくていいよ」

「黙れ」ニックは言った。

「そんな言い方しないで、ニッキー。帰るも帰らないもあんたの望みどおりにする。帰れって言われたらいつでも帰るよ。でもあたし、喧嘩はしない。あたしたちもう、いろんな家族の喧嘩さんざん見てきたでしょ？」

「うん」ニックは言った。

「無理言って連れてきてもらったことはわかってる。でもあたし、そのせいであんたが厄介なことにならないようにちゃんとやることやったんだよ。それにあたしがいたから、あんたもあいつらにつかまらずに済んだでしょ」

二人はすでに土地の頂に達し、そこからまた湖が見えたが、ここからだと狭くて、ほとんど大きな川みたいだった。

「ここの山道を抜けていく」ニックは言った。「それからあそこの、古い林道に出る。帰りたいんだったらいまだぞ」

彼は荷物を降ろして、いま来た林の方に置き、妹がそこにライフルを立てかけた。

「座れよ、リトレス、少し休めよ」ニックは言った。「俺たち二人とも疲れてるから」

ニックは荷物を枕にして横になり、妹は隣に横になって頭を彼の肩に載せた。

「ニッキー、あたしあんたに帰れって言われなけりゃ帰らないよ」彼女は言った。「喧嘩はしたくないだけ。約束してくれる、あたしたち喧嘩しないって？」

「約束する」

「あたし、トルーディの話しない」

「トルーディなんか知ったこっちゃないさ」

「あたし役に立つ、いい相棒になりたい」

「もうなってるさ。お前、気にしないでくれるよな、俺が落着かなくなって、そういう気持ちを淋しさとごっちゃにしても？」

「しない。あたしたちおたがいのことしっかり気にかけて、愉快に暮らすんだよ。あたしたち楽しくやってけるよ」

「わかった。じゃいまからはじめよう」

「あたしもうずっと楽しいよ」

「これからけっこうきつい道がひとつあって、それからほんとにきついのがあって、それで着く。出発するのは明るくなってからでもいいな。少し眠れよ、リトレス。寒くないか?」

「大丈夫、ニッキー。セーターあるから」

彼女はニックのかたわらで丸まって、眠った。じきにニックも眠っていた。二時間眠って、朝の光で目が覚めた。


ぐるっと大回りして再生林を抜けていき、やがて二人は材木運搬用の古い林道に出た。

「本道から入って足跡を残すわけに行かないからな」ニックは妹に言った。

古い道はびっしり草木が生えていて、枝にぶつからないようニックは何度も屈まないといけなかった。

「トンネルみたいだね」妹は言った。

「しばらくしたら開(ひら)けるよ」

「あたし、ここに来たことある?」

「いや。いままでお前を猟に連れてった場所より、ここはずっと上だ」

「ここから秘密の場所に出るの?」

「いや、リトレス。その前に切り枝がいっぱい散らばった、ひどい伐採跡をけっこう長く通らないといけない。これから行くところには誰も入ってこない」

二人は道を進んでいき、それからもっとびっしり茂った別の道を歩いた。やがて開けた場所に出た。ヤナギランが生えていて、藪があって、伐採キャンプの古いキャビンが並んでいた。どのキャビンもすごく古く、いくつかは屋根が落ちてしまっていた。けれど道端に泉があって、二人ともその水を飲んだ。陽はまだ出ていなくて、一晩歩いたあとの朝早く、二人とも虚ろで空っぽな気分だった。

「この先はずっと、前はツガの林だった」ニックは言った。「樹皮を取るためだけに伐って、丸太は使わなかったんだ」

「でも道はここからどうなるの？」

「まず一番奥から伐りはじめて、引きずって運べるように樹皮を道の端に積んでいったんだと思う。そうやってこの道の手前まで伐っていって、ここに樹皮をまとめて、引き揚げたんだ」

「この伐採跡の向こうに、秘密の場所があるの？」

「うん。ここを通り抜けて、また少し道路があって、また伐採跡があって、それで処女林に出る」

「これみんな伐っておいて、どうしてそこは手をつけなかったの？」

「さあなあ。売る気のない人間が持ち主だったんじゃないかな。端っこの方からはけっこうみんな盗んでいって、伐採料を払わされた。でもいいのはまだ手つかずに残ってるし、そこに入っていける道路もない」

「だけど、クリークを通っていけるんじゃないの？　クリークはどこかから流れてきてるわけでしょ？」

厄介な伐採跡を行きはじめる前に、二人は一休みしていて、ニックが説明を試みた。

「いいかいリトレス、あのクリークはさっき通ってきた本道を横切って、農場主の土地に入っていく。そこは牧草地にするために柵で囲ってあって、釣りに来た連中は片っ端から追い払われる。だからみんな、奴の敷地にかかった橋から先へは行けない。そいつの家の向こう側から牧草地をつっ切ってもクリークに出るんだけど、そのあたりに雄牛が一頭放し飼いにしてある。すごく獰猛な牛で、人を見かけたら誰彼構わず追っ払う。あんなに獰猛な牛は見たことない。いつもずっとそこにいて、いつも獰猛で、人が来ないか目を光らせてるんだ。で、その牛の先で農場主の土地が終わると、今度は穴だらけのシーダーの湿地があって、知ってる人間以外は通れない。知ってたってものすごく危ない。その下に秘密の場所があるんだよ。俺たちは丘を越えて、まあ裏口から入ってくわけさ。そうして秘密の場所の下は、本物の沼になってる。とても通りぬけられない沼だよ。さあ、そろそろひどい道に向けて出発するぞ」

ひどい道も、それよりもっとひどい道ももう過ぎていた。ここへ来るまでに、ニックは自分の頭より高い丸太や、腰まである丸太をいくつもよじのぼって越えていた。ライフルを丸太の上に載せ、妹を引っぱり上げて、妹が先に向こう側に滑り降りるか、ニックが降りてライフルを受けとって妹が降りるのに手を貸すかした。細かい枝が山になったところを乗り越えたり迂回したりして進み、伐採跡の道は暑く、ブタクサやヤナギランの花粉が妹の髪に降って彼女はくしゃみをした。

「この伐採跡、もううんざり」彼女はニックに言った。二人で大きな丸太に座って休んでいる最中だった。彼らは樹皮を剝いだ跡が輪になって残るあたりに座っていた。腐りかけた灰色の丸太の中で輪も灰色で、周りにもそこらじゅう、長い灰色の幹や灰色の大小の枝があって、色あざやかな役立たずの実が育っていた。

「ここが最後だ」ニックは言った。

「これって嫌い」妹は言った。「ここって雑草まで、誰も世話しない林の墓地に咲いてる花みたい」

「わかったろう、俺が暗いうちにここへ来たがらなかったわけが」

「来れるわけないよね」

「ああ。そしてここなら誰も追いかけてこない。ここからはいい感じになる」

伐採跡の暑い陽ざしから、大木の作る日蔭へと二人は入っていった。伐採跡は尾根のてっぺんまで続き、さらにそれを越えたところまで伸びていたが、それが終わって今度は森がはじまった。ここからは足下も茶色い地面で、弾力があってひんやり涼しかった。下生えもなく、木の幹は二十メートル近く上まで一本の枝もなかった。木蔭は涼しく、そよいできた風の音がずっと上の梢からニックの耳まで届いた。歩いていても陽ざしはまったく入ってこなかったし、正午近くまでは梢からも陽ざしが注がないことをニックは知っていた。妹が彼と手をつないできて、すぐそばを歩いた。

「あたし怖くないよ、ニッキー。でもなんだかすごく不思議な気持ち」

「俺もだよ」ニックは言った。「いつもさ」

「こんな森、初めてだよ」

「このへんで残ってる処女林はここだけなのさ」

「これ、すごく長く通ってくの？」

「かなり」

「一人だったら怖いだろうな」

「俺も不思議な気持ちになるよ。でも怖くはない」

「あたしが先にそう言ったんだよ」

「わかってる。もしかして、二人ともそう言うのは怖いからかな」

「違うよ。あたしはあんたといるから怖くないんだよ。でも一人だったら怖いってわかる。ここ、ほかの誰かと来たことある？」

「いや。一人で来ただけ」

「それで、怖くなかった？」

「いや。でもいつも不思議な気持ちになる。教会行ったらこういう気持ちにならなきゃいけないんだろうなって思う」

「ニッキー、これからあたしたちが暮らすところ、こんなに陰気じゃないよね?」

「いや。心配ない。もっと晴ればれとしてる。とにかくこれも楽しめよ、リトレス。こういうのはいいいんだよ。森ってのは昔はこうだったんだ。ここはいまも残ってるほとんど最後のいい原野なんだよ。ここには絶対誰も入ってこない」

「あたしも昔のことは大好きだよ。でもここまで陰気じゃない方がいいな」

「ずっと陰気でもなかっただろ。まあでもツガの森はそうだったな」

「歩いててすごく気持ちいい。うちの裏山も気持ちいいと思ってたけど、こっちの方がいい。ニッキー、あんた神さまっていると思う?　答えたくなかったら答えなくていいよ」

「さあなあ」

「わかった。言わなくていい。でもあたしが夜にお祈り唱えても嫌じゃないよね?」

「ああ。お前が忘れたら言ってやるよ」

「ありがとう。こういう森にいると、あたしすごく信心深い気持ちになるから」

「だから大聖堂ってこういう感じに建てるんだよな」

「あんた大聖堂なんて見たことないでしょ?」

「ああ。でも本で読んだことはあるし、想像もつく。ここがこのへんで最高の大聖堂だよな」

「いつか二人でヨーロッパ行って、大聖堂とか見れるかな？」

「きっと見れるさ。でもまずはこの厄介から抜け出して、金の稼ぎ方を覚えなくちゃ」

「あんた、いつか小説でお金稼げるかな？」

「いい小説書けるようになったらな」

「もっと明るい話書いた方が、お金になったりしないかな？　これってあたしの意見じゃないよ。うちのお母さんがね、あんたが書くものはみんな暗いって」

「『セントニコラス』には暗すぎるんだよな」ニックは言った。「そうは言われなかったけど、とにかく気に入ってもらえなかった」

「でも『セントニコラス』って、あたしたちの一番好きな雑誌だよね」

「わかってる」ニックは言った。「でも俺はもう、あの雑誌には暗くなりすぎてる。まだ大人になってもいないのにな」

「男っていつ大人になるの？　結婚したとき？」

「いや。大人になるまでは少年院に送られる。大人になったら刑務所に送られる」

「じゃあんたが大人じゃなくてよかった」

「俺はどこへも送られないよ」ニックは言った。「暗い話はよそうぜ、いくら俺が書くものは暗くても」

「あたし暗いなんて言わなかったよ」

「わかってる。でもほかの連中はみんなそう言うのさ」

「陽気になろうよ、ニッキー」妹は言った。「この森にいると陰気になりすぎる」

「もうじき出るさ」ニックは妹に言った。「そしたら、これから暮らすところが見える。腹減ったかい、リトレス？」

「少し」

「そうだよな」ニックは言った。「リンゴ一個ずつ食べようぜ」


長い丘を下っていると、木の幹が並ぶ合間から陽の光が見えた。こうして森の外れが近くなると、常緑樹が出てきてヒメコウジも少しあって、地面もいろんな植物で活気づいてきた。開けた草地が木々の幹のあいだから見え、なだらかな下り坂を描いて、川ぞいに並ぶシラカバの木立につながっていた。草地と木立の下には、シーダーの湿地のくすんだ緑色が見え、その湿地のずっと向こうに、くすんだ青色の丘が連なっていた。湿地と丘の連なりとのあいだには湖の入江がある。でもここからは見えなかった。距離から、そこにあるのが感じとれるだけだった。

「これが泉だ」ニックは妹に言った。「ここが俺が前にキャンプしたときのかまど」

「ここ綺麗だね、すごく綺麗だね、ニッキー」妹が言った。「湖も見える？」

「見えるところがあるよ。でもまずここにキャンプを張った方がいい。俺は薪を集めるから、朝飯にしよう」

「かまどの石、すごく古いね」

「すごく古い場所なのさ」ニックは言った。「インディアンが作ったかまどだよ」

「小径も目印もないのに、どうしてまっすぐ森を抜けてここに来れたの？」

「三つの尾根で、標識見なかったか？」

「ううん」

「いつか見せてやるよ」

「あんたが作ったの？」

「いいや。昔からあるんだ」

「どうして通ったとき教えてくれなかったの？」

「さあなあ」ニックは言った。「自分だけ偉いふりしてたのかな」

「ニッキー、ここにいれば絶対見つからないよね」

「だといいけどな」ニックは言った。


ニックと妹が最初の伐採跡に入っていったころ、湖の上の木蔭に建つ家のベランダで寝ていた監視官は、家の裏の開けた斜面を昇ってきた太陽を顔にもろに浴びて目を覚ました。

夜のあいだに監視官は水を飲もうと目を覚まし、台所から戻ってくると、椅子に置いてあったクッションをひとつ枕代わりにしてベランダの床に横になった。いままた目が覚めて、ここはどこなのかを思い出し、立ち上がった。肩掛けホルスターに入った三十八口径スミス&ウェッソンのリボルバーを左の腋の下に入れていたので、右を下にして眠っていた。そして目覚めたいま、銃を手で触れて確かめ、ぎらつく太陽から目をそむけ、台所に入って、食卓の横にある桶から飲み水を汲んだ。雇いの娘がかまどの火を熾(おこ)していて、監視官は娘に「朝飯はどうなってんだ?」と訊いた。

「朝飯ありません」娘は言った。彼女は家の裏のキャビンで寝泊まりしていて、三十分くらい前に台所に入ってきたのだった。ベランダの床で監視官が寝ていて、ほとんど空になったウィスキーの壜がテーブルにあるのを見て娘は怯え、そしてうんざりした。それから腹が立ってきた。

「どういう意味だ、朝飯ありませんって?」監視官はひしゃくを持ったまま言った。

「そういう意味です」

「どうして?」

「食べ物ないんです」

「コーヒーは?」

「コーヒーもありません」

「紅茶は?」

「紅茶もありません。ベーコンもありません。ひき割り粉もありません。塩もありません。コショウもありません。コーヒーもありません。ボーデンの缶クリームもありません。ジェマイマおばさんのソバ粉もありません。なんにもありません」

「何言ってんだ？　昨日の夜はたっぷりあっただろ」

「いまはないんです。きっとシマリスが持ってっちゃったんです」

二人の話が聞こえて、州南部から来た監視官が起きてきて、いましがた台所に入ってきていた。

「けさはご気分、いかがです？」雇いの娘が彼に訊いた。

監視官は雇いの娘を無視して、「どうなってんだ、エヴァンズ？」と言った。

「あの糞ガキが夜のあいだに来て、食い物ごっそり持っていきやがったんです」

「あたしの台所で汚い言葉使わないでください」雇いの娘は言った。

「こっちへ来いよ」州南部から来た監視官は言った。二人でベランダに出て、台所の扉を閉めた。

「これどういうことなんだ、エヴァンズ？」州南部から来た男は、もう四分の一も残っていないオールドグリーンリバーのクォート〔※約〇・九五リットル〕壜を指さした。「お前、どれくらいべろんべろんだったんだ？」

「あんたと同じに飲んだだけですよ。そこのテーブルに座って――」

「何してたんだ?」

「アダムズのガキが現われるのを待ってたさ」

「飲みながら」

「飲んでませんよ。それから四時半くらいに席を立って台所に入って水飲んで、座るより楽ってことでここの扉の前に横になったんです」

「どうして台所の扉の前に横にならなかった?」

「来たらここの方がよく見えるから」

「で、何があった?」

「小僧の奴、きっと窓から台所に入ってきたんだな、で、食い物持っていきやがった」

「嘘つきやがれ」

「あんたは何してました?」地元の監視官が訊いた。

「お前と同じに眠ってたさ」

「オーケー。喧嘩はよしましょう。何の役にも立ちやしない」

「雇いの娘にここへ来るように言え」

雇いの娘が外に出てくると、州南部から来た男は彼女に、「話があるとミセス・アダムズに伝えろ」と言った。

雇いの娘は何も言わずに、母屋に入っていって中からドアを閉めた。

「入ってる壜と空の壜、拾っとけよ」州南部から来た男が言った。「これしかないんじゃ役に立ちゃしねえ。お前、一口飲むか？」

「いや結構。今日は仕事があるから」

「俺は一口もらうぜ」州南部から来た男が言った。「公平に飲んでないからな」

「あんたが寝に行ったあと一口も飲んでませんよ」地元の監視官がしぶとく言った。

「どうしてそんな嘘っぱち言いつづける？」

「嘘っぱちなんかじゃない」

州南部から来た男が壜を置いた。「来たか」出てきて扉を閉めた雇いの娘に男は言った。「で、何だって？」

「頭痛がひどくてお会いできないそうです。捜索令状はお持ちですよねって言ってます。家探しなさりたかったら家探ししてお帰りくださいって言ってます」

「小僧のことは何て言ってた？」

「見かけてないし何も知らないって言ってます」

「ほかの子供たちはどこだ？」

「シャールヴォイの知りあいのところに出かけてます」

「知りあいって誰だ？」

「知りません。奥様も知りません。ダンスパーティに行って、日曜日はお友だちの所に泊まることになってました」

「昨日このへんをうろうろしてた子供は誰だ？」

「昨日このへんをうろうろしてる子供は一人も見ませんでした」

「してたんだよ」

「出かけてる子供たちの友だちが遊びにきたんじゃないでしょうか。じゃなきゃリゾート客の子供とか。男の子でしたか、女の子でしたか？」

「十一か十二の女の子だ。茶色い髪に茶色い目で。そばかすがあって。すごく陽焼けしてる。オーバーオールに男物のシャツを着てた。裸足だった」

「そういう子、いくらでもいますから」娘は言った。「十一か十二くらいっておっしゃいました？」

「ああ、もういい」州南部から来た男が言った。「こんな田舎っぺ相手じゃ何も聞き出せやしない」

「あたしが田舎っぺだったら、この人は何ですか？」雇いの娘は地元の監視官の方を見た。「ミスタ・エヴァンズは何ですか？　あたし、この方のお子さんたちと同じ学校行ったんですよ」

「昨日の小娘、誰なんだ？」エヴァンズが雇いの娘に聞いた。「なあ言えよ、スージー。どのみち調べればわかるんだぜ」

「知りませんねえ」雇いの娘のスージーは言った。「近ごろはとにかくいろんな人が来ますから。なんだかまるっきり大都市にいるみたいです」

「お前、厄介に巻き込まれたくないよな、スージー？」エヴァンズが言った。

「はい」

「本気だぞ、これ」

「あなたも厄介に巻き込まれたくありませんよね？」スージーが彼に訊いた。


納屋で馬具も着け終えたあと、州南部から来た男が「やれやれ、どうもうまく行かんな」と言った。

「ガキは逃げた」エヴァンズは言った。「食い物も持ってるし、きっとライフルも持ってる。でもまだこの一帯にいるはずです。つかまえられますよ。あんた、足跡は読めます？」

「いや。ちょっと無理だ。お前は？」

「雪の上なら」もう一方の監視官は言って笑った。

「でも足跡を読むまでもないだろ。奴がどこに行くか、考える方が肝腎だ」

「あれだけの荷物作って、南に行きやしないでしょう。南だったら少し持ってくだけで、鉄道を使うはずだ」

「薪小屋の何がなくなってるか、わからなかったな。でも台所からはごっそり持っていった。

どっかに目的地があるんだ。あいつの習慣とか友だちとか、これまでよく行った場所とか洗い出さないと。シャールヴォイ、ペトスキー、セントイグナス、シェボイガンを押さえるんだ。お前だったらどこへ行く？」

「アッパー半島ですね」

「俺もだ。あいつもあそこに行ったことがあるだろ。フェリーに乗るところをつかまえるのが一番手っとり早い。だけどここからシェボイガンのあいだにはものすごく大きな原野が広がっていて、しかもガキはその原野をよく知ってるときてる」

「パッカードに会いに行った方がいいですよ。どのみち私ら、奴には今日当たってみるつもりだったし」

「イースト・ジョーダンとグランド・トラヴァースを通らない理由はあるか？」

「ありません。でもあのへんはあいつの土地じゃない。よく知ってる場所に行くと思いますよ」

二人が柵の門を開けていると、スージーが出てきた。

「お店まで一緒に乗せてもらえませんか。食料を買わないといけなくて」

「どうして俺たちが店に行くって思うんだ？」

「昨日、ミスタ・パッカードに会うっておっしゃってたから」

「買った食料、どうやって持って帰るんだ？」

「道路を通りかかる人か、湖をボートで来る人に乗せてもらえると思います。今日は土曜日ですから」

「わかった。乗りな」地元の監視官が言った。

「ありがとう、ミスタ・エヴァンズ」スージーは言った。

よろず屋兼郵便局に着くと、エヴァンズは馬をまぐさ棚につなぎ、店に入る前に、州南部から来た男と二人で立ち話をした。

「スージーの奴がいやがったんで、話せませんでした」

「ああ」

「パッカードはまっとうな男です。この土地じゃ誰より好かれてます。鱒の一件も、奴を相手に有罪判決に持ち込むのは絶対無理です。誰が脅しても無理だし、俺たちとしても奴を敵に回したくない」

「協力すると思うか?」

「荒っぽい手に出たら駄目です」

「まあ会ってみよう」

スージーは店に入ると、ガラスの陳列ケース、蓋の開いた樽、いろんな箱、缶詰の並んだ棚等々の横をまっすぐ抜け、何も見ず誰の顔も見ずに、私書箱が並び局留め・切手窓口のある郵便局に直行した。窓口は閉まっていたので、ただちに店の裏手へ行った。ミスタ・パッカードは鉄梃（かなてこ）で荷箱を開けていた。スージーを見て、にっこり笑った。

「ミスタ・ジョン」雇いの娘はすごい早口で言った。「ニッキーを追ってきた監視官が二人、いま入ってきます。ニッキーは昨日の夜逃げて妹も一緒に行きました。そのこと、言わないでください。母親は承知してます。何も言いません」

「食料、みんな持っていったのか？」

「だいたいは」

「要るもの一通り考えてリストを作りなさい、あとで私も手伝うから」

「いま来ます、その二人」

「君は裏から出て、また表から入ってきなさい。私はそいつらと話しに行くから」

スージーは細長い木造の建物をぐるっと回って、表の階段をもう一度のぼった。今回は入っていきながらあらゆる物に目を向けた。カゴを売りにきたインディアンたちを彼女は知っていたし、左の入ってすぐの陳列ケースの釣糸を見ているインディアンの男の子二人も知っていた。隣のケースに入った医薬品も全部知っていたし、たいてい誰が買うかも知っていた。この店でひと夏店員をしたことがあって、靴、冬用オーバーシューズ、毛糸ソックス、ミトン、帽子、セーターの入った段ボール箱に鉛筆で書いた記号や番号の意味も知っていた。インディアンたちが持ち込んできたカゴの相場も知っていたし、いい値をつけてもらうには季節がもう遅すぎることも知っていた。

「どうしてこんな遅くに持ってきたの、ミセス・テイブショー？」スージーは訊いた。

「独立記念日に遊びすぎね」インディアンの女は笑って言った。

「ビリーは元気？」スージーは訊いた。

「わからないよ、スージー。もう四週間見てないね」

「そのカゴ、ホテルに持っていってリゾート客に売ってみたら？」

「そうだねえ」ミセス・テイブショーは言った。「前に一度持ってったんだけどね」

「毎日持っていかないと駄目よ」

「遠いからねえ」ミセス・テイブショーは言った。

スージーが知りあいとお喋りしながらアダムズ家に必要な品のリストを作っているあいだ、監視官二人は店の奥でジョン・パッカード氏と一緒にいた。

「ミスタ・ジョン」は灰色がかった青い目をしていて髪は黒く口ひげも黒く、いつも間違ってよろず屋に入り込んできた人物のように見えた。まだ若いころ、十八年にわたって北ミシガンを離れていた時期があって、商店主というよりは保安官か正直なギャンブラーみたいに見えた。かつては上等の酒場をいくつも所有し、経営も上手くやっていた。だが地域が林業から撤退すると、そのまま留まって今度は農地を購入した。やがて郡が酒類販売の選択権を取得すると、この店も買った。ホテルは前から所有していたが、酒場のないホテルは好きじゃないと言ってめったに寄りつかなかった。ホテルは妻のミセス・パッカードが切り盛りしていた。彼女の方がミスタ・ジョンより野心もあった。ミスタ・ジョンはといえば、どこでも好きなところで休暇を過ごせる金があるのにわざわざ酒場のないホテルに来てポーチのロッキンチェアに座ってるような連中相手に時間を無駄にする気はないと言った。リゾート客たちのことを氏は「更年期族」と呼んで、ミセス・パッカードの前で彼らのことをからかったが、彼女は夫を愛していたから、からかわれても気にしなかった。

「あんたがあの人たちのこと更年期族って呼んでも、あたし構わない」ある夜彼女はベッドで夫に言った。「あたしもそういう時期あったけど、あんたいまでも、女はあたし一人で十分でしょ？」

文化や教養を持ち込んでくれる者もいるので、ミセス・パッカードはリゾート客たちを好んだ。君が文化を愛するのは、木こりたちがピアレス――とびきりの嚙み煙草である――を愛するのと似たようなものだなとミスタ・ジョンは言った。妻が文化を愛する気持ちを彼は本気で尊重していた。あたしが文化を愛するのはあんたが保税ウィスキー〔※樽詰め前最低四年は政府管理下にあった、アルコール分50％の生のウィスキー〕を愛するのと同じよと彼女が言い、「パッカード、あんたは文化のこと気にかけてくれなくていいのよ。あんたに文化を押しつけたりはしない。あたしは文化があるとすごくいい気持ちになるのよ」と言ったからだった。

私がショトーカ〔※十九世紀後半にはじまった文化教育集会〕や自己改善講座に行かなくていいかぎり君は地獄にも入りきらないくらい文化を持てばいい、とミスタ・ジョンは言った。

野外伝道集会（キャンプミーティング）に何回かと信仰復興集会（リバイバル）に一度氏は行ったことがあったが、ショトーカに行ったことはなかった。キャンプミーティングやリバイバルも十分ひどいけど、少なくともそのあと、本気で興奮した連中が性交したりはするよね、ただまあキャンプミーティングやリバイバルのあとで費用をきちんと払う人間にお目にかかったことはないがな、と氏は言った。ミセス・パッカードはね――と氏はニック・アダムズに語った――ジプシー・スミスみたいな偉い伝道師が主催する大きなリバイバルに行ってくると自分の魂の救済のことを心配するんだ、でもそのうち、この私、ジョン・パッカードがだんだんジプシー・スミスみたいに見えてきて、結局万事丸く収まるのさ。でもショトーカってのは奇妙だな。文化の方が宗教よりいいかもしれないね、とミスタ・ジョンは言った。冷たい感じはするがね。なのにみんな夢中になってる。単なる一時の流行ではないね、と氏は言った。

「みんな本気になってる」氏は以前ニック・アダムズに言った。「ホーリー・ローラーズ〔※礼拝などで熱狂する宗派〕の頭だけ使う派みたいなものじゃないかな。君もそのうちじっくり検討して、意見を聞かせてくれたまえ。作家になるんだから早く考えてみた方がいい。後れを取っちゃいかん」

君は原罪を負ってるから君のことは気に入っている、とミスタ・ジョンはニック・アダムズに言った。何のことかわからなかったが、とにかくニックとしては誇らしかった。

「君はいろいろ悔悟の種を抱え込むことになる」ミスタ・ジョンは以前ニックに言った。「それは人生最高の経験と言っていい。悔悟するかしないかはいつも自分で決められる。とにかく肝腎なのは、そういうものを抱え込むことだ」

「僕、悪いことなんかしたくありません」ニックはそのとき言った。

「私だって君にしてほしくはない」ミスタ・ジョンはそのとき言った。「だが君は生きていて、いろんなことをしでかすことになるんだ。嘘をついたり、盗んだりするなよ。誰だって嘘をつかなくちゃいけない。でも、この人だけには嘘をつかないっていう人を選びたまえ」

「あなたを選びます」

「いいとも。どんなことがあっても私には嘘をつくなよ、私も君に嘘をつかないから」

「がんばります」ニックはそのとき言った。

「そういうことじゃない」ミスタ・ジョンは言った。「心からそうしなくちゃいけないんだ」

「わかりました」ニックは言った。「あなたには絶対嘘をつきません」

「君のガールフレンドはどうなった？」

「スー運河で働いてるって誰かが言ってました」

「綺麗な子だったよな。私はずっと気に入ってたよ」ミスタ・ジョンはそのとき言った。

「僕もです」ニックは言った。

「そのことであんまり疚(やま)しく思わないようにな」

「どうしようもないんです」ニックは言った。「全然彼女のせいじゃないんです。ああいう人間に出来てるんですから。もしもう一度ばったり出会ったら、またかかわり合っちゃうでしょうね」

「そうならないかも」

「そうなるかも。ならないよう努めますけど」

ミスタ・ジョンはニックのことを考えながら、二人の男が待つ奥のカウンターに戻っていった。そこに立って二人をざっと見たが、どちらも気に入らなかった。地元の男エヴァンズは前々から嫌っていたし敬意も持てなかったが、州南部から来た男は危険だと直感した。まだ十分読みきれなかったが、男の目はひどく平べったく、口もただの嚙み煙草人間の口にしてはあまりに締まっていた。そして懐中時計の鎖に、本物のヘラジカの歯がついていた。五歳ぐらいの雄鹿の、実に立派な牙だった。美しい牙だ。ミスタ・ジョンはそれをもう一度見て、男の上着の下で肩掛けホルスターが作っているひどく大きな膨らみを見た。

「その雄鹿、腋の下に抱えてる大砲で殺したのかね？」ミスタ・ジョンは州南部から来た男に訊いた。

州南部から来た男は、面白くもなさそうな目でミスタ・ジョンを見た。

「いいや」男は言った。「ワイオミングのサラフェアの山の中でウィンチェスター45—70で殺した」

「大きい銃が好みなんだな?」ミスタ・ジョンは言った。そしてカウンターの下を見た。「足も大きい。子供たちを狩りに行くときにも、そんなにでかい大砲が要るのかね?」

「子供たちってどういうことだ」州南部から来た男が言った。頭の回転は速い。

「あんたが探してる子供のことさ」

「子供たちって言ったぞ」州南部から来た男が言った。

ミスタ・ジョンは攻めにかかった。そうするしかなかった。「自分の息子を二度やっつけた子供を追いかけるってだけで、エヴァンズの奴、何を持ってく? あんたしっかり武装してるよな、エヴァンズ。あの子供にかかったら、あんただってやっつけられかねないもんな」

「あんたがあのガキ出してくれりゃ、試してみられるぜ」エヴァンズは言った。

「子供たちって言ったよな、ミスタ・ジャクソン」州南部から来た男は言った。「どうしてそう言った?」

「お前を見たからさ、このクズ野郎」ミスタ・ジョンは言った。「扁平足のクソ野郎」

「そんな口利きたいんだったら、カウンターの中から出てきたらどうだ」州南部から来た男が言った。

「お前は合衆国郵便局長と話してるんだぞ」ミスタ・ジョンは言った。「ウンコ顔のエヴァンズ以外は証人もなしで話してるんだ。こいつが何でみんなにウンコ顔って言われてるか、あんたわかるよな。そのくらい見抜けるよな。あんた探偵だもんな」

いい気分だった。攻撃はもう開始した。かつて、自分のホテルで玄関ポーチの田舎風の椅子に座って湖を見ながら体を揺すっているリゾート客に食べ物を出したり寝床の世話をしたりして生計を立てるようになる前によく感じていた気分だった。

「おい扁平足、お前のことしっかり思い出したぞ。お前俺のこと覚えてないか、なぁ扁平？」

州南部から来た男は彼を見た。だが思い出せなかった。

「シャイアンの町でトム・ホーンが縛り首になった日にお前がいたのを覚えてるんだよ」ミスタ・ジョンは男に言った。「お前、組合からの約束をエサにしてトムをハメた一味に入ってたんだよな。これで思い出したか？　トムをあんな目に遭わせた連中の下でお前が働いてたとき、メディシンボーの酒場の持ち主は誰だった？　あのときのせいでお前、こんな仕事する破目になったのか？　お前、記憶ってものがないのか？」

「あんた、いつこっちに戻ってきた？」

「トムが縛り首になった二年後さ」

「なんてこった」

「覚えてるか、俺たちがグレイブルから出る荷造りしてて、お前にその雄鹿の牙くれてやったときのこと？」

「ああ、覚えてるさ。なあジムあのさ、あのガキ、つかまえなきゃいけないんだよ」

「俺の名前はジョンだ」ミスタ・ジョンは言った。「ジョン・パッカードだ。裏に出てきて一杯飲めよ。そっちのもう一人としっかり知りあいになってもらわないと。クズ顔のエヴァンズって言うんだよ。いままでみんなウンコ顔って言ったけど。親切心からたったいま変えてやったんだ」

「ミスタ・ジョン」ミスタ・エヴァンズが言った。「少しは協力してくれたらどうだい」

「たったいまお前の名前変えてやっただろ」ミスタ・ジョンは言った。「あんたら、どういう協力がお望みかね?」

店の奥の、隅の低い棚からミスタ・ジョンは壜を一本取って、州南部から来た男に渡した。

「飲めよ、扁平」彼は言った。「いかにも酒が要りそうな顔してるぜ」

みな一杯ずつ飲んでから、ミスタ・ジョンが「あんたらどういう理由であの子を追いかけてるんだ?」と訊いた。

「狩猟法違反」州南部から来た男が言った。

「具体的にはどんな違反だ?」

「先月十二日に雄鹿を一頭殺した」

「先月十二日に雄鹿を一頭殺した子供を大の男が二人、銃持って追っかけてるわけだ」ミスタ・ジョンが言った。

「ほかにも余罪があるのさ」

「でもこれだけは証拠があるんだな」

「まあそういうことだ」

「ほかの罪は何なんだ？」

「たくさんある」

「でも証拠はないわけだ」

「そうは言ってない」エヴァンズは言った。「でもこの件は証拠がある」

「で、十二日なんだな？」

「そうだ」エヴァンズは言った。

「質問に答えてないで自分から質問したらどうだ？」州南部から来た男が相棒に言った。ミスタ・ジョンが笑った。「好きにやらせてやれよ、扁平」彼は言った。「俺好きなんだよ、こいつの立派な脳味噌働いているの見るのが」

「あんた、あの小僧のことどれくらい知ってる？」州南部から来た男が訊いた。

「けっこうよく知ってる」

「奴相手に商売したことは？」

「ときどきこの店でちょっとした物を買っていく。現金で払う」

「奴がどこへ行きそうか、見当はつくか？」

「オクラホマに親戚がいる」

「最後に見かけたのはいつだ？」エヴァンズが訊いた。

「行こう、エヴァンズ」州南部から来た男が言った。「お前のやってること、時間の無駄だよ。酒ごちそうさま、ジム」

「ジョンだ」ミスタ・ジョンは言った。「あんた何て名前だ、扁平？」

「ポーター。ヘンリー・J・ポーター」

「扁平、あの子を撃ったりするなよ」

「警察へ連れてくのさ」

「お前は昔から人殺しだった」

「行こう、エヴァンズ」州南部から来た男は言った。「ここにいても時間の無駄だ」

「覚えておけよ、撃つなって俺が言ったこと」ミスタ・ジョンはひどく静かな声で言った。

「聞こえたよ」州南部から来た男が言った。

二人の男は店内を通って外に出て、バギーの綱を解いて立ち去った。二人が道路を上がっていくのをミスタ・ジョンは見守った。エヴァンズが手綱を取っていて、州南部から来た男が彼に向かって喋っていた。

「ヘンリー・J・ポーター」ミスタ・ジョンは考えた。「俺が覚えてる名前は『扁平』だけだな。足が馬鹿でかいんでブーツも特注するしかなかった。みんなに扁平足って呼ばれてた。それが扁平になった。泉のそばの、奴の足跡があったあたりでネスターの倅（せがれ）が撃ち殺されて、それでトムが縛り首になったんだ。扁平（スプレイジー）。スプレイジー・何だっけ？　はじめから知らなかったかもしれないな。扁平足扁平（スプレイフット・スプレイジー）。扁平足（スプレイフット）ポーター？　いや、ポーターじゃなかった」

「カゴ、済まないね、ミセス・テイブショー」彼は言った。「もうシーズンもおしまいで、次のシーズンまで持ち越せないんだ。でもホテルに行って辛抱強くやれば、きっとさばけるよ」

「あなた買って、ホテルで売る」ミセス・テイブショーが提案した。

「いや、あんたがやった方が売れる」ミスタ・ジョンは彼女に言った。「あんたは見栄えのいい女性だから」

「ずっと昔」ミセス・テイブショーは言った。

「スージー、話がある」ミスタ・ジョンは言った。

店の奥で彼は「聞かせてくれ」と言った。

「さっきお話ししたとおりです。あいつらニッキーをつかまえに来て、ニッキーが帰ってくるのを待ったんです。あいつらが待ってるって妹がニッキーに知らせて。あいつらが酔って寝てるあいだにニッキーが物を持ち出して逃げたんです。優に二週間分の食料持ってるしライフルもあるし妹のリトレスも一緒です」

「なんで一緒に行ったんだ？」

「わかりません、ミスタ・ジョン。お兄ちゃんの面倒見て、よくないことが起きないようにしたかったんじゃないでしょうか。ニッキーはああいう子だから」

「君はエヴァンズの家の近くに住んでるんだろう。ニックがよく行く土地のこと、奴はどれくらい知ってると思う？」

「知れるかぎりのことは知ってると思いますけど、どれくらいかは」

「ニックたちはどこへ行ったと思う？」

「私にはちょっと、ミスタ・ジョン。ニッキーはとにかく土地をよく知ってますから」

「あのエヴァンズと一緒に来た奴はろくでなしだ。本物の悪党だ」

「あんまり賢くはないですよね」

「見かけより賢いよ。酒で鈍ってるんだ。本当は賢くて、悪党なんだよ。昔あいつを知っていた」

「私、どうしたらいいですか」

「何もしなくていいよ、スージー。何かあったら知らせてくれ」

「要る品物揃えますから、確認してください」

「どうやって帰る？」

「ヘンリー桟橋まで船で行って、コテージのボート借りて、品物を届けます。ミスタ・ジョン、あの人たちニッキーをどうするんでしょう？」

「私もそれが心配なんだ」

「少年院に入れるとか言ってました」

「あの雄鹿さえ殺してなければなあ」

「本人もそう言ってます。何かの本で、かすり傷を負わせるだけで害はない撃ち方っていうのを読んだんです。気絶するだけだって書いてあったんで、試してみたくなったそうです。馬鹿な真似したって自分でも言ってました。でもやってみたかったんですね。それで雄鹿を撃って、首の骨を折っちゃったんです。すごく後悔してました。そもそもかすり傷を負わせようなんて思ったことを後悔してました」

「わかるよ」

「それで、古い肉類貯蔵小屋(スプリングハウス)にニッキーが肉を吊しておいたのをエヴァンズが嗅ぎつけたんですね。とにかく誰かが持っていってしまったんです」

「誰がエヴァンズに知らせたのかな？」

「息子が見つけたんだと思いますよ。年じゅうニックのあとにくっついて回ってますから。全然目につかない子です。ひょっとしてニックが雄鹿を殺すところも見たかもしれない。あの子もろくでもないですよ、ミスタ・ジョン。何しろこっそり人のあとを尾(つ)けるのがほんとに上手いんです。いまこの部屋にいたって驚きません」

「それはないさ」ミスタ・ジョンは言った。「でも外で盗み聞きしてる可能性はあるな」

「いまもニックのあとを尾けてると思いますよ」娘は言った。

「アダムズ家にいるあいだあいつらがその子のこと何か言うの、聞いたかね？」

「一度も話に出ませんでした」スージーは言った。

「家事をやらせにエヴァンズが家に置いてきたんだな。あいつらがエヴァンズの家に戻ってくるまでは気にしなくていいんじゃないかな」

「私、今日の午後にボートで湖を渡って家に帰って、うちの子を誰か使って、エヴァンズが誰か雇って家事をやらせたりしてるか調べてみます。してるとしたら、息子を行かせたってことだから」

「あの二人、どっちも人を追跡するには年食いすぎてるだろう」

「でもあの息子はひどいんです、ミスタ・ジョン。ニッキーのことを、ニッキーがどこへ行くかを知りつくしてるし。いずれ二人の居場所見つけて、あいつらを連れていきますよ」

「郵便局の窓口に入ってくれ」ミスタ・ジョンは言った。

細かく分かれた整理棚、私書箱、帳簿、平べったい切手ファイルがそれぞれしかるべき場所にあり、消印スタンプとスタンプ台があって、局留め郵便窓口が閉まっている。その中に入ってみると、かつてこの店に勤めていたときに自分も帯びていた名誉をスージーはふたたび感じた。ミスタ・ジョンが「二人はどこへ行ったと思う、スージー？」と言った。

「本当にわからないんです。そんなに遠くじゃないと思います、じゃなけりゃリトレスを連れていかないから。すごくいい場所だと思います、じゃなけりゃやっぱり連れていかないから。あいつら鱒ディナーの鱒のことも知ってるんです、ミスタ・ジョン」

「息子が教えたのか？」

「ええ」

「やっぱりそのエヴァンズの息子、何か手を打った方がいいかもしれんな」

「あたしが殺してやりたいです。リトレスが一緒に行ったのもそのためだと思う。ニッキーがあいつを殺さないように」

「あいつらのあとをたどれるよう手を打ってくれるかな」

「そうします。でも何か考えてくださらないと、ミスタ・ジョン。ミセス・アダムズは寝込んでしまって。例によって頭痛が出て。これを。この手紙、お願いします」

「その箱に入れてくれ」ミスタ・ジョンは言った。「それが合衆国郵便の箱だよ」

「昨日の夜、二人とも眠ってるあいだに殺してやりたかったです」

「いやいや」ミスタ・ジョンは彼女に言った。「そういうふうに言っちゃいけない。そういうふうに考えちゃいけない」

「いままで人を殺したくなったことないんですか、ミスタ・ジョン？」

「あるさ。でもそれは間違ってることであって、うまく行きやしない」

「あたしの父親は一人殺しました」

「何の足しにもならなかっただろ」

「やむをえなかったんです」

「やむをえなくないようにするすべを身につけなくちゃいけない」ミスタ・ジョンは言った。

「さあもう行きなさい、スージー」

「今夜か明日の朝にお目にかかります」スージーは言った。「いまもここで働いていられたらって思います、ミスタ・ジョン」

「私もだよスージー、でもミセス・パッカードはそういうふうに考えないんだ」

「わかってます」スージーは言った。「物事なんでもそうですよね」


丘の斜面の向こうの、シーダーの湿地やその彼方の青い丘まで見えるツガの森の外れで、二人で作った差掛け屋根（リーン＝トゥ）〔※斜めに立てた簡単な屋根〕の下の若葉の寝床にニックと妹は横たわっていた。

「寝心地が悪かったら」ニックは言った。「ツガにバルサムの葉をもっとかぶせればいい。今夜は疲れてるからこれでいいことにしよう。明日ほんとにいいのにすればいい」

「最高に心地いいよ」妹は言った。「あんたもゆったり寝転がってみなよ、ニッキー」

「けっこういいキャンプだよな」ニックは言った。「人目にもつかないし。火も少ししか使わないようにしよう」

「丘の向こうまで見えるの？」

「かもしれない」ニックは言った。「夜の火はすごく遠くまで見える。でもうしろに毛布を立てておくよ。そうすると見えないんだ」

「ニッキー、もし誰もあたしたちのこと追いかけてなくて、ここへただ遊びにきてるだけだったらいいと思わない？」

「もうそんなふうに考えてちゃ駄目だよ」ニックは言った。「まだはじめたばかりなんだから。だいいち遊びにくるだけだったらここにいないさ」

「ごめんね、ニッキー」

「謝らなくていいよ」ニックは言った。「ねえリトレス、俺、晩飯の鱒釣ってくる」

「あたしも行っていい？」

「いや。ここで休んでろよ。一日きつかったから。少し本でも読むか、何もしないでくつろぐといい」

「伐採跡はきつかったよね。ほんとに大変だった。あたし、ちゃんとやれた？」

「すごくよくやったし、キャンプを張るのもすごくよくやってくれたよ。でもいまはのんびりした方がいい」

「このキャンプ、名前あるの？」

「キャンプ・ナンバーワンにしよう」ニックは言った。

丘を下りてクリークに行き、土手の前まで来ると止まって、柳の枝を一メートルちょっとの長さに切り、樹皮を残したまま小枝や葉を削りとった。澄んだ早瀬の流れが見えた。川幅は狭く水は深く、川が湿地に入っていく手前、岸は苔むしていた。黒っぽい澄んだ水が速く流れて、その勢いで水面のあちこちに膨らみが生じていた。それが岸の下を流れていることがわかっていたのでニックは近よらなかった。岸を歩いて魚を怯えさせたくなかったのだ。

この時期、こういう開けた場所にはずいぶんたくさんいるにちがいない。もう夏も終わり近いのだから。

シャツの左の胸ポケットに入れておいた煙草入れから絹の釣糸を出して、柳の枝より少し短めに切って、枝の先の、あらかじめ軽く切れ目を入れておいたところに結わえつけた。次に煙草入れから釣針を出して糸につけた。それから、釣針の軸をつかんで糸の張りと柳の撓り(しな)を試した。そして釣竿を下ろして、川沿いのシーダーの木立に接したカバノキの林の、何年も前に枯れた小さなカバノキの幹が転がっているところに戻っていった。その丸太をひっくり返すと、下からミミズが何匹か出てきた。大きくはないが、赤くて元気のいいミミズで、ニックはそれらを、かつてコペンハーゲン嚙み煙草が入っていた、蓋にいくつか穴を開けた平たい丸い缶の中に入れた。ミミズの上に土をかけてから、丸太をまた転がして元に戻した。この同じ場所で餌を調達したのはこれで三年目で、丸太はかならず元の状態に戻しておいた。

このクリークがどれくらい大きいかは誰も知らないよな、とニックは思った。上流のあのひどい湿地を通ることで、ずいぶん水が増える。そしていまニックはクリークの上下に目をやり、丘の上、キャンプを張ったツガの森のあたりを見た。それから、釣糸と釣針をつけた竿を置いておいた場所まで歩いていって、ていねいに餌をつけて、そこにおまじないの唾を吐いた。竿と、餌をつけた釣針のついた釣糸とを右手に持って、たいそう慎重に、用心深く、幅の狭い激流の岸に歩いていった。

このへんは川幅もひどく狭く、柳の釣竿が向こう岸まで届きそうだった。岸の近くまで来ると、水の流れる荒々しい音が聞こえてきた。岸の前、川の中のどこからも見えない場所で立ち止まり、一方の面に割れ目の入った鉛の弾を二つ煙草入れから出して、釣糸の、針から三十センチ上あたりに食い込ませ、歯で噛んで締めつけた。

二匹のミミズが水の上に垂れて体を丸めている竿を振って、水に落とした。針は水中に沈み、早瀬の中でぐるぐる回った。ニックは柳の竿の先を下げて、糸と、餌のついた針とが岸の下に流されていくよう持っていった。糸がまっすぐに伸びて、いきなりぴんと重く張った。竿を引き上げると、手の中でほとんど二つに折れ曲がった。ぐいっ、ぐいっと疼くようなあたりがあって、ニックが引っぱっても緩まなかった。やがてそれが緩んで、糸と一緒に水中を上がってきた。狭い、深い水流に重たい荒々しい動きが生じ、鱒が水から引き出され、空中でパタパタ揺れてから、ニックの肩ごしにうしろへ飛んでいって、背後の岸に落下した。鱒が陽を浴びて光るのが見え、行ってみるとシダの葉に埋もれてのたうっていた。両手に持った鱒は強くて重く、いい匂いがして、ニックはその濃い色の背中、あざやかな色の斑点、縁が明るいひれを見た。ひれの縁は白く、裏には黒い筋が一本あって、腹は綺麗な日没の金色だった。右手で抱えてみると、指先同士がかろうじて届く太さだった。

あのフライパンにはだいぶ大きいな、と思った。でも傷をつけてしまったから殺すしかない。狩猟ナイフの柄で鱒の頭を思いきり叩き、カバノキの幹に立てかけた。

「ちぇっ」ニックは言った。「ミセス・パッカードの鱒ディナーにぴったりの大きさなのに。リトレスと俺にはだいぶ大きいよな」

上流に行って浅瀬を見つけて、小さいのも二、三匹つかまえた方がいい。それにしても、釣り上げたときはなかなかの感じだった。魚を弱らせるために「遊ばせる」なんてみんな言うけど、こうやって一気に釣り上げたことがない人にはこの感じはわからない。あっという間に終わってしまうからといって、どうだというのか？　最初はぴくともしなくて、やがて上がってきて、水から出て宙にのぼっていく、その時間がすべてなのだ。

不思議なクリークだな、とニックは思った。わざわざ小さいのを探さなきゃいけないなんて。竿は投げ捨てたままのところにあった。針が曲がっていたのでまっすぐに直した。それから重い魚を手にとり、上流に向かっていった。

上の湿地から出た直後に小石の多い浅瀬があったな、とニックは思った。あそこなら小さいのが二、三匹釣れるだろう。リトレスはこういう大きいのは好きじゃないかもしれない。あいつがホームシックになったら連れて帰るしかない。あの連中、いまごろ何やってるだろう？　エヴァンズの息子が、この場所のこと知ってるわけないさ。あの下司野郎。インディアン以外にここで釣りした人間はいないだろうな。お前もインディアンだったらよかったのに、とニックは思った。そうすればずいぶん厄介が省けたのに。

クリークにそって上がっていきながら、水には入らなかったが、一度だけ岸の、地下に水が流れている場所に足を踏み入れた。大きな鱒が一匹、バサッと荒々しく出てきて、切れ目を入れたような跡を水に残していった。ものすごく大きい鱒で、とても流れの中で向きを変えられそうになかった。

「お前いつ上がってきたんだ?」魚がさらに上流でふたたび岸の下に入っていったときニックは言った。「すごい鱒だなあ」

小石の多い浅瀬で、小さな鱒を二匹釣った。姿も美しく、身は引きしまって硬かった。ニックは三匹の魚のはらわたを流れに捨ててから、冷たい水で鱒をていねいに洗い、ポケットに入れておいた小さな色あせた砂糖袋に入れて包んだ。

あいつが魚好きでよかった、とニックは思った。ベリーも少し摘めるとよかったのにな。でもどこへ行けばかならず摘めるかはわかってる。丘をのぼってキャンプに戻っていった。太陽はもう丘のうしろに沈み、天気は快かった。湿地の向こうの空の、湖の入江がある上あたりを見てみると、ミサゴが一羽飛んでいた。

すごく静かに差掛け屋根に近よっていったので、妹には聞こえなかった。妹は横向きに寝転がって本を読んでいた。その姿を見ると、驚かさないようニックは穏やかな声を出した。

「お前何したんだ、お猿さん?」

彼女は向き直ってニックを見て、にっこり笑って首を横に振った。

「切ったの」彼女は言った。

「どうやって？」

「ハサミで。どうやったと思ったの？」

「どうやって見たんだ？」

「ただ引っぱって、切ったの。簡単だよ。あたし、男の子みたいに見える？」

「ボルネオの野人の男の子みたいさ」

「日曜学校の男の子みたいには切れなかったね。野人っぽすぎる？」

「いや」

「すごくワクワクする」彼女は言った。「これであたし、あんたの妹だけど男の子でもあるんだよ。これであたし男の子に変わると思う？」

「いや」

「変わればいいのに」

「お前頭おかしいぞ、リトレス」

「そうかもね。あたし、阿呆の男の子に見える？」

「少し」

「もっと小綺麗にしてくれてもいいよ。ちゃんと見ながら、櫛使って切ればいいよ」

「まあもう少しましにした方がいいだろうけど、そんなには変えなくていいさ。腹は減ったか、阿呆の弟？」

「阿呆じゃない弟じゃ駄目？」

「お前を弟と取り替えたくないね」

「いまはそうしなきゃ駄目だよニッキー、そうでしょ？　あたしたちこうするしかなかったんだよ。ほんとはあんたに頼んだ方がよかったけど、するしかないってわかってたから、びっくりさせようと思って自分でやったの」

「気に入ったよ」ニックは言った。「もうどうにでもなれさ。すごく気に入った」

「ありがとうニッキー、ほんとにありがとう。あんたに言われたとおり横になって休もうとしたんだよ。だけど、あんたに何してあげられるか、それぱっかり考えて。それであたし、どこかシボイガンみたいな町の大きな酒場から、ノックアウト・ドロップスが一杯入った嚙み煙草の缶もらってきてあげようとしてたの」

「そんなもの誰からもらうんだ？」

ニックはさっきから腰を下ろしていて、妹は彼の膝の上に座って両腕を彼の首に巻きつけ、髪を切った頭をニックの頬にこすりつけていた。

「娼婦の女王から」彼女は言った。「酒場の名前知ってる？」

「いや」

「ロイヤル・テンダラー・ゴールドピース・イン・アンド・エンポリアム（特級十ドル金貨宿屋兼商店）」

「お前そこで何してた？」

「娼婦助手」

「娼婦助手って何するんだ？」

「うん、娼婦が歩くときに服の裾持ったり、馬車の扉開けてあげたり、部屋まで連れてったり。侍女みたいなもんじゃないかな」

「娼婦にどんなこと言うんだ？」

「礼儀正しければ、思いついたこと何言ってもいいんだよ」

「たとえばどんなことだ、弟？」

「たとえば、『マダム、今日みたいに暑い日は、金メッキのカゴの鳥もなかなか大変でしょうねえ』とか。そんなようなこと」

「娼婦は何て言う？」

「『そうだわよねえ。ほんとにそうだわよぉ』って。あたしが助手やってたこの娼婦、卑しい生まれだったの」

「お前はどういう生まれだ？」

「あたしは暗い作家の妹か弟かで、上品な育てられ方したの。だからこの娼婦の女王にも、仲間の娼婦みんなにも、あたし引っぱりだこなんだよ」

「ノックアウト・ドロップス、手に入ったのか？」

「もちろん。女王様が言ったんだよ、『さああんた、このドロップスあげるよ』って。『ありがとうございます』ってあたし言ったよ！『あんたの暗いお兄さんによろしくね、シボイガンに来たらいつでもお店にお立ち寄りくださいい、って伝えてね』」

「膝から下りろ」ニックは言った。

「お店じゃみんなそういう喋り方するんだよ」リトレスは言った。

「晩飯作らないと。腹減ってないか？」

「あたし晩ご飯作る」

「いや」ニックは言った。「お前はそのまま喋ってろ」

「あたしたち楽しくやれると思わない、ニッキー？」

「もういま楽しいさ」

「あんたのためにもうひとつ何やったか、教えてほしい？」

「何か役に立つことやると決めて髪切った、その前にか？」

「こっちも十分役に立つことだよ。まあ聞いてよ。あんたが晩ご飯作ってるあいだ、キスしてもいい？」

「ちょっと待て、それはあとだ。何するつもりだったんだ？」

「あのね、あたし、昨日の夜ウィスキー盗んだときに堕落したかなって思うの。そういうふうに、ひとつのことだけで堕落すると思う？」

「いや。だいいち壜は開いていた」

「うん。でもあたし、空っぽのパイント壜と中身の入ったクォート壜とを台所に持ってって、パイント壜一杯に注いで、手に少しこぼれたんで舐めて、これでたぶん堕落したって思ったの」

「どんな味だった？」

「すごく強くて、変な味で、ちょっと吐き気がした」

「それだけじゃ堕落しないさ」

「よかった、だってあたし堕落したら、あんたのお手本になれないでしょ？」

「どうかなあ」ニックは言った。「何するつもりだったんだ？」

もう火は出来て、フライパンが上に載っていて、ニックはそこにベーコンを並べていた。妹はそれを見守りながら両手を膝の上で組んでいた。ニックは彼女が両手をほどいて片腕を下ろしてその腕に体重をかけ両脚をまっすぐつき出すのを眺めた。男の子の練習をしているのだ。

「手の置き方、覚えないとね」

「頭に触るなよ」

「わかってる。同い歳の男の子がいたら真似られて楽なのに」

「俺を真似ろよ」

「それが自然よね。あんた、笑わないよね？」

「笑うかも」

「うーん、旅してる最中に女の子になっちゃわないといいけど」

「心配するなって」

「あたしたち肩同じだし、脚も同じ感じだよね」

「もうひとつ、何するつもりだったんだ？」

鱒を料理している最中だった。薪に使っている倒木から削ったばかりの木片に載せたベーコンが茶色に丸まり、そのベーコンの油で焼けてきた鱒の匂いを二人とも嗅いだ。ニックは魚に油をかけ、ひっくり返してまた油をかけた。暗くなってきたのでニックは小さな火が見られないよううしろにカンバスの切れを張った。

「何する気だったんだ？」彼はもう一度訊いた。リトレスは身を乗り出して、火にペッと唾を吐いた。

「どうだった？」

「まあフライパンには飛ばなかったな」

「うん、けっこう悪いことだよ。聖書で読んだの。大釘三本、一人に一本ずつ使って、あの二人とあの男の子が眠ってるあいだにこめかみに打ち込むつもりだったの」

「何使って打ち込むつもりだった？」

「音出なくした金槌」

「どうやって音出なくするんだ？」

「何とかするよ、ちゃんと」

「大釘打つってさすがに荒っぽくないか」

「だって聖書であの女の子もやったし、武器持った男たちが酔っ払って眠ってるのをあたし見て、夜そいつらの周りうろうろしてウィスキー盗んだんだから、どうせならとことんやらなきゃ損かなって――何てったって聖書で読んだんだし」

「聖書には音出なくした金槌なんて出てこないぞ」

「音出なくした櫓と混じったかな」

「かもな。それに俺たち誰も殺したくなんかないよ。だからお前がついて来たんじゃないか」

「わかってる。でもあんたもあたしも、犯罪って自然にできちゃうんだよね。あたしたちほかの人たちとは違ってるんだよ、ニッキー。で、どうせ堕落してるんだったら役に立った方がいいって決めたわけ」

「お前頭どうかしてるぞ、リトレス」ニックは言った。「なあ、お前紅茶飲むと眠れなくなるか？」

「わかんない。夜飲んだことないから。ペパーミントティーくらい」

「すごく薄くして、缶入りクリーム足すよ」

「あたし要らないよニッキー、そんなにたくさんないんだったら」

「ミルクにちょっと味がつく程度だよ」

二人はさっきからもう食べていた。ニックがライ麦パンを二切れずつ切って、一切れずつをフライパンのベーコンの油に浸した。彼らはそれを食べ、鱒を食べた。鱒は外側はパリパリでよく火が通っていて中はすごく柔らかかった。それから鱒の骨を火にくべて、もう片方の一切れでサンドイッチにしたベーコンを食べて、リトレスはコンデンスミルクを入れた薄い紅茶を飲み、ニックは缶に開けた穴に木切れを二つ、とんとんと差して蓋をした。

「十分食べたか？」

「うん、たっぷり。鱒、美味しかったし、ベーコンも。ライ麦パンあってよかったよね？」

「リンゴ一個食べろよ」ニックは言った。「明日はきっと何かいいものが見つかるよ。もうちょっとたっぷり作るんだったかな」

「ううん。たっぷり食べたよ」

「ほんとに腹減ってないか？」

「うん。お腹一杯。あんた欲しかったら、あたしチョコレート持ってるよ」

「どこで手に入れた？」

「あたしの救い主（セイヴィア）」

「え？」

「あたしの救い主。あたしがいろんなもの保存しておく袋」

「ああなるほど」

「これ、作り立てなんだよ。台所から持ってきた、硬いやつもある。そっちからまず食べて、こっちは特別な時のために取っといてもいいね。ねえ、あたしの救い主ね、煙草入れみたいに引き紐がついてるんだよ。金塊とかそういうの入れられるよ。ねえニッキー、あたしたちこの旅で、西部まで行くと思う？」

「それはまだ考えてないな」

「あたし、救い主に一オンス十六ドルする金塊どっさり入れたいな」

ニックはフライパンを綺麗にして、荷物を差掛け屋根の奥にしまった。若葉の寝床の上に毛布が一枚広げてあって、ニックはそこにもう一枚重ね、リトレスの側にたくし込んだ。さっき紅茶を淹れた二クォートのブリキのバケツを空にして、泉で冷たい水を汲んで入れた。泉から戻ってくると妹はもう寝床に入って眠っていて、ブルージーンズをモカシンに巻いて作った枕に頭を載せていた。ニックは妹にキスしたが彼女は目を覚まさず、彼は自分の古いマッキノーコート〔※厚い毛織りのコート〕を着て、リュックの中を手で探ってウィスキーのパイント壜を出した。

開けて匂いを嗅いでみると、すごくいい匂いだった。泉から小さなバケツに入れてきた水をカップに半分汲んで、ウィスキーを少し注いだ。それから座って、ものすごくゆっくり少しずつ飲んだ。舌の下にとどまらせてから、ゆっくり舌の上に戻し、飲み込んだ。

火の小さな燃えさしが、軽い夜風で明るく光るのをニックは見守り、それから冷たい水で割ったウィスキーを味わい、燃えさしを見て、考えた。やがてカップの中身を飲み終え、冷たい水を汲み、飲んで、寝床に入った。ライフルは左脚の下にあり、頭はモカシンと巻いたズボンで作った上等の硬い枕に載っていて、ニックは毛布の自分の側の分をきっちり体に巻きつけ、祈りの言葉を唱えて眠りに落ちた。

夜中に寒くなって、マッキノーコートを妹の体の上に広げ、背中を彼女に近よせて、自分の分の毛布がもっとしっかり体の下に来るようにした。手で銃を探り、もう一度脚の下にたくし込んだ。空気は吸い込むとぴりっと冷たく、ツガとバルサムの枝を切った匂いがした。寒さで目が覚めるまで、自分がどれだけ疲れているかニックは気づいていなかった。もういまはまた、妹の体の温かさを背中に感じながら心地よく横たわり、こいつの面倒をちゃんと見てやらないと、楽しい思いをさせてやって無事に帰らせないと、と思った。彼女の寝息を聞き、夜の静けさを聞いているうちにまた眠った。

目が覚めると、湿地の向こうの丘の連なりがかろうじて見える明るさだった。ニックは静かに横になったまま、体を伸ばしてこわばりをほぐした。それから上半身を起こして、カーキズボンとモカシンをはいた。温かいマッキノーコートの襟をあごの下に入れて眠っている妹の寝顔を彼は眺めた。高い頬骨、そばかすのある小麦色の肌は小麦色の下に薄いバラ色を隠し、乱暴に刈った髪が頭の美しい輪郭をさらして、まっすぐな鼻とぴったり寄った耳とを際立たせていた。この顔を描けたら、とニックは思い、彼女の長い睫毛が顔に触れているさまを眺めた。

野生の小動物みたいだな、眠り方もそうだ、とニックは思った。この頭、どう言ったらいいだろう。たぶん一番近いのは、誰かがこいつの髪を木の台に載せて斧で切ったみたい、かな。叩き切った、という感じ。彼は妹をひどく愛していて、妹は彼を愛しすぎていた。でもこういうこともいずれ何とかなるよな、と彼は思った。とにかくそう思いたい。

起こしても意味はないと彼は思った。俺がいまこれだけ疲れてるんだから、こいつは本当に疲れてたはずだ。俺たちがここでうまくやってるとすれば、本当にやるべきことをやってるってことだ。とにかく、騒ぎが収まって州の南から来たあの男が帰るまで行方をくらましている。だけどもっときちんと食べさせてやらないと。残念だな、もっとちゃんと道具とか持ってこれなくて。

でもまあ食料はたっぷりあるよな。荷物は十分重かった。けれど今日ぜひ欲しいのはベリーだ。ウズラもできれば一、二羽しとめたい。美味しいマッシュルームも取れる。ベーコンは気をつけて使わなくちゃいけないけどショートニングを使うときは必要ない。昨日の夕飯はたぶん軽すぎた。こいつはいつも牛乳をたくさん飲むのに慣れてるし、甘い物だってそうだ。まあ心配するな。これからは二人ともしっかり食べるさ。こいつが鱒を好きでよかった。あれはほんとに美味かった。こいつのことは心配要らない。すごくしっかり食べさせてやるさ。だけどニック、お前昨日はあんまりちゃんと食わせてやらなかったぞ。いまは起こすより寝かしてやった方がいい。お前がやるべきことはどっさりあるぞ。

ニックは荷物からいろんな品を一つひとつ慎重に取り出していき、妹は眠ったまま微笑んだ。微笑むと小麦色の肌が頬骨の上でぴんと張って、下に隠れた色が見えた。目は覚まさなかった。ニックは朝食を作りはじめ、火の支度にかかった。切った木はたっぷりあった。すごく小さな火を熾して、朝食を作るのを待ちながら紅茶を淹れた。何も足さずに紅茶を飲んで、干したアプリコットを三粒食べ、『ローナ・ドゥーン』を読もうとした。でももう読んでしまっていたからもはや魔法は消えていて、今回の旅には無駄だったと悟った。

昨日の夕方近くにキャンプを張ったとき、ブリキのバケツに入れて水に漬けておいたプルーンを、いま煮ようと火にかけた。荷物から味付きのソバ粉を出してホウロウ引きの鍋とブリキのカップに入れて水と混ぜ、パンケーキのたねを作った。植物性のショートニングが入った缶もあった。空っぽの小麦袋のてっぺんを少し切りとって、切った枝に巻きつけ、釣糸できつく縛った。古い小麦袋をリトレスは四つ持ってきていた。ニックは彼女のことが誇らしかった。

たねをかき混ぜて、フライパンを火にかけ、棒に巻いた布でショートニングを広げて油を引いた。それでまずフライパンが黒々と光り、それから油がジュージュー音を立ててパチパチはね出し、ニックはもう一度油を塗ってからたねを滑らかに流し込み、それが泡を立ててやがて縁の方から固まっていくのを眺めた。全体が膨らんできて、きめが出来ていき、パンケーキの灰色が現われてくる。削り立ての木片でケーキをフライパンからすくい、投げ上げてひっくり返ったところを受け止めた。綺麗に黄金色に焼けた面が上で、反対側がジュージュー音を立てている。その重みが感じられたが、フライパンの上でそれが膨らみを増していくのも見えた。

「おはよう」妹が言った。「あたしすごく寝坊した?」

「いいや、悪魔」

小麦色の脚にシャツの裾が垂れている姿で彼女は立ち上がった。

「何もかもやってくれたのね」

「いや。パンケーキ焼きはじめただけさ」

「それ、すごくいい匂いじゃない? あたし泉に行って顔洗ってきてから手伝う」

「泉に入って洗うなよ」

「あたし白人じゃないもん」彼女は言った。もう差掛けの裏に回っていた。

「石鹼どこに置いた?」彼女は訊いた。

「泉のそば。空のラード缶がある。バター持ってきてくれるかい。泉の中に入ってる」

「すぐ戻ってくる」

半ポンドのバターがあって、彼女はそれを油紙にくるんで空のラード缶に入れて持ってきた。

ソバ粉のパンケーキにバターを載せ、ブリキのログキャビン缶に入ったシロップをかけて食べた。煙突形の蓋の先がねじになっていて、煙突からシロップが流れ出た。二人ともすごく腹が空いていて、上のバターが溶けてシロップと一緒に切れ目に流れ込んでパンケーキはとても美味しかった。ブリキのカップでプルーンを食べ、汁も飲んだ。それから同じカップで紅茶を飲んだ。

「プルーンってお祝いの味がするね」リトレスは言った。「そう思わない？　よく眠れた、ニッキー？」

「よく寝た」

「マッキノーかけてくれてありがとう。でもすごく気持ちいい夜じゃなかった？」

「うん。一晩じゅう寝たか？」

「まだ寝てるよ。ニッキー、あたしたちずっとここにいられる？」

「それは無理だな。お前は大人になって結婚しないと」

「だってあたし、どうせあんたと結婚するんだよ。あんたの内縁の妻になりたい。新聞で読んだんだよ」

「慣習法のこともそこで読んだんだな」

「そう。慣習法に従って、あたしあんたの内縁の妻になる。なれるでしょ、ニッキー？」

「いいや」

「なるよ。あたし、あんたをびっくりさせるよ。夫婦としてある期間、一緒に住むだけでいいんだよ。今回のこれも勘定に入れてもらうから。入植して一定期間住んだら自分の土地になるみたいなもんだよね」

「そんな手続き、させないぞ」

「やるしかないよ。それが慣習法だもの。あたしさんざん考えたんだよ。名刺も印刷する。ミセス・ニック・アダムズ、ミシガン州クロスヴィレッジ在住――内縁の妻。期限が来るまで、毎年何人かに大っぴらに渡すの」

「うまく行かないと思うね」

「もうひとつ案があるよ。あたしがまだ未成年のうちに子供二人くらい作るの。そうしたら慣習法の下では、あんたあたしと結婚しなきゃいけないんだよ」

「そんなの慣習法じゃないよ」

「そのへんはちょっとこんがらがってるの」

「とにかく、うまく行くかどうかまだ誰にもわからないよ」

「行くよ、絶対」彼女は言った。「ミスタ・ソーもこれ当てにしてるんだもの」

「ミスタ・ソーだって間違うことはあるさ」

「何言ってんのニッキー、慣習法ってミスタ・ソーが作ったようなもんなんだよ」

「弁護士が作ったのかと思った」

「ま、とにかく実行に移したのはミスタ・ソーよね」

「俺、ミスタ・ソーって好きじゃない」ニック・アダムズは言った。

「よかった。あたしもあの人、好きじゃないところがあるの。でもあの人のおかげで新聞は間違いなく面白くなったじゃない？」

「あいつは新しい憎しみの対象を人々に与えてるのさ」

「みんなミスタ・スタンフォード・ホワイトのことも憎んでるよね」

「みんな二人が羨ましいんじゃないかな」

「あたしもそうだと思う、ニッキー。みんながあたしたちのこと羨ましいみたいに」

「俺たちのこと羨ましがる人間がいると思う？」

「まあいまはそうじゃないかもしれないけど。うちのお母さんあたしたちのこと、罪と悪に染まった無法者だと思うだろうね。あんたにウィスキー持ってきてあげたこと、お母さんに知られなくてよかった」

「夜にちょっと飲んでみた。すごくいい」

「わぁ、よかった。ウィスキー盗んだなんて生まれて初めてだよ。あれが美味しいってすごいことじゃない？　あの人たちに関係ある物で、いいものがあるなんて」

「あいつらのこと、俺はただでさえ考えなくちゃいけないんだ。あいつらの話はよそう」ニックは言った。

「わかった。今日は何するの？」

「お前は何したい？」

「ミスタ・ジョンのお店に行って必要なものみんな買いたい」

「それはできないよ」

「知ってる。ほんとは何するつもりなの？」

「ベリーを摘んで、ウズラを少ししとめないと。鱒はいつでもある。でもお前が鱒に飽きるといけないから」

「あんた、鱒に飽きたことある？」

「いや。でも飽きるものだって人は言ってる」

「あたし飽きない」リトレスは言った。「カワカマスはすぐ飽きちゃうけど。鱒やパーチは絶対飽きない。あたしわかってるんだよ、ニッキー。ほんとだよ」

「ウォールアイド・パイクも飽きないぞ」ニックは言った。「飽きるのはキタカワカマスだけさ。うん、あれはほんとに飽きる」

「ピッチフォーク・ボーンって嫌い」妹は言った。「あの魚は飽きるよ」

「ここを片付けて、弾を隠しておく場所見つけて、ベリーを探しに行って鳥もしとめる」

「あたしラード缶二つと、袋も二つくらい運ぶ」妹は言った。

「リトレス」ニックは言った。「お前、トイレの用足しも忘れるなよ、いいな？」

「もちろん」

「それって大事なんだぞ」

「わかってる。あんたも忘れないでね」

「うん、忘れない」

ニックは林に戻っていって、二十二口径ロングライフル弾のカートンと、二十二口径ショート弾がばらで入った小箱をいくつか、一本の大きなツガの根元の、茶色い針葉に覆われた地面に埋めた。ナイフで切り込んですきまを開けた針葉を元に戻し、幹の分厚い樹皮に、できるだけ深く小さな切れ目を入れた。木の方位を確かめてから丘の中腹に出て、差掛けまで下りていった。

気持ちのよい朝になっていた。空は高く、澄んだ青で、雲はまだ出ていなかった。妹と一緒にいてニックは楽しかった。この件がどう転ぶにせよ、一緒にいるあいだは楽しくやるしかないと思った。日というものは一度に一日しかないということ、それが自分の生きる日だということをニックはすでに学んでいた。今夜になるまでは今日であって明日もまた今日になる。いままでに学んだ一番大事なことはそれだった。

今日はいい日であり、自分たちが抱えた厄介事が、ポケットに引っかかった釣針のように、歩いている彼を時おりチクチク刺したけれど、ライフルを手にキャンプに下りていきながらニックは幸せだった。荷物は差掛けの下に置いていくつもりだった。昼のうちに熊が手を出す可能性はわずかだ。熊はいたとしても下に行って湿地の周りでベリーを食べているだろう。けれどウィスキーの壜だけは、泉の裏手の上の方に埋めた。リトレスはまだ戻ってきていなくて、ニックは薪に使っている倒木の丸太に腰かけてライフルを点検した。ウズラを撃つつもりなので弾倉の筒を引き出し、ロングライフルの弾薬筒を手のひらに振り落としてシャモア革の袋にしまい、弾倉に二十二口径ショート弾を詰めた。こっちの方が音が小さいし、頭に命中しなくても肉が裂けない。

もうすっかり支度は整い、早く出かけたかった。あいついったいどこ行ったんだ、と思った。それから、カッカするんじゃない、と思った。ゆっくり行ってこいよって言ったのはお前じゃないか。ピリピリするんじゃない。でもピリピリしてしまい、そんな自分に腹が立った。

「ただいま」妹が言った。「すごく遅くなってごめんね。遠くまで行きすぎたみたい」

「大丈夫」ニックは言った。「じゃ行こう。缶は持ったか？」

「うん、あと袋も」

クリークに向かって丘を越えていった。上流の方や丘の中腹にニックは用心深く目を光らせた。妹はそんな彼を見守った。袋の一方に缶二つを入れて、もうひとつの袋と一緒に肩にかついでいた。

「釣竿は持っていかないの、ニッキー？」妹が彼に訊いた。

「うん。釣るときに切って作る」

ニックが先に立って歩き、片手にライフルを持ち、水の流れから少し距離を保った。さっきから狩りの態勢に入っていた。

「変なクリークよね」妹が言った。

「ちっぽけな流れなのに、すごく大きい」ニックは答えた。

「小さな流れなのに、深くて怖い」

「どんどん新しい泉が出来てる」ニックは言った。「岸の下にも食い込んでるし、まっすぐ下にも掘り進んでる。水もすごく冷たいよ、リトレス。触ってごらん」

「わぁ」妹は言った。麻痺するくらい冷たかった。

「太陽で少しは温まる」ニックは言った。「でもそんなには変わらない。のんびり狩りしながら行こう。下にベリーが生(な)ってるところがあるから」

クリークにそって下っていった。ニックは両岸をじっくり見ていた。さっきミンクの足跡を見つけて妹に教えたし、ルビーキクイタダキたちが虫を漁っているのも見えた。その小さな鳥たちは、兄妹が近よっても気にせず、シーダーのあいだをすっすっと優美に動いていた。ヒメレンジャク(シーダー・ワックスウィング)がすごく落着いて、堂々と穏やかに、何とも優雅な美しさに包まれて動いているのも見えた。雨覆羽(あまおおいは)や尾にその名のとおり蠟(ワックス)の不思議な感じが漂っていて、リトレスは「すごく綺麗ね、ニッキー。こんなに綺麗な鳥、ほかに絶対ありえない」と言った。

「お前の顔みたいな作りだよ」ニッキーは言った。

「違うよ、ニッキー。からかわないで。ヒメレンジャク見てるとすごく誇らしくて嬉しくて涙が出てくる」

「旋回して下りてきて、それからまたすごく堂々と、人なつっこく穏やかに動いたりな」ニックは言った。

また先へ進んでいると、ニックが突然ライフルを持ち上げ、彼が何を見ているのか妹が見る間もなく発砲した。それから大きな鳥が地面の上でのたうって羽をばたばたさせる音を妹は聞いた。ニックがライフルの引き金をさらに二度引くのを彼女は見て、二度ともふたたび柳の茂みで羽がばたつく音が聞こえた。それから翼がひゅうひゅう鳴る音がして、大きな茶色い鳥たちが柳から飛び出してきて、一羽は少し飛んだだけで柳の茂みに降り、とさかのついた首を横に曲げて下を見下ろした。羽に包まれた襟首が、仲間の鳥たちがまだバタバタもがいている方に向けて折れている。赤い柳の茂みから見下ろしているその鳥は美しく、ぽっちゃり重い体で、首を曲げて下を向いているせいですごく間抜けに見えた。ニックがゆっくりライフルを持ち上げると妹が「やめてニッキー。お願いだからやめて。もうたくさん獲ったじゃない」と言った。

「わかった」ニックは言った。「お前、撃ちたいか？」

「ううん、ニッキー。撃ちたくない」

ニックは柳の茂みに入っていって三羽のライチョウを拾い上げ、それらの頭をライフルの銃床の尻に叩きつけ、苔の上に並べた。その温かい、胸の膨らんだ、美しい羽のついた体に妹が触った。

「まあ食ってみろって」ニックは言った。すごくいい気分だった。

「この鳥たちに申し訳ないわ」妹が言った。「あたしたちと同じに朝を楽しんでたのに」

彼女は顔を上げて、まだ木にとまっているライチョウを見た。

「いまだにボーッと下見てて、たしかにちょっと頭悪そうね」

「この時期インディアンはあいつらのこと『馬鹿鳥』って呼ぶんだ。でも奴らだって狩られてだいぶ賢くなる。本物の馬鹿鳥とは違うんだ。本物は絶対賢くならない。ヤナギライチョウだよ。こいつらはエリマキライチョウ」

「あたしたちも賢くなるといいね」妹が言った。「あっち行けってあいつに言ってよ、ニッキー」

「お前が言えよ」

「あっち行きなさい、ライチョウ」

ライチョウは動かなかった。

ニックがライフルを取り上げると、ライチョウが彼を見た。この鳥を撃ったら妹が悲しむとわかったから、ふうっと息を吐き出して、舌をブルブル鳴らし、唇も隠れ場所から飛び出すライチョウみたいに震わせた。鳥は魅入られたみたいに彼を見ていた。

「邪魔しない方がいいな」ニックは言った。

「ごめんね、ニッキー」妹は言った。「あいつ、ほんとに馬鹿」

「まあ食ってみろって」ニックは彼女に言った。「みんな何でこいつらを撃つかわかるから」

「この鳥も禁猟期なの？」

「そうさ。でももうすっかり大人だし、狩るのは俺たちくらいだよ。俺はワシミミズクもたくさん殺すけど、ワシミミズクってのはチャンスさえあれば毎日一羽ライチョウを殺す。一日中獲物を漁ってて、いい鳥をみんな殺しちまうんだ」

「あのライチョウなんかあっさり殺されちゃうね」妹は言った。「あたし、もう申し訳ない気分じゃなくなった。それ持ってくのに袋要る？」

「はらわた抜いてからシダと一緒に袋に入れるよ。もうベリーにも遠くない」

シーダーの一本に二人は寄りかかって座り、ニックは鳥の腹を開いて、温かい内臓を取り出し、鳥の体内のぬくもりを右手に感じながら臓物のうちの食べられる部分を探りあてて汚れを落とし、流れの水で洗った。臓物の抜きとりが済むと、羽を平らに整え、シダにくるんで小麦袋に入れた。小麦袋の口と両隅を釣糸で縛って肩にかつぎ、それから流れに戻って内臓を投げ捨て、速く重たい流れの中で鱒が上がってくるかと、色あざやかな肺のかけらも投げ入れてみた。

「これっていい餌になるんだけどいまは餌は要らない」ニックは言った。「俺たちの鱒は水の中にいくらでもいるから、必要になったら釣ればいい」

「この流れ、家のそばにあったらあたしたちお金持ちになれるね」妹が言った。

「そしたら釣りつくされちまうさ。ここは本当に野生の最後の流れなんだ。あともうひとつ、湖の端っこの向こうにもう最悪の原野があって、そこへ行けばあるけど。ここへ誰かを釣りに連れてきたのは初めてだよ」

「誰がここで釣るの？」

「俺の知ってる人間じゃいないね」

「人間が手をつけてない流れなの？」

「いや。インディアンはここで釣るよ。でももう、ツガの樹皮を取らなくなってキャンプも畳まれて以来いなくなった」

「エヴァンズの息子は知ってるの？」

「あんな奴が知りやしないさ」ニックは言った。でもそれから考えて、嫌な気分になった。エヴァンズの息子の姿が目に浮かんだ。

「何考えてるの、ニッキー？」

「考えてないさ」

「考えてたわよ。言ってよ。あたしたち相棒同士でしょ」

「あいつ、知ってるかもしれない」ニックは言った。「畜生。あいつ知ってるかもしれない」

「知ってるかどうかわからないわけ？」

「うん。そこが困るんだ。はっきりわかってたら、ここを出るんだけど」

「ひょっとしてあいつもうキャンプに行ってるかも」妹が言った。

「そういう言い方よせよ。あいつを呼び出したいか？」

「ううん」妹は言った。「お願いニッキー、ごめんなさい、あいつの話なんかして」

「いいんだよ」ニックは言った。「言ってもらってよかったよ。どのみちわかってたんだ。ただ考えるのをやめちまってたんだ。これからは一生ずっといろんなことを考えなくちゃな」

「あんたいつだっていろんなこと考えてたじゃない」

「こんなふうには考えなかったよ」

「とにかく先まで行ってベリー摘もうよ」リトレスは言った。「どのみちあたしたちにはどうしようもないでしょ？」

「うん」ニックは言った。「ベリー摘んで、キャンプに帰ろう」

けれどもニックはいま、それを受け容れてじっくり考え抜こうと努めていた。パニックを起こしてはいけない。何も変わってはいないのだ。ここへ来てほとぼりが冷めるのを待とうと決めたときとまったく同じなのだ。エヴァンズの息子が以前ここまで尾けてきた可能性はある。でもその確率はすごく低い。一度だけ、ホッジズの地所を通って道路から入ったときに尾けられた可能性はあるが、考えにくい。あのときは誰もここで釣っていなかったし。それは確信できる。でもエヴァンズの息子は釣りなんかに興味はない。

「あの野郎、俺を尾け回すことしか頭にないんだ」ニックは言った。

「そうよね、ニッキー」

「これで厄介起こされたのは三度目だ」

「そうよね、ニッキー。でも殺しちゃ駄目だよ」

だからこそ妹はついて来たのだ。だからこいつはここにいる。こいつがいるあいだはやるわけに行かない。

「殺しちゃいけないのはわかってる」彼は言った。「いま俺たちにできることは何もない。話すのはよそう」

「あんたがあいつを殺しさえしなければ」妹は言った。「どんな厄介からもあたしたち逃げられるし、どんな騒ぎもいずれは収まるよ」

「キャンプに戻ろう」ニックは言った。

「ベリーを摘まずに？」

「ベリーはまた別の日にしよう」

「心配なの、ニッキー？」

「うん。ごめんな」

「でもキャンプに戻って何の足しになるの？」

「わかるのが早くなる」

「このまま先へ行くのじゃ駄目？」

「いまは駄目だ。俺は怯えてるんじゃないぜ、リトレス。お前も怯えるなよ。でもなんとなく不安なんだ」

ニックは流れからそれて林の外れに入っていき、二人は木蔭を歩いた。このまま行けば上からキャンプに着く。

林から慎重にキャンプに近づいていった。ニックはライフルを持って一足先に進んでいった。キャンプに人が来た形跡はなかった。

「お前はここにいろ」ニックは妹に言った。「俺は向こうを見てくるから」。鳥を入れた袋とベリー用のバケツをリトレスに預けて、ずっと上流まで行った。妹から見えないところまで来たとたん、ライフルの二十二口径ショートをロングライフル弾に変えた。殺しはしないけれど、こうしておくのが正しいと思った。あたり一帯を用心深く調べた。誰かがいた形跡も見つからず、ニックは流れに下りていって、それから下流に向かって歩き、キャンプに戻った。

「不安になってごめんよ、リトレス」彼は言った。「どうせならしっかり昼飯食って、夜に火を見られるのを心配しなくていいようにしよう」

「あたしも心配になっちゃった」妹は言った。

「心配するなって。何も変わってないから」

「でもあいつ、ここにいもしないのに、あたしたちをベリー摘みから追い払ったじゃない」

「わかってる。でもここに来てないんだよ、あいつは。もしかしたら一度もこのクリークに来たことないのかもしれない。おれたちもう二度と、奴の顔見なくて済むかもしれない」

「あいつのこと怖いよ、ニッキー、いないときの方がいるときよりもっと怖い」

「わかってる。でも怯えても役に立たない」

「あたしたちこれからどうするの？」

「うん、夜まで飯作るのは待とう」

「どうして気が変わったの？」

「あいつも夜はこのへんにいないさ。暗い中で湿地を通ってこれやしない。朝早く、夕方遅く、暗いあいだはあいつのこと心配しなくていい。俺たち鹿みたいにそのあいだだけ外に出るんだよ。昼間はじっとしてる」

「あいつ、結局来ないかも」

「ああ。そうかも」

「でもあたし、いていいんだよね？」

「お前を家に連れて帰るべきだな」

「嫌だよ。お願い、ニッキー。そしたらあんたが人を殺すの、誰がやめさせる？」

「いいか、殺すとかいう話はよせ。忘れるなよ、俺は殺すなんて一言も言ってないんだぜ。殺すなんてことはどこにもなくて、これからもないんだよ」

「ほんと？」

「ほんとさ」

「あたし、嬉しい」

「二度とあんなふうに言うなよ。そんなこと誰も言ってないんだから」

「わかった。あたしそんなこと考えたこともないし、話したこともない」

「俺もだよ」

「もちろんあんたもよ」

「考えたことだってないさ」

そうとも、とニックは思った。お前はそんなこと考えたことだってない。一日中、一晩中考えてるだけだ。でもこいつの前で考えちゃいけない。わかってしまうから。わかってしまうのはこの子がお前の妹で、お前たちは愛しあっているから。

「腹減ったか、リトレス？」

「そんなでも」

「硬いチョコレート少し食べろよ、俺は泉から水汲んでくるから」

「あたし何も要らないよ」

二人で顔を上げて、十一時のそよ風に運ばれる白い大きな雲が湿地の向こうの青い丘の連なりの上空を流れるのを見た。空は高く、澄んだ青で、雲は白く上がってきて、丘の背から離れてはるか上を動いていった。風が新たにそよいできて、雲の影が湿地の上、丘の中腹を動いていった。木々のあいだを風が吹き抜け、日蔭でじっとしている彼らを涼しく撫でた。ブリキのバケツに入れた泉の水は冷たくてみずみずしく、チョコレートは案外苦くなくて噛むと硬くて歯応えがあった。

「初めてあいつら見たところの泉と同じくらい美味しいね」妹が言った。「チョコレート食べたあとだからもっと美味しい」

「腹減ったんだったら飯作ってもいいぜ」

「あんたが減ってないんだったらあたしも減ってない」

「俺はいつだって腹空かしてるのさ。あのままベリー摘みに行かなかったなんて馬鹿だったよ」

「そんなことない。確かめに戻ってきたわけでしょ」

「なあ、リトレス。昨日通ってきた伐採跡の近くにさ、ベリーを摘むのにいい場所があるんだ。何もかも隠していって、森をずっと抜けてそこまで行って、バケツ二つ一杯にすれば、明日の分もあるさ。道もそんなにひどくないし」

「わかった。でもあたし、大丈夫だよ」

「腹減ってないのか?」

「減ってない。チョコレート食べたから、もう全然減ってない。あたしただここにいて本が読めればいい。鳥撃ってるあいだ散歩も十分楽しんだし」

「わかった」ニックは言った。「昨日の疲れ、残ってるか？」

「少し残ってるかも」

「ゆっくりやろう。俺、『嵐が丘』読むよ」

「あたしに朗読してくれるには大人すぎる？」

「そんなことない」

「朗読してくれる？」

「いいとも」

訳者あとがき

有名な逸話がある。

Ｆ・スコット・フィッツジェラルドが「大金持ちは僕や君とは違うなあ」と言うと、アーネスト・ヘミングウェイ答えて曰く、「ああ、彼らはもっと金を持ってる（Yes, they have more money）」。

この逸話が有名になったのは、この短いやりとりのなかに、二人の作家のエッセンスが見てとれるように思えるからにちがいない。「愛と金（ラヴ・アンド・マニー）」にほとんど形而上的な意味を見出し、金があるということをいかにもアメリカ的に質の問題と捉えるフィッツジェラルドに対し、それをあくまで量の問題に還元しようとするヘミングウェイ。小説においても、少なくとも大半の短篇においては、過剰な意味づけを排し、物の外面、人の外面を描写することに徹した作家の面目躍如の一言と言えそうである。

実はこの逸話、事実ではない。実情はむしろ逆で、一九三〇年代なかば、すでに人気作家になっていたヘミングウェイが、知人に「俺、金持ちの知りあいが増えてきたんだ（I am getting to know the rich）」と言ったところ、その知人――メアリ・コラムなる評論家――が「金持ちが普通の人と違うのは、もっと金を持ってることだけよ（The only difference between the rich and other people is that the rich have more money）」とやり返したというのだ。金持ちに過剰な意味を見出したのは、ヘミングウェイ本人だったわけである。だがヘミングウェイはこれを、フィッツジェラルドにいわば「投射」し、自作「キリマンジャロの雪」のなかに逸話として盛り込んだため——いちおう固有名詞はぼかしたものの——いつしかそれが「事実」として流通するようになった。

が、フィッツジェラルドには気の毒な話だということは認めつつ、ここではべつに、鬼の首でも取ったように、ヘミングウェイの「改竄」を非難しようというのではない。あくまで、事実であろうとなかろうと、この逸話を締めくくる"Yes, they have more money"という一言を貫く簡潔さ、潔さを、本書に収めた十九篇を訳しながら、賛嘆の念とともに何度も感じたことを言っておきたかったのである。

「パパ」と称される、無数の写真が流通しているヘミングウェイという名の人物自体こそ、この作家が作り出したもっとも有名なキャラクターではないかと思えもする一方で、文学に話を限るなら、ヘミングウェイが後世に影響を与えたのは、何といってもその、美文調を排し、シンプルな言葉に徹して、人物の内面に安易に入り込まない、ほとんど禁欲的とも言えるその徹底した文章術を通してであるにちがいない。

むろんそれはヘミングウェイが一から発明したものではない。十九世紀なかば、すでにアメリカ文学は、私の問題がアメリカの問題を中間項として世界の問題へまでほとんど直結してしまう独特のスケールの大きさを獲得していたが、文章に関しては、ポー、ホーソーン、メルヴィル、いずれもヨーロッパ文学の深い素養をよかれ悪しかれ反映していた。そこへ――文学史を極端に単純化して言えば――型破りな詩人ホイットマンが現われ、アメリカの現在と未来を謳い上げるに相応しいシンプルな言葉をカタログ的に並べた、「愛の指さし確認」とも呼ぶべき詩を書き、さらに十九世紀後半、マーク・トウェインが、ヨーロッパ的教養に染まっていない中西部・南部の人々の言葉をそのまま伝えているかのような、いわばアメリカ的言文一致を実現させた。ヘミングウェイはトウェインの書き方を引き継ぎ、反洗練・反教養的な面はさらに先鋭化しつつ、アメリカの田舎に根ざした土着性をも削ぎ落として、一見さらにシンプルな言葉のみで成り立たせた文章作法を確立したと言えるだろう（この見方は、実は半分カンニングのようなもので、ヘミングウェイ本人が、『アフリカの緑の丘』のなかで、「現代アメリカ文学はすべて、『ハックルベリー・フィン』と呼ばれるマーク・トウェインの一冊から発している」と述べているのである）。

むろんそれと同時に、もう一人の巨匠フォークナーが、やはり一九二〇年代から三〇年代にかけて、まったく逆に濃密で長大なセンテンス群を構築し、徹底的にアメリカ南部に根ざした作品を書いており、この両者を両極としてアメリカのモダニズムの文章上の成果が完成するわけだが、後世の作家への見えやすい影響ということで言えば、作家としての優劣とは無関係に、(おそらく何よりもまず単純に「真似しやすい」という理由から)ヘミングウェイの方が大きかったと言えるだろう。二十世紀なかばから後半にかけてアメリカで作家になろうとした人たちにとって、ヘミングウェイの書き方をまったく意識しないことはおよそ不可能だった。レイモンド・チャンドラー、チャールズ・ブコウスキー、レイモンド・カーヴァー、さらに時代下ってブレット・イーストン・エリスでさえ、ヘミングウェイ中心に世界を見るなら、みなヘミングウェイの文章を、自分の知る時代・場所にあわせてローカライズしたと言ってもいいだろう。作家になろうとする者は誰でも一度はヘミングウェイを通過しないといけない、といった物言いは今日なおよく目・耳にする(僕が直接聞いた例だけでも、ポール・オースターとレベッカ・ブラウンがそういう趣旨のことを言っていた)。

むろん逆に、ソール・ベローのように、ヘミングウェイの人生観=言語観に反発して、デビュー作をまず「ハードボイルド批判」からはじめた作家もいたし、リチャード・ブローティガンの『アメリカの鱒釣り』のようにヘミングウェイの登場人物が自然と闘い自然を征服するような姿勢をやんわり脱臼させた作品もあるわけだが、それら「反ヘミングウェイ」的な作品も、ヘミングウェイの影響力の大きさを証明するさらなる実例に思える。

このように、ヘミングウェイによってアメリカ的な文章術が完成されることによって、その影響力はアメリカを超えて世界的なものとなった。たとえば日本の作家でも、小川国夫や筒井たそれ以外の本では、ヘミングウェイからの影響を公言しているし（特に筒井康隆は、その文体に魅了されたことをくり返し述べている）、ガルシア＝マルケスが「雨のなかの猫」をはじめとしてヘミングウェイの短篇作法を絶賛していることもよく知られている。

そういった影響力で考えると、むろん長篇も大事ではあれ、ヘミングウェイの場合、決定的に重要なのはやはり短篇ではないかと思う。単純な理屈で考えても、本人が「氷山理論」（the iceberg theory）と称した、いわば「なるべく書かない」哲学は、短篇においてこそより有効に機能する。事実、一九二五年、二十六歳のときに出版された短篇集『われらの時代に』（*In Our Time*）をヘミングウェイの最高傑作と見る人は多い。僕も同意見である。したがって、二〇〇九年九月から二〇一二年一月にかけて、はじめは『Coyote』で、のちに『Switch』で、ヘミングウェイが残した七十数本の短篇のなかから毎回好きな一本を選んで訳させてもらえたのは、大変楽しく、かつ名誉であり、かつ身の引き締まる（訳していて何度も、ヘミングウェイから「お前、余計なもの足してないだろうな」とすごまれている気がした）仕事だった。

訳す作品を選ぶにあたっては、すでに既訳が豊富にある大作家ということもあって、こういう側面は案外知られていないかもしれない、といった計算もある程度は働いたように思うが、基本的には例によって、とにかく自分が惹かれるものを訳した。そのため、アフリカもののまったく入っていない、「雨のなかの猫」を除けばいわゆる男女関係を中心に据えた作品のほとんどない、代わりに、何らかの意味で壊れた人間を描いた、悲惨さを壮絶なユーモアで覆ったように思える作品（たとえば「死者の博物誌」や「こころ朗らなれ、誰もみな」）が多くなった。また書名にも、あまりヘミングウェイ「らしくない」ものを意図的に選んでみた。以下に、各作品の執筆時期、刊行時期を列挙しておく。短篇集収録については番号で示す――①＝『われらの時代に』（一九二五年十月）、②＝『女のいない男たち』（一九二七年十月）、③＝『勝者は何もとるな』（一九三三年十月）、④＝『第五列と最初の四十九の短篇』（一九三八年十月）、⑤＝『第五列と四つのスペイン内戦の物語』（一九六九年八月）、⑥＝『アーネスト・ヘミングウェイ全短篇　フィンカ・ビヒア版』（一九八七年十一月）。

インディアン村　一九二三年十一月―二四年二月執筆、二四年四月『トランスアトランティック・レビュー』刊、①

雨のなかの猫　二三年二月―二四年三月執筆、①

兵士の地元　二四年四月執筆、二五年六月『コンタクト・コレクション・オヴ・コンテンポラリー・ライターズ』刊、①

心臓の二つある大きな川（第一部・第二部）　二四年五月―十一月執筆、二五年五月『ディス・クォーター』刊、①

闘う者　二四年十二月―二五年三月執筆、①

殺し屋たち　二五年九月―二六年五月執筆、二七年三月『スクリブナーズ・マガジン』刊、②
よその国で　二六年九月―十一月執筆、二七年四月『スクリブナーズ・マガジン』刊、②
いまわれ身を横たえ　二六年十一月―十二月執筆、②
死者の博物誌　二九年一月―三一年八月執筆、三二年九月『午後の死』挿話として刊、③
世界の光　三二年五月―七月執筆、③
君は絶対こうならない　三二年五月―十一月執筆、③
清潔な、明かりの心地よい場所　三二年秋執筆、三三年三月『スクリブナーズ・マガジン』刊、③
ギャンブラー、尼僧、ラジオ　三一年夏―三二年秋執筆、三三年五月『スクリブナーズ・マガジン』刊、③
こころ朗らなれ、誰もみな　三二年二月―十二月執筆、三三年四月限定版、③
この世の首都　三五年十一月―三六年二月執筆、三六年六月『エスクァイア』刊、④
蝶と戦車　三八年七月―九月執筆、三八年十二月『エスクァイア』刊、⑤
よいライオン　五〇年初頭執筆、五一年三月『ホリデイ』刊、⑥
最後の原野　五二年四月―五八年七月執筆（未完）、七二年四月『ニック・アダムズ物語』収録、⑥

こうして見ると、ヘミングウェイの分身的存在であるニック・アダムズを主人公にした作品（「インディアン村」「心臓の二つある大きな川」「闘う者」「殺し屋たち」「いまわれ身を横たえ」「君は絶対こうならない」「よその国で」「最後の原野」）の執筆順はとても興味深い。「心臓の二つある大きな川」には戦争の直接的な記述はいっさいないが、これが戦争で心身に傷を負ったニックが自然のなかで己を癒す物語だということはよく知られている。「何も起こらない物語」とフィッツジェラルドが指摘したように、書かれていること自体は要するに男がキャンプをして釣りをするというだけだが、その一つひとつの所作に込められた儀式的な意義がこれを象徴的な回復の物語にしている。そうやって、二〇年代にすでにニックの回復をめぐる、多くの人が傑作と見る作品を描いたあとで、三〇年代に入ってからヘミングウェイは、いわばまだ壊れているさなかのニックを「いまわれ身を横たえ」「君は絶対こうならない」「よその国で」などで描き（ちなみに「君は絶対こうならない」[A Way You'll Never Be]という奇妙なタイトルは、当時おそらくヘミングウェイと深い関係にあった、かつ不安定な精神状態に陥っていた女性ジェーン・メイスンを励ますためにつけたタイトルだという）、そして晩年に、まだ戦争に行ってもいない、妹とのあまりに強い絆を抱えている少年ニックの話「最後の原野」を書いた（書き終えられなかった）わけである。「最後の原野」は未完に終わった長篇であり、そもそも短篇集に収めるべきかどうかも定かでないが、この作品はどうしても入れたかった。ヘミングウェイの全短篇のなかで、この作品が一番、書きたいことをそのまま書いているかのような切迫感と、にもかかわらずどう終えたらいいかわからないかのような行き詰まり感とが、同時に生々しく伝わってくると思えるからである。

ヘミングウェイの行動的な人生を要約するのは困難だが、ごく乱暴にまとめてしまえば、たとえば以下のようになる。一八九九年七月、イリノイ州オークパークに生まれ、カンザスでの新聞記者修行などを経て、一九一八年、第一次大戦に赴き、イタリアで重傷を負った。帰国後、トロント、シカゴで新聞関係の仕事につき、二一年にパリへ渡ってガートルード・スタイン、エズラ・パウンドといった当時の文学の最前線に位置していた人々と出会った。二五年に前述の『われらの時代に』が刊行され、同時期に完成していた最初の長篇『日はまた昇る』は翌二六年に出版。一九二八年秋からフロリダ州キーウェストに居を移す。二九年、『武器よさらば』を発表、短篇も『スクリブナーズ・マガジン』『エスクァイア』などに次々掲載され、三三年から三四年初頭にはアフリカでサファリを体験、三七年、スペイン内戦を報道すべくスペインに渡る。三九年末からキューバに拠点を移していき、四〇年、『誰がために鐘は鳴る』出版。第二次大戦末期はヨーロッパに赴き、パリ解放に立ちあう。戦後は長年の深酒もたたって心身両面で健康上の問題を抱えた。五二年、『老人と海』が出版され翌年ピュリツァー賞受賞、五四年にはノーベル賞受賞。六〇年ごろから鬱状態が進み、六一年七月に自殺。本当はこれに、四度の結婚に帰結した女性関係も絡めないといけない……。

幸いヘミングウェイについては、今村楯夫(たてお)氏の精力的な仕事をはじめとして、日本語の研究書も数多く刊行されている。関心のある方は、前田一平(かずひら)『若きヘミングウェイ―生と性の模索』(南雲堂)、高野泰志『引き裂かれた身体―ゆらぎの中のヘミングウェイ文学』(松籟社)などの本格的な研究の成果をご覧いただければと思う。今年刊行された『ヘミングウェイ大事典』(今村楯夫・島村法夫(のりお)監修、勉誠出版)は、そうした日本でのヘミングウェイ研究の一種集大成であり、このあとがきを書くにあたっても、Paul Smith, *A Reader's Guide to the Short Stories of Ernest Hemingway* (1989) と並んで大変お世話になった。

むろんヘミングウェイの作品自体も、大久保康雄・高見浩の訳業によって大半が新潮社から刊行されているし、ちくま文庫からは西崎憲の選・訳による『ヘミングウェイ短篇集』が出ていて、選ばれた作品は本書と半分も重なっていない。本書をお読みになって「このヘミングウェイはちょっと違うんじゃないか」と思われた読者は、ぜひこれら先達の訳業にあたっていただければと思う。また、一九二四年に刊行された、いわばヘミングウェイの原点ともいうべき超短篇集『in our time』の拙訳(ヴィレッジブックス)もご覧いただければ幸いである。また、幸い語学的には決して難しくないので、原書で読んでみることもお勧めしたい。

翻訳にあたって、テクストには上述の⑥にあたる *The Complete Short Stories of Ernest Hemingway: The Finca Vigía Edition* (Charles Scribner's Sons, 1987) を用いた。ジャック・ロンドン、バーナード・マラマッドに続いて、『Coyote』『Switch』での翻訳の機会を与えてくださり、こうして単行本も企画してくださったスイッチ・パブリッシングの新井敏記さんにお礼を申し上げる。雑誌作りの現場で何から何までお世話くださった足立菜穂子さんにもあつく感謝する。連載時、そして今回の単行本化にあたっても素晴らしい版画を作ってくださったタダジュンさんにも感謝する。ヘミングウェイの作品に関しては鳴門教育大学の前田一平さん、スペイン語に関しては東京大学大学院院生の仁平(にひら)ふくみさん、イタリア語に関しては東京外国語大学の和田忠彦さんにご教示いただいた。この場を借りて皆さんにお礼を申し上げる。むろん、何か間違いが含まれていたらすべて訳者の責任である。

まったく新しいヘミングウェイ像を提示できたなどとは全然思わないが、「へーこういうところもある人なのか」と読者が思ってくだされば、訳すこと自体の快楽に加えて、訳者は大きなボーナスを貰ったことになる。不景気が続く世の中だが、多くのボーナスが支給されることを願っている。

柴田元幸

初出一覧

※単行本化にあたって、加筆・訂正しています

清潔な、明かりの心地よい場所　*Coyote*, 38
インディアン村　*Coyote*, 44
殺し屋たち　*Coyote*, 40
死者の博物誌　*Switch*, 29–10
君は絶対こうならない　*Coyote*, 41
よその国で　*Coyote*, 42
この世の首都　*Coyote*, 39
よいライオン　*Switch*, 30–1
闘う者　*Coyote*, 43
兵士の地元　*Switch*, 29–6

雨のなかの猫　*Coyote*, 45
ギャンブラー、尼僧、ラジオ　*Switch*, 29–11&12
蝶と戦車　*Switch*, 29–7
世界の光　*Coyote*, 45
いまわれ身を横たえ　訳し下ろし
こころ朗(ほが)らなれ、誰もみな　*Coyote*, 46
心臓の二つある大きな川　第一部　訳し下ろし
心臓の二つある大きな川　第二部　訳し下ろし
最後の原野　訳し下ろし

アーネスト・ヘミングウェイ〔Ernest Hemingway〕
1899年、イリノイ州に生まれる。10代で赤十字社に入り、第一次大戦に従軍、北イタリア前線で負傷する。後にスペイン内戦や第二次大戦にも従軍記者として参加。パリやキーウエストを拠点に多くの長篇、短篇を残す。著書に『われらの時代』『誰がために鐘は鳴る』など多数。1961年没。

柴田元幸〔Shibata Motoyuki〕
1954年、東京に生まれる。東京大学教授、翻訳家。著書に『アメリカン・ナルシス』『翻訳教室』『ケンブリッジ・サーカス』など。訳書にジャック・ロンドン『火を熾す』、バーナード・マラマッド『喋る馬』、ポール・オースター『ブルックリン・フォリーズ』など多数。

柴田元幸翻訳叢書
アーネスト・ヘミングウェイ
こころ朗(ほが)らなれ、誰もみな

2012年11月27日　第1刷発行
2019年7月21日　第2刷発行

著者
アーネスト・ヘミングウェイ

訳者
柴田元幸

発行者
新井敏記

発行所
株式会社スイッチ・パブリッシング
〒106-0031　東京都港区西麻布2-21-28
電話　03-5485-2100（代表）
http://www.switch-pub.co.jp

印刷・製本
株式会社精興社

ISBN978-4-88418-430-8　C0097　Printed in Japan